천하제일명산 금강산 유람기

영악록瀛嶽錄

영악록瀛嶽錄

천하제일 명산  금강산 유람기

정윤영 지음
박종훈 역주

 도서출판
수류화개

해제*

1. 정윤영과 《영악록》 일람

1) 정윤영의 일생 약술

정윤영鄭胤永(1833~1898)은, 본관은 초계草溪, 자는 군조君祚, 호는 석화石華·후산后山이며, 아버지 정현풍鄭鉉豊과 어머니 진주晉州 강씨姜氏(강시면姜時冕의 딸) 사이에서 1833년 12월 15일 화성 금곡리金谷里에서 출생했다. 1869년 가을, 공주公州 명강산明剛山에 있는 임헌회任憲晦를 찾아가 '치심수기治心修己'의 요체를 묻고 제자가 되었는데, 이때 임헌회는 '석화石華' 두 글자로 정윤영의 재호齋號를 삼아주었다. '석화'는 석담石潭 이이李珥와 화양華陽 송시열宋時烈의 호에서 각각 한 글

---

* 이 해제는 필자의 〈후산 정윤영의 《영악록》 일고찰〉(《온지논총》 제67집, 2021)을 바탕으로 하였다.

자씩을 딴 것이다. 이런 인연으로 정윤영은 이이와 송시열의 학문을 추종하게 되었고 실제 삶의 지남철로 삼았다.

1871년 39세이던 봄, 안성安城 후산后山으로 이사했으며 이때부터 유시수柳始秀 및 홍대심洪大心과 교유를 시작했다. 여름에 양근楊根의 용문산龍門山에 있는 김평묵金平默을 찾아뵈었고 유중교柳重敎와 교분을 맺기 시작했다. 1875년 모친상을 당해, 안성 후산에 장사지냈다. 이때부터 자신의 호를 '후산'이라 했다.

44세 되던 1876년 1월, 일본이 강화도를 침범하자 스승 임헌회에게 편지를 보내 척화斥和의 소장을 올리는 것에 대해 논의했다. 1880년 봄에는 유도儒道의 쇠퇴를 한탄하고 세도世道를 회복하기 어려움을 개탄하면서 의리義理에 기반을 둔 채 이해利害와 관련된 내용을 문답체로 엮은 〈동양대洞陽對〉에 담았다.

1881년 개화를 반대하는 신사척사운동辛巳斥邪運動이 전국적으로 일어나자, 경기도에서는 같은 해 4월 유기영柳冀永을 소수疏首로, 6월에는 신섭申㰚을 소수로 두 차례 소장을 올렸는데, 모두 정윤영이 윤색하였다. 《후산집后山集》 권5에 모두 수록되어 있다. 6월 올린 소장으로 인해, 신섭은 금갑도로 유배를 갔고, 정윤영은 8월 21일 혹세무민한다는 혐의로 체포되어 함경도 이원현利原縣으로 배소配所가 결정되었으며 9월 초에 유배 길에 올랐다. 1882년 6월 12일, 정윤영을 즉시 풀어주라고 도신道臣에게 명을 내렸지만 다음 해인 1883년 1월에야 석방되어 2월에 고향으로 돌아왔다.

1893년 봄, 향천鄕薦에 거망擧望되었고, 7월에는 의금부도사義禁府都事에 임명되었지만 나가지 않았으며, 8월에는 성균관직강成均館直講에 임명되었지만 또한 나가지 않았다. 이 해에 경전 및 선현들의 의론을 모아 국가 개혁을 위한 정책서인 《위방집략爲邦輯略》을 저술했다. 1894년 봄, 중국과 조선의 연표를 모으고 소중화小中華 의식을 담아 《화동년표華東年表》를 완성했다. 7월에 특지特旨로 사간원사간司諫院 司諫에 제수되었지만 곧바로 체직遞職되었다.

63세인 1895년 1월, 신식 의복제도가 반포되자, 의제衣制의 복원과 시사時事를 논하는 소장을 올렸으나 신식新式 소장의 형식에 맞지 않는다고 하여 접수되지 못했다. 그해 8월 명성황후 시해 사건이 일어나자, 당일의 일을 기록하고 처의處義에 대해 논한 〈기을미팔월이십일사겸처의記乙未八月二十日事兼處義〉를 지었다. 11월 단발령이 내려지자 〈자정명自靖銘〉을 지었다. 1897년 가을, 내외금강 및 삼일포 등 동해를 유람했다. 1898년 봄, 〈후산거사전后山居士傳〉을 지었고, 5월 11일 향년 66세로 별세했다.

한평생 포의布衣로서 척화에 대한 자신의 신념을 굳건하게 지켰음을 그의 생애와 남긴 작품을 통해 확인 가능하다. 《영악록》에도 자신의 생애 및 신념이 일정 부분 담겨 있다.

2) 《영악록》 일람

《영악록》은 1897년 8월 16일 안성을 출발하여 10월 8일 귀향할 때까지의 총 51일 1,700리 여정과 관련된 기록이다. 《영악록》은 〈영악록서瀛嶽錄序〉와 〈영악록瀛嶽錄〉, 〈총론總論〉, 【부附】시편詩篇, 【부附】 금강내외산정력金剛內外山程曆〉의 순으로 엮여 있는데, 이를 차례대로 살펴보겠다. 〈영악록서〉는 금강산 유람 이후, 책을 엮으면서 쓴 글로 전문을 소개하면 다음과 같다.

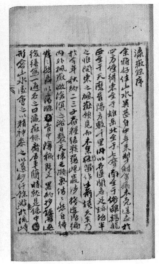
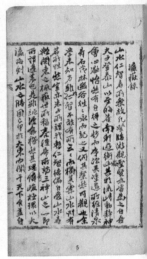

〈영악록〉

　나는 평소 멋진 산수山水를 대단히 좋아했다. 그러나 중년 이래로 가난과 병에 시달려 사방을 맘껏 유람하고자 하는 뜻을 이루지 못했다. 겨우 동쪽으로는 치악산雉嶽山, 북쪽으로는 칠보산七寶山, 남쪽으로는 속리산俗離山과 계룡산鷄龍山, 서쪽으로는 천마산天磨山과 수양산首陽山을 유람하여, 사방 수천 리 안에 명성이 자자한 장소에 발자취를 절반 정도 남겼다. 그러나 오직 관동關東의 풍악산楓嶽山은 가 보고자 했지만 아직 가지 못하여 살아생전의 빚으로 남은 지 오래였다.

　이에 금년 가을에 두세 명과 약속을 하고서는 양식을 지고 신을 엮어서 가파른 암벽을 밟고 잔도棧道를 설치한 길을 건너, 내금강과 외금강을 두루 유람했다. 떠오르는 아침해가 푸른 바다 위를 비치는 것을 보고 천지간의 시원한 기운을 맞으며 호탕하게 자득自得하여 마음속의 찌꺼기를 말끔히 씻어내었다. 또한 이때의 유람을 간략하게 기록해 두었다가 돌아와서 한 통을 베껴 쓰고서는 '영악록'이라고 이름을 붙였다.

집에 있으면서 일이 없을 때면 이 기록 중에서 산수를 형용한 곳에 나아가 정신으로 만나고 문장[道妙]으로 참여하여 흐르는 물과 높은 산에서 노닐던 일을 여유롭게 음미하였다. 나도 모르게 일만 이천 봉우리가 눈과 마음속에서 온전하게 펼쳐지고 창과 벽 그리고 책상이 안개와 구름 낀 굴속이 된 듯하여 사람으로 하여금 너울너울 아득히 노니는 상상을 일으키게 하니 유신劉晨과 완조阮肇가 천태산天台山을 몇 번이나 유람했는지 묻게 될 정도였다.

그러나 나는 병에 시달리고 있고 길에는 또한 승냥이와 범이 날뛰고 있어 다시 만폭동萬瀑洞과 중향성衆香城 사이를 노닐 수 없으리라는 것은 이미 결정난 사항이다. 그러니 이 기록이 노년에 와유臥遊하는 데 도움이 되길 바랄 뿐이다.

일찍이 농암農巖 김창협金昌協이 "풍악산은 산에 있어서 성인聖人이다."라고 했으며, 중니仲尼(공자孔子의 자字)에게 비견하면서 "세상에서 혹 늙어 죽을 때까지 풍악산을 한 번도 보지 못한 사람이 있는데 이것이 어찌 노魯나라에 태어나 중니의 얼굴을 알지 못하는 것과 다르겠는가."라고 한 것을 기억한다. 나는 처음에는 이 말이 지나친 말이라고 여겼다. 그러나 풍악산을 유람하면서는 좋아하고 사모함에 경도되어 차마 떠날 수 없었고, 떠난 뒤에도 그리워 시간이 지날수록 더욱 잊을 수가 없었다. 그래서 다시 보고자 하는 마음이 보지 않았을 때보다 더 심했다. 나는 그러한 이후에 김창협의 말이 지나친 말이 아니라는 것을 알게 되었다.

아, 나는 올해 《주역周易》의 괘수卦數에 하나를 더했는데, 다행히도 뜻을 마침내 이루어 농암 김창협 선생의 비웃음을 면할 수 있게 되었다. 그 기괴하고 험준한 형세와 봄가을의 색다른 모습의 장관에 있어서는 비록 《사기史記》를 지은 사마천司馬遷이나 계주桂州와 영주零州에서 기문記文을 쓴 유종원柳宗元 및 가릉강嘉陵江을 그린 오도현吳道玄이라 할지라도 이 산을 갑작스럽게 마주한다면 오히려 그 진면목을 열에 여덟아홉도 핍진하게 묘사하지 못했을 것이다. 하물며 내가 거칠게나마 초록抄錄한 것이 어찌 그 만분의 일이라도 그려낼 수 있겠는가. 그러나 이 책을 잘 보고 마음을 쏟는다면 또한 그 풍경의 대략이나마 얻을 수 있을 것이다.

강어작악彊圉作噩(정유丁酉, 1897) 양월陽月(10월)
팔계八溪 정윤영鄭胤永 쓰다

이 책에 기록한 것은 비록 풍악산을 위주로 했지만 영평永平의 창옥병蒼玉屛과 금수정金水亭, 철원鐵原의 화적연禾積淵과 삼부연三釜淵, 고성高城의 해금강海金剛과 삼일호三日湖, 통천通川의 총석叢石과 금란굴金蘭窟 같은 것도 모두 아울러 기록해 두었다. 그러나 서문에서 다만 풍악산만을 거론한 것은 큰 것이 작은 것을 포함하기 때문이다. 이 책을 보는 사람은 이러한 의미를 몰라서는 안 된다. 이날에 더불어 쓴다.

우선 1897년 10월에 쓴 것이라고 했으니, 10월 8일 유람에서 돌아온 이후에 작성한 것임을 알 수 있다. 실제 금강산을 유람하면서 간략하게 적어두었던 기록을 토대로 돌아와 상세하게 쓴 것이 바로 《영악록》이라고 했으니, 현장에서 쓴 간략한 기록을 토대로 자신의 기억을 재구하여 와유臥遊의 밑천으로 삼은 셈이다. 또한 농암 김창협이 "풍악산은 산수 중의 성인이니, 이 산을 보지 못하는 것은 노나라에 태어나 중니의 얼굴을 알지 못하는 것과 같다."라고 한 말을 직접 인용했다. 김창협의 이 언급은 《농암집農巖集》 권25의 〈유집중명악록발柳集仲溟嶽錄跋〉에 보인다. 김창협은 1671년 8월 금강산을 유람하고 〈동유기東游記〉(《농암집》 권23)와 〈동정부東征賦〉(《농암집》 권1)를 지었다. 후술하겠지만, 정윤영은 금강산 유람과 관련된 전인前人들의 유기를 십분 참조했는데, 특히 김창협의 〈동유기〉 내용을 적극 수용하였다. 이 밖에 유신과 완조 및 사마천, 유종원, 오도현에 대해서도 언급하여 조선의 유기뿐만 아니라 중국의 유기도 《영악록》을 쓰는 과정에서 참고했음을 알 수 있다.

다음으로 〈영악록〉은 본격적인 유람 기록이다. 앞부분에는 서문에 해당하는 한 편의 글이 있고 이어 각 여정별로 일정과 감회가 수록되어 있다. 우선 서문에 해당하는 전문은 다음과 같다.

산수山水는 어진 자와 지혜로운 자가 좋아하는 것이다. 그러므로 무릇 산에 오르거나 시내에 임하여 유람하는 것을 성현聖賢도 한 것이다. 우리 공자가 태산泰山에 오른 이후로 회암晦菴 주희朱熹와 남헌南軒 장식張栻이 형악衡嶽을 유람하기까지, 흐르는 물과 높은 산에서 노니는 것에서 정신과 마음으로 이치를 자세히 이해하여 즐겁게 자득한 묘미가 있었다. 한편으로 가는 길에 지나친 맑은 샘과 기이한 돌, 무성한 숲과 깊은 계곡 등을 차례대로 이따금 읊고 기록했는데, 그 또한 얼마나 찬연하여 읽어 볼 만한가.

나는 학문하는 방법을 아직 알지 못하기에 비록 인仁과 지智에 대해서는 감히 지녔다고 말할 수 없지만, 다만 그 산수를 좋아하는 것은 지녔으니, 만약 천성이 그러하다면 아마도 주자朱子가 말한 "나는 인과 지의 덕德에는 부끄럽지만, 우연히 스스로 산수는 좋아한다네."라는 경우에 해당하지 않겠는가.

관동關東의 풍악楓嶽은 세상에서 '진秦나라와 한漢나라의 황제가 방문한 곳이며, 삼신산三神山의 하나로 이른바 봉래산蓬萊山이다.'라고 한다. 이 말은 비록 황당무계하지만 풍악은 기이하고 험준하며 커다란 동해로 둘러싸여 있기 때문에 산수의 승경勝景이 참으로 동방에서 제일이라고 천하에 널리 알려진 것이다.

대개 영랑永郎이 떠난 이후로 훌륭한 인물과 세상에 숨은 선비, 이름난 벼슬아치와 뛰어난 예술인이 식량을 싸고 나막신을 신고서 험준한 바위를 건너 드넓은 대양大洋의 기운을 호흡하면서 그칠 줄 몰랐고, 심지어 중국 사람까지도 "고려국에 태어나 한번 금강산을 보는 게 소원이다."라고 했다. 또한 단약丹藥을 먹고 진眞을 닦거나 불에 익혀 먹는 것을 멀리하는 도인道人이나 승려들도 이곳을 거처로 삼지 않음이 없었다. 고금의 어진 이와 어리석은 이, 귀한 이와 천한 이를 가릴 것 없이 다만 모두 감상하지 못할까 혹은 말로 다 표현하지 못할까 두려워하면서 시편詩篇으로 읊고 책에 실어 전했으니, 금강산이 천하에 이름을 떨치면서 사람들을 매료시킨 것이 이처럼 대단했다.

나는 어렸을 때부터 한번 금강산을 유람하려고 생각했는데, 끝내 먼지 구덩이의 속세를 벗어나지 못하고 65년 세월을 흘려보냈다. 다행스럽게 지금도 근력은 심하게 줄어들지 않았고 강산도 옛날이나 지금이나 변함이 없기에, 이에 두세 명과 약속을 하고서 방외方外로 옷을 떨치고 일어나 문을 열고 길을 나섰다. 가을 하늘이 높고 날씨가 쾌청하며 들판은 확 트였으니, 이 마음은 득의양양하게 벌써 바다와 산에 다가가 있었다. 때는 정유년丁酉年(1879) 가을 8월 16일 계유일癸酉日로, 최동우崔棟宇 군과 큰 아들 수용秀容이 나를 따라나섰다.

금강산 유람을 시작한 시점인 8월 16일에 쓴 글이다. 《논어》〈옹야雍也〉에 보이는 "인자요산仁者樂山, 지자요수智者樂水."의 구절을 가져와, 자신의 산수에 대한 벽벽癖 역시 동일한 선상에 있다고 언급했다. 또한 금강산은 삼신산의 하나인 봉래산으로, 진나라와 한나라의 황제가 방문했던 곳이라고 했다. 진나라와 한나라는 각각 진秦 시황始皇과 한漢 무제武帝로, 《사기史記》〈봉선서封禪書〉에 이들이 삼신산에 선인仙人과 불사약不死藥이 있다는 방술사의 말을 듣고 직접 동해까지 왔다는 기록이 보인다. 이어 천하에 명성이 자자한 금강산 유람에 대한 설렘도 맘껏 드러냈다.

실제 유람은 날짜별이 아닌 여정별로 기록했다. 여정을 살펴보면 다음과 같다.

- 안성에서 영평까지의 기록.(8월 16일 ~ 8월 27일)
- 영평에서 장안사까지의 기록.(8월 28일 ~ 9월 1일)
- 백천동을 지나 영원암에서 쉬다가 다시 장안사로 돌아오기까지의 기록.(9월 2일)
- 장안사에서 백화암과 표훈사 및 정양사를 거쳐 다시 표훈사로 돌아오기까지의 기록.(9월 3일)
- 표훈사에서 팔담과 보덕암을 지나 마하연암에 이르기까지의 기록.(9월 4일)
- 마하연에서 원통암, 수미탑, 가섭봉을 지나 다시 마하연으로 돌아

오기까지의 기록.(9월 5일)

- 묘길상을 지나 안문령을 넘어 유점사에 이르기까지의 기록.(9월 6일)
- 유점사에서 선담과 내원을 지나 고성에 이르기까지의 기록.(9월 7일 ~ 9월 8일)
- 고성에서 신계사와 구룡연을 지나 만물초에 이르기까지의 기록.(9월 9일 ~ 9월 11일)
- 만물초를 떠나 총석을 바라볼 때까지의 기록.(9월 12일 ~ 9월 17일)
- 총석에서 안성으로 돌아오기까지의 기록.(9월 18일 ~ 10월 8일)

총 51일, 거리는 도합 1,700리 남짓이다. 각 단락에서의 기록은 우선 여정을 소개했으며, 말미에서는 각 풍경점에서의 감회와 이에 대한 자신의 견해를 적극적으로 피력했다. 특징적인 것은 여정별로 기록하고 있다는 점이다. 물론 여정별로 기록하면서도 각 여정 속에서 다시 날짜별로 기록했다. 전인들의 기록 방식 역시 여정별 혹은 날짜별로 다양하지만, 여정별로 기록하고 그 속에서 다시 날짜별로 기록한 것은 앞서 언급한 것처럼 김창협의 〈동유기〉 방식을 차용한 것으로 보인다.

다음은 〈총론〉 부분이다. 이곳에서는 금강산에 대해 개괄적으로 정리했다. 백두산에서 시작되어 금강산까지 이어지는 산맥을 소개했는데,《동국여지승람東國輿地勝覽》의 내용을 압축한 것이다. 이 부분에는 실제 자신이 유람하지 않은 곳도 포함되어 있는데, 전인의 금강산 관련 기록들을 모아 간략하게 정리했기 때문이다. 후반부에서는 자신처럼 제대로 금강산을 유람한 이는 없을 것이라고 하면서 다양한 측면에서 깊이 있는 공부의 과정이었다고 역설했다. 금강산 유람이 정윤영에게 어떤 의미였는지 가늠하게 해 주는 대목이다.

〈[부]시편〉은 유람하는 과정 중에 지은 작품을 모아둔 것이다. 우선 서문에 해당하는 글은 다음과 같다.

고금에 풍악산을 유람한 문인들이 이따금 훌륭한 작품을 지었다. 그러나 나는 본래 문학적 능력이 풍부하지 못한데, 갑자기 멋진 풍경을 만났고 또한 바삐 길을 가며 생각을 엮으면서 비록 한두 작품 정도 읊조린 것이 있지만 제목에 부합하지 못하리라는 것은 자명自明한 일이다. 그러나 또한 어찌 이름난 산의 명성을 덜어내겠는가. 작품을 지은 본래의 뜻은 이미 원래 기록에 갖추어 놓았기에 덧붙이지는 않겠다.

시편을 한 자리에 모아 두었지만, 그 작품의 본래 의미를 제대로 파악하기 위해서는 실제 유람기인 《영악록》의 유람 과정을 함께 살펴보아야 한다고 언급했다. 이 부분에는 오언절구 8수, 칠언절구 16수, 칠언율시 5수, 오언고시 2수 총 28제 31수의 작품이 수록되어 있다. 이 중 오언고시 1수는 김정희金正喜(1786~1856)의 《완당전집阮堂全集》 9권에 실린 〈제신계사만세루題神溪寺萬歲樓〉라는 작품이다. 정윤영은 신계사에서 김정희가 만물초萬物肖에 대해 조롱한 작품이 계판揭板된 것을 보고 이를 해명하기 위해 김정희의 작품을 소개하고 이어 자신의 작품을 덧붙였다.

여기에 실린 작품은 대부분 정윤영의 문집인 《후산집》 권4에도 실려 있다. 〈[부]시편〉에서는 작품만을 실었지만 《후산집》에는 각 작품과 관련된 주요 사항을 자주自註를 통해 상세하게 밝혔다. 물론 자주 부분은《영악록》의 〈영악록〉 부분을 참고한 것이다. 〈[부]시편〉 중 오언절구인 〈쌍봉폭雙鳳瀑〉과 〈구룡연九龍淵〉은 《후산집》에 실리지 않았는데, 일단 이 두 작품은 두주頭註 형식으로 실려 있어 문집으로 엮는 과정에서 삭제한 것으로 보인다.

《영악록》맨 끝에는 〈[부]금강내외산정력〉이 실려 있는데, 이 글을 붙인 의미는 마지막 단락에서 확인할 수 있다.

> 이것으로 내가 유람한 길의 대략을 갖추었다. 만약 다시 근원까지 다 찾게 된다면 멋진 풍경이 또한 여기에 그치지 않을 것이다. 그러나 내가 어찌 다시 다 돌아볼 수 있겠는가. 그러니 나보다 뒤에 이 금강산을 유람하는 사람이 이 글을 먼저 보고 길을 간다면 또한 길을 잃어버리거나 멋진 풍경을 놓치는 탄식은 없을 것이다.

실제 자신의 여정을 상세하게 서술하면서 각 풍경점에 대해서도 꼼꼼하게 소개했다. 결국 이 글은 자신보다 늦게 금강산을 유람하는 사람들에게 길잡이 역할을 하고 싶다는 생각에서 지은 것이라 하겠다. 또한 후대인들은 이 기록을 중심에 두고 앞서 〈총론〉에서 언급한 승경까지 모두 유람할 수 있기를 기대했다. 이러한 바람은 전체 《영악록》을 관통하고 있다. 그렇다 보니, 실제 《영악록》에서 여정이나 풍경점에 대한 전인의 기록을 대폭 수용하여, 각 풍경점 등에서 느껴야 할 정회 부분에 집중했는데, 그러한 정회를 드러내기 위해 산수 유람과 관련한 중국의 기록도 십분 활용했다.

2. 정윤영《영악록》의 특징적 일면

1) 전인前人의 기록 대폭 수용

(1) 김창협 〈동유기〉의 수용 양상

《영악록》에는 '전인의 기록'이나 '전대前代의 기록'이라는 표현이 심심찮게 등장한다. 이 대목에서는 전인 혹은 전대의 금강산 유기나 금강산과 관련된 시작품 등의 내용을 압축해 소개했다. 그 중 하나를 소개하면 다음과 같다.

① 정윤영,《영악록》

"前人記錄之如左. 內圓之<u>紫月菴, 地勢懸絶, 下視千峯萬壑, 嶙峋高下, 若海濤起伏. 從石磴間, 蛇行數里, 稍南曰九淵菴, 稍北曰眞見性菴</u>. 菴左小臺, 俯視巨巖, 不甚陡削, 長幾數百仞, 懸流界腹, 若曳匹練, 下屬于澗, 澗中白石離離. 歷靈隱菴, 行六七里, 路益絶, 行數百步, 始窮. 萬景臺, 自西而北, 連峯障之, 不能竟目力, 而南則群山撲地, 累累如邱垤, 東則大海粘天, 極望無際, 眺望, 可埒毗盧矣."

② 김창협, 〈동유기〉

"抵<u>紫月菴, 地勢懸絶, 下視千峯萬壑, 嶙峋高下, 若海濤起伏</u>, 亦快心目. 少憩, 取萬景路, 方行數百步, 忽霧作不辨前境, 恐爲雨所尼. 回輿促返紫月, 稍轉而西, <u>從石磴間, 蛇行數里</u>, 而二菴見焉, <u>稍南者曰九淵, 稍北者曰眞見性</u>, 俱在九淵洞最深處……乃引余登菴左小臺, 俯見前巨巖, 不甚陡削, 而長幾數百仞, 懸流界腹, 若曳匹練, 下屬深澗, 澗中白石離離."

③ 김창협, 〈동유기〉

"至靈隱菴, 荒落不可居.……乃得前, 又行六里, 路益絶, 下輿徒行數百步, 始窮臺. 自西而北, 連峯障之, 不能竟目力, 而南則羣山撲地, 纍纍如丘垤, 東則大海粘天, 極望無際, 雖未登毗盧, 抑亦大觀也."

①은 《영악록》의 일부분이다. ②와 ③은 김창협의 〈동유기〉의 일부분이다. ①에서는 '전인기록지여좌前人記錄之如左'라고 하여 이 뒷부분은 자신의 기록이 아니라 전인의 기록임을 밝혔는데, 이 ① 부분은 ②와 ③에 보이는 것처럼 김창협의 〈동유기〉를 대폭 수용한 것이다. 직접 김창협을 언급하지 않았지만 작품의 곳곳마다 〈동유기〉를 의식한 상태에서 여정에 대한 기록을 이어나갔다. 이는 정윤영이 실제 유람하는 과정에서 집필한 것이 아니라 유람한 이후 이를 정리 기록하는 과정에서 〈동유기〉를 적극 참고했다는 반증이다.

① 정윤영, 《영악록》

"中有巨石, 盤陀可坐數百人. 楊蓬萊所書, 蓬萊楓嶽元化洞天八大字, 刻在石面. 草聖夭矯, 氣像雄豪, 洵是龍拏猊攫, 與靑鶴萬瀑, 爭其雄.……蓋是洞, 全以大盤石爲底, 石皆白色如玉, 水自毗盧峯而下, 衆壑交流, 奔趨爭先, 都會于是. 洞石之嶔崎磊落, 槎牙齟齬者, 又離列錯置, 以與水相爭. 水遇石必奔騰擊搏, 以盡其變,

然後始拗怒徐行, 爲平川爲淺瀨, 間遇懸崖絶壁, 又落而爲瀑, 匯
而爲潭. 瀑長自一二丈, 至四五丈, 潭廣自數三畝, 至八九畝, 其名
爲龜爲船爲黑龍爲琵琶爲噴雪爲眞珠爲碧霞爲火龍, 皆因形似
名之."

② 김창협, 〈동유기〉
"中有巨石, 盤阤可坐數百人. 楊蓬萊所書, 蓬萊楓嶽元化洞天八
大字, 刻在石面. 龍挐猊攫, 幾欲與嶽勢爭雄……蓋是洞, 全以大
盤石爲底, 石皆白色如玉, 而溪水自毗盧峯以下, 衆壑交流, 奔趨
爭先, 咸會于是洞. 石之嶔崎磊落, 槎牙齦齶者, 又離列錯置, 以
與水相爭. 水遇石必奔騰擊薄, 以盡其變, 然後始拗怒徐行. 爲平
川爲淺瀨, 間遇懸崖絶壁, 又落而爲瀑, 瀑下又滙而爲潭. 瀑長自
六七丈, 至一二丈, 潭廣自七八畝, 至三數畝, 其名爲龜爲船爲靑
龍黑龍爲凝碧爲眞珠爲靑琉璃黃琉璃, 而碧霞最奇麗, 火龍最雄
大. 此其大略也."

①은 《영악록》의 일부분이고 ②는 〈동유기〉의 일부분이다. 비록 정
윤영이 '전인이나 전대의 작품'이라고는 밝히지 않았고 몇 글자간의 출
입이 확인되지만 김창협의 작품을 그대로 반영한 것임을 쉽게 확인할
수 있다. 정윤영이 김창협의 작품에서 한 대목을 모두 가져와 여정 및
풍경을 묘사한 부분도 적지 않을 뿐만 아니라 짧은 부분 부분만을 옮
겨온 경우도 쉽게 확인할 수 있다. 이처럼 김창협의 작품을 중심에 두
고 정윤영이 자신의 유람기를 작성한 경향이 전체 작품에서 쉽게 목도
된다. 이 밖에 정윤영이 김창협의 〈동유기〉를 대폭 수용한 부분의 일

례를 들면 다음과 같다.

① 정윤영, 《영악록》

"沉沉黛黑, 不可狎玩. 迅湍下注, 雷吼雪噴, 是謂鬱淵, 亦稱鳴淵……潭左峭壁, 高可千仞, 下揷潭底, 線路懸崖, 崖傾以木接之, 劣容人足, 過者掉栗."

김창협, 〈동유기〉

"沈沈黛黑, 不可狎玩. 迅湍下墜, 雷吼雪噴, 尤可壯也. 其左有峭壁, 高可千仞, 下揷潭底. 右有線路懸崖, 崖傾以木接之, 劣容人足, 過者掉慄."

② 정윤영, 《영악록》

"神思蕭爽, 不欲去, 然行路倥偬, 不能成三日遊, 得無爲四仙所笑乎."

김창협, 〈동유기〉

"神思蕭爽, 都不欲去, 行路卒卒, 竟不能作三日留, 得無爲四仙所笑乎."

③ 정윤영, 《영악록》

"甕遷者, 東俗謂棧爲遷. 鑿山石, 僅通一馬, 其長數百步, 風濤舂撞, 聲如巨雷……過朝珍驛, 數里至門巖. 有二石對立, 人往來道其間若門, 色白而狀頗奇, 花草斑駁如繡. 自此數里, 奇石某置,白沙如雪."

김창협, 〈동유기〉

"甕遷者, 東俗謂棧爲遷. 鑿開山石, 僅通一馬, 其長數百步, 下則
海濤舂撞, 聲若震雷. 馬跼步, 猶恐或墜也. 飯于登路驛, 又飯于
朝珍驛, 數里至門巖. 二石對立, 人往來道其間若門, 色白而狀頗
奇, 花草斑駁其上如繡. 自此數里間, 奇石碁置, 白沙如雪."

일단 정윤영은 유람 이후 유람기를 작성하는 과정에서 전인의 기록
을 참고했으며, 그 중에서도 김창협의 〈동유기〉를 그 중심에 두었다.
앞에서 살핀 《영악록》의 노정을 기록한 방법 역시 김창협의 〈동유기〉
에 보이는 방식과 동일하다는 점도 김창협의 영향이 있었던 것으로 파
악된다. 그러나 단순히 여정에 대한 기록과 그 여정에서 본 풍경을 묘
사한 것에 그치지 않고 간혹 김창협이 느꼈던 감회를 그대로 기록한 경
우도 눈에 띈다.

① 정윤영, 《영악록》
"甲午, 平明登東龜巖, 觀日出. 天東赤氣微暈, 俄而色漸洞赤, 雲物受
之, 皆成五采, 濃淡異態, 頃刻萬變, 已而, 日冉冉從海中出, 大如紫
銅盤, 旋又蹙爲波濤所汨沒. 良久始乃躍而登空, 海波始赤如金, 至
是汪汪若銀汞, 萬里一色."

② 김창협, 〈동유기〉
"戊申, 曉起候日出, 見天東赤氣微暈, 俄而色漸洞赤, 雲物受之, 皆成

五采, 濃淡異態, 頃刻萬變, 已而日冉冉從海中出, 大如紫銅盤, 旋又蹙
入, 爲波濤所汨沒. 出入良久, 始乃躍而騰空, 海波始赤如金, 至是, 汪
汪若銀汞, 萬里一色. 從者咸大譁叫稱奇, 念余平生所見, 亦未曾有."

고성高城의 동귀암東龜巖에 올라 일출을 묘사한 대목이다. ①은 정
윤영, ②는 김창협의 묘사이다. 인용문에서 본 바와 같이 일출에 대한
묘사가 동일하다는 것을 알 수 있다. 이는 정윤영이 유람기를 정리하
는 과정에서 〈동유기〉를 보고서 자신이 느낀 감회와 동일한데, 묘사한
것에 있어 김창협의 표현이 자신의 감회를 제대로 표현해 낸 것이라고
판단했기에 그대로 옮겨온 것이다. 여정 부분이나 풍경에 대한 묘사 부
분만 김창협의 기록을 의식한 것이 아니라 정회까지도 그대로 수용한
경우도 적지 않다.

① 정윤영,《영악록》
"癸卯, 早作. 復觀日出, 大海當面, 雲物光彩, 視作觀盆奇. 遂復登船
溯洄, 觀叢石. 是日天甚淸, 東望目力所極, 惟海而已, 更無一物芥滯
於胸次, 令人浩然有鼓枻蓬萊之思. 會風力甚大, 雪浪騰空, 幾及柱
之半. 澎湃吼怒, 勢甚危怖, 回棹入港口. 向吾見金剛, 自以爲半生所
見, 皆土堆石塊, 今又覺半生所見, 皆泪流蹄涔耳."

② 김창협, 〈동유기〉
"是日天甚晴, 坐亭上, 東望目力所極, 唯海而已, 更無一物芥滯於胸
次, 令人浩然有鼓枻蓬萊之思, 會日暮風力甚大, 雪浪騰上, 幾及柱
之半. 澎湃吼怒, 勢甚可畏, 凜然難久留也. 向吾見金剛, 以爲半生所

見, 皆土堆石塊, 今又覺半生所見, 皆涓流蹄涔耳."

①은 총석에서의 정윤영 기록이며, ② 역시 총석에서의 김창협 기록이다. 봉래산으로 가고 싶은 생각이 들었다는 부분 역시 김창협의 글을 그대로 가져온 것이다. 마지막 부분의 '向吾見金剛, 自以爲半生所見, 皆土堆石塊, 今又覺半生所見, 皆涓流蹄涔耳.(이전에 나는 금강산을 보고서 반평생 동안 본 것이 모두 흙덩이일 뿐이라고 여겼는데, 지금 또 반평생 동안 본 것은 모두 도랑이나 짐승 발자국에 괸 물일 뿐임을 깨달았다.)'라는 부분 역시 김창협의 감회 부분을 그대로 수용한 것이다.

정윤영은 김창협의 〈동유기〉를 의식한 상태에서 짧은 구절 혹은 전체 대목을 그대로 옮겨왔다. 여정이나 풍경점에 대한 기록뿐만 아니라 각 풍정점에서의 감회 부분까지 여과 없이 수용했다. 이에 대해서는 여러 가지 이유가 있을 것이다. 우선 김창협의 표현이 자신의 표현보다 더 낫다고 판단했기 때문일 수도 있다. 자신의 시문에 대한 겸손의 표현은 〈영악록서〉나 【부】시편〉에서도 확인한 바 있다. 또 하나의 이유로는 정윤영이 《영악록》을 통해 하고자 했던 말이 단순히 여정이나 풍경 혹은 풍경을 대하고서의 감회에 있지 않았기 때문일 수도 있다. 정윤영은 비록 김창협의 글을 중심에 두고 자신의 여정기를 작성했지만 각 여정의 말미에서 자신만의 특징이 묻어나는 의견을 개진했다. 이것이 여정기를 쓴 일차적인 목적이 아닐까 한다. 그러하기에 여정이나 풍경에 대해서는 거리낌 없이 김창협의 글을 수용한 것이다. 정윤영이 《영악록》을 통해 말하고자 한 것에 대해서는 다음 절에서 접근해 보도록 하겠다.

(2) 여타 전인前人의 기록 수용 양상

　내가 이미 힘겹게 수렴동에 이르렀고 망군대와 백탑동으로 가는 길은
더욱 험하여 길을 멈추고 가지 않았다. 그래서 전대前代 사람들의 유기遊
記를 상고詳考하여 그 대략을 이와 같이 기록했다.

　이 기록은 '백천동을 지나 영원암에서 쉬다가 다시 장안사로 돌아오
기까지의 기록'이라는 단락의 끝 부분에 소자小字로 기록한 대목이다.
우선 수렴동까지는 유람을 했지만 그 이후 망군대나 백탑동은 길이 험
하여 가지 않았다고 했다. 그러면서도 망군대와 백탑동을 상세하게 소
개했는데, 이는 전인의 유기를 참고하여 소개한 것이라고 언급했다.
　이의현李宜顯(1669~1745)은 1709년 9월에 금강산을 유람하고 〈유금
강산기遊金剛山記〉(《도곡집陶谷集》 권25)를 남긴 바 있다. 이의현이 함영
교含影橋와 산영루山映樓에 대해 언급한 것을 정윤영이 그대로 적시한
경우도 있었다. 유점사榆岾寺의 오십삼불五十三佛과 관련해서는 어떤
이의 기록인지를 밝히지 않았지만, 민지閔漬(1248~1326)의 〈금강산유
점사사적기金剛山榆岾寺事蹟記〉의 내용을 참조하여 보충 기술한 것으
로 보인다.
　이외에도 정윤영이 참고한 전인의 기록을 다 확인할 수는 없었지만,
"모두 《여지승람》과 전인들의 기록에 두루 나온다.[竝皆雜出於輿覽及前
人所記.]"라는 표현이나 팔담八潭의 명칭에 대해 "팔담 각각의 호칭에
대해서 전인의 기록을 고찰해 보니 서로 다른 점이 있다.[八潭之稱, 考
於前人記, 互有異同焉.]"라 한 것을 통해, 김창협의 유기와 《여지승람》
뿐만 아니라 금강산과 관련한 다양한 글을 참고했음을 알 수 있다.

정윤영이 전인의 작품 중에서 장편의 글을 그대로 수용한 경우도 있고 단편적인 표현의 몇 구절을 가져온 경우도 있는데, 필자가 확인한 것만을 밝히면 아래의 표와 같다.

	인용된 인물과 작품
조선	《여지승람輿地勝覽》, 김창협金昌協 〈동유기東游記〉, 남효온南孝溫 〈유금강산기遊金剛山記〉, 이곡李穀 〈배점기拜岾記〉, 이의현李宜顯 〈유금강산기遊金剛山記〉, 오도일吳道一 〈헐성루대만이천봉歇惺樓對萬二千峯〉, 이단전李亶佃, 최전崔澱 〈제경포題鏡浦〉, 정엽鄭曄 〈금강록金剛錄〉, 홍경모洪敬謨 〈불우기佛宇記〉·〈산천山川二〉, 민지閔漬 〈금강산유점사사적기金剛山楡岾寺事蹟記〉, 최전崔澱 〈은해銀海〉
중국	《수경주水經注》, 《열선전列仙傳》, 《화엄경華嚴經》, 유종원柳宗元, 한유韓愈 〈송계주엄대부送桂州嚴大夫〉, 오도현吳道玄, 왕운王惲 〈유동산기遊東山記〉, 두보杜甫 〈서지촌심치초당지야숙찬공토실西枝村尋置草堂地夜宿贊公土室〉·〈배정광문유하장군산림陪鄭廣文遊何將軍山林〉, 오정가吳廷簡 〈황산기黃山記〉, 원굉袁宏道, 심주沈周 〈유장공동遊張公洞〉, 왕세정王世貞 〈유장공동기遊張公洞記〉·〈유태산기遊泰山記〉, 공치규孔稚珪 〈북산이문北山移文〉, 채우蔡羽 〈동정기洞庭記〉, 이효광李孝光 〈추유안탕기秋遊雁蕩記〉, 왕발王勃 〈입촉기행시서入蜀紀行詩序〉, 이백李白 〈노산요廬山謠〉·〈몽유천모夢遊天姥〉·〈화악운대華岳雲臺〉·〈망여산폭포望廬山瀑布〉, 이반룡李攀龍 〈태화산기太華山記〉, 위희魏禧, 맹호연孟浩然 〈만박심양망여산晩泊潯陽望廬山〉, 도홍경陶弘景 〈심산지尋山志〉, 갈홍葛洪 〈세약지洗藥池〉, 혜원법사慧遠法師 〈여산제도인석문서廬山諸道人石門序〉, 범성대范成大 〈계해암동지서桂海巖洞志序〉, 좌사左思 〈영사시詠史詩〉, 서응徐凝 〈여산폭포廬山瀑布〉, 송렴宋濂 〈오설산지五泄山志〉, 왕사임王思任 〈석량폭石梁瀑〉, 하당何鏜 《고금유명산기古今遊名山記》, 왕정규王廷珪 〈유여산기遊廬山記〉, 《신세설新世說》, 《삼재도회三才圖會》, 범성대范成大 《오선록吳船錄》, 《용호산지龍虎山志》

정윤영이 참고한 기록인데 조선의 기록보다는 오히려 중국의 기록이 더욱 방대함을 확인할 수 있다. 조선의 기록은 대부분 여정이나 그 여정에서 본 풍경을 묘사하는 대목에 반영되었다. 이에 반해 중국 서적의 경우에는 각 구간에서의 유람이 끝난 후에 그 구간에서의 정회를 서술하면서 인용했다. 이를 통해 금강산의 절경을 중국 산수의 기록을 통해 묘사했으며, 중국의 산수만을 지속적으로 언급했지만 결국 금강산이 우위에 있다는 점을 간접적인 방식으로 드러냈다.

화양華陽 도홍경陶弘景의 〈심산지尋山志〉에서 "높은 봉우리는 구름에 들어가고 맑은 시내는 바닥이 보이네."라고 했다. 부연하지 않아도 음식을 불에 익혀 먹는 사람은 죽게 되니 갈홍葛洪의 "골짜기 어둑해 차가웁고 바람에 패옥소리 시원해라." 라는 작품에는 미치지 못한다. 그렇지만 그도 신선 가운데 호방한 자이다. 동진東晉의 혜원법사慧遠法師가 지은 〈여산제도인석문서廬山諸道人石門序〉에서 "하늘에 안개가 새벽에 피어오르면 만상萬象이 형체를 숨기고, 흘러가는 빛이 돌아와 비추면 온갖 산의 그림자가 거꾸로 보인다."라고 했다. 석호石湖 범성대范成大는 〈계해암동지서桂海巖洞志序〉에서 "계산桂山의 천 봉우리는 옆으로 뻗어나가지 않고 모두 평지에서 우뚝 솟아, 옥으로 된 죽순이나 옥비녀처럼 끝도 없이 빽빽이 늘어서 있다."라고 했다. 이들은 모두 일반적인 문인文人과는 성향이 매우 다른 사람들이다. 애석하도다, 조물주가 작은 해동海東의 먼 시골 생선이 나는 구석진 곳에 이런 산을 두어 이런 사람들로 하여금 올라가 구경하고 마음을 통쾌하게 만들어 크게 자랑하지 못하게 한 것은 무슨 이유인가.

유점사榆岾寺에서 선담船潭과 내원內圓을 지나 고성高城에 이르기까지의 기록 중 일부분이다. 이곳의 경치를 묘사하기 위해 정윤영은 화양거사華陽隱居로 자칭했던 남북조의 도사道士 도홍경과 진晉나라 도사道士 갈홍, 동진東晉의 고승高僧 혜원법사 및 남송南宋의 범성대의 기록을 차례대로 인용했다. 이들은 모두 뛰어난 문인으로, 자신들이 유람했던 주변 풍광을 적절하면서도 멋들어지게 묘사했다고 칭송했다. 그러한 그들이 만약 이 금강산에 올랐다면 훨씬 나은 작품을 남겼을 텐데, 금강산이 해동의 한 구석에 자리하고 있어 그렇게 하지 못한 것에 대해 아쉬움을 토로했다. 결국 중국의 문인들이 각 풍경점에 대해 묘사했던 부분이 일정 부분 금강산에도 유효하다는 의미라 하겠다. 금강산의 비경에 대한 칭송을 위해 중국 문인들의 기록을 적극 활용한 셈이다.

정윤영은 중향성衆香城의 모습을 대략 묘사하고 나서, 자신의 부족한 표현을 보완하기 위해 명나라 심주沈周의 〈유장공동遊張公洞〉과 왕세정王世貞의 〈유장공동기遊張公洞記〉의 내용을 적절하게 인용하면서 중향성의 풍광을 간접적인 방식으로 드러낸 바 있다. 또한 구룡폭포九龍瀑布의 비경을 묘사하기 위해 당나라 이백李白의 〈망여산폭포望廬山瀑布〉·서응徐凝의 〈여산폭포廬山瀑布〉, 명나라 송렴宋濂의 〈오설산지五泄山志〉·왕사임王思任의 〈석량폭石梁瀑〉 내용을 직접 언급하면서, 이러한 표현이 모두 폭포의 모습을 실상과 흡사하게 그려내었고 그 기상을 호방하게 형용한 것이라 자신이 덧붙일 말이 없다고 했다. 이는 구룡폭포의 비경을 묘사하기 위해 자신의 직접적인 언급보다 중국 문인들이 멋들어지게 형용한 구절을 가져와 활용한 것이다.

만물초萬物肖를 유람하는 과정에서도 만물초의 형상을 일정 부분 직접 언급했지만, 그것만으로는 부족함을 느꼈는지 중국의 안탕산雁

宕山을 소개하면서 사령운謝靈運과 원결元結 및 유종원柳宗元도 이곳에 가지 못해 아쉬워했다라고 언급했다. 정윤영은 만물초를 안탕산에 견주면서 중국의 저명한 문인들도 그곳에 가지 못해 아쉬움이 있었다는 언급을 통해 만물초의 비경을 간접적이면서도 효과적으로 묘사한 것이다.

대개 옛 사람들은 산수를 기록하면서 유주柳州를 최고로 삼았으며, 채우蔡羽가 동정산洞庭山을 논한 것과 이효광李孝光이 안탕산雁宕山을 논한 것이 대단히 뛰어나고 오묘하다고 평가했다. 왕발王勃은 〈입촉기행시서入蜀紀行詩序〉에서 "강산의 수발秀拔을 모아놓았고 천지의 기궤함을 살펴볼 수 있으니, 붉은 계곡에는 물이 다투듯 흐르고 푸른 바위가 뒤섞여 솟아 있다."라고 했는데, 이 몇 구절은 또한 훌륭한 구절이라 할 만하다. 이백李白의 〈여산요廬山謠〉·〈몽유천모夢遊天姥〉·〈화악운대華岳雲臺〉 등의 작품은 모두 팔극八極을 휘저으며 정신이 하늘을 날아다닌다. 그러나 만약 앞서 말한 사람들로 하여금 금강산의 이 경치를 보게 했다면 내금강산의 멋진 풍경을 제대로 묘사하지 못했을 것이다.

일찍이 우린于鱗 이반룡李攀龍의 〈태화산기太華山記〉를 보았는데, 마지막 부분에서 "세 봉우리를 굽어보고 중원을 바라보니, 황하가 서쪽에서 흘러오는 것이 보이는데 아래로 큰 골짜기에 정기精氣가 출입하는 것을 살펴볼 수 있다."라고 했다. 숙자叔子 위희魏禧가 태화산太華山 꼭대기에 올라갔는데, 창려昌黎 한유韓愈가 통곡했던 곳보다 10리나 높았다. 이곳에서 위희는 "해와 달은 양쪽 옆에서 나와 오르내리고 황하는 굽어보니 마치 땅에 붙어 이리저리 가는 듯하다."라고 했는데, 이 두 말이 비로봉의 높음을 표현한 것에 가깝다 하겠다.

정윤영이 비로봉毗盧峯과 관련해 언급한 대목이다. 우선 중국에서 유주에 대한 기록을 최고의 산수유기로 여기고 명나라 채우가 동정산을 논한 〈동정기洞庭記〉와 원나라 이효광이 안탕산을 논한 〈추유안탕기秋遊雁蕩記〉를 최고의 작품으로 뽑았다. 이어 왕발은 〈입촉기행시서入蜀紀行詩序〉와 이백의 작품을 열거하면서 이들 작품이 산봉우리에서 호연지기를 맘껏 발산한 작품이라고 평가했다. 그러나 이들로 하여금 금강산의 풍광을 보게 했다면 금강산에 대해서는 말문이 막혀 제대로 표현하지 못했을 것이라고 하면서 유주나 동정호, 안탕산과는 비교가 되지 않을 만큼 금강산이 멋진 풍광을 갖고 있다고 강조했다. 또한 비로봉의 절경을 형용하기 위해, 이반룡의 〈태화산기太華山記〉와 위희의 언급을 가져와 간접적으로 묘사했다.

이외에도 수미봉須彌峯의 절경을 논하면서 중국 절강성에 있는 폭포와 절벽 및 기이한 봉우리로 유명한 안탕산에 대해 언급했다. 그러면서 이를 수미봉과 비교하면서 일정 부분 수미봉이 더 장관이라고 확언했다. 가섭동迦葉洞에서는 이곳이 비록 송나라 소옹邵雍의 백원동百源洞이나 주희朱熹의 무이동武夷洞에는 미치지 못하지만 종남산終南山의 첩경捷徑이나 송나라 공치규孔稚珪의 〈북산이문北山移文〉보다는 훨씬 훌륭하다고 평가했다.

정윤영은 금강산의 실경에 대해서는 말을 아꼈다. 이는 자신의 표현보다는 전대의 표현이 훨씬 적절하다는 생각에서 비롯된 것으로, 산수유람과 관련된 중국 문인들의 기록을 십분 활용했다. 또한 금강산의 절경을 효과적으로 드러내기 위해 중국 기록과의 지속적인 비교를 통해 금강산의 절경이 비교 우위에 있다고 자부했다. 모두 금강산에 대해 직접 언급한 것이 아니라 중국 기록만을 언급하면서 간접적인 방식으로 금강산을 묘사한 것이다. 중국 기록의 적극적인 수용은 유람 현장에서의 기록이 아니라 유람 이후 정리하는 별도의 시간을 투자했기에 중국 기록을 찾아 살펴볼 수 있는 여유가 있었을 것으로 판단된다. 결국 금강산의 비경을 드러내기 위해 중국 문인들의 기록을 적극 활용했는데, 여타의 금강산 유기 관련 기록에서 흔치 않은 방식이다. 이는 《영악록》만의 특징적 일면이라 하겠다.

2) 산수를 통한 성찰과 회고

(1) 유자적 사유의 체험 공간

정윤영은 비록 포의로 삶을 마쳤지만 철저하게 유자적 사유를 견지했다. 이 연장선상에서 금강산의 유람 역시 유자적 사유의 체험 공간으로 활용되었다.

대개 산을 볼 때는 한 모퉁이만 집착해서는 안 되고 가까이로는 골체骨體를 보고 멀리로는 신운神韻을 살피며, 그 시작과 끝을 따져보고 산의 향배向背를 고찰하여 높은 안목으로 세심하게 품평해야 한다. 만약 너무도 멋진 곳을 만나더라도 그것을 어떻게 표현할까 두려움에 떨어서는 안 된다. 《맹자》〈진심盡心 하下〉에서 "대인을 설득할 때는 하찮게 여겨서 그의 드높음을 보지 말아야 한다."라고 했다. 또한 그 고요함을 살펴 인자仁者가 장수를 누리는 까닭을 체득하고, 나의 발전을 멈추지 않아서 한 삼태기가 부족하여 산이 되지 못함을 경계한다면 어디에서든 스스로 깨우치는 것이 있게 된다.

천하제일명산 금강산 유람기

비로봉에서의 자신의 정회를 서술한 대목이다. 우선 전체를 살필 수 있는 안목이 있어야 함을 역설했고, 지위가 높은 사람을 만나서는 그 지위를 하찮게 여기면서 그 부귀와 권세에 위축되지 말아야 한다는 《맹자》의 구절을 인용했다. 이는 결국 금강산의 절경에 일방적으로 압도당하지 않아야 제대로 된 품평이 이루어질 수 있다는 말이다. 이어 《논어》〈옹야雍也〉의 "지혜로운 이는 물을 좋아하고 어진 이는 산을 좋아하며, 지혜로운 이는 동적이고 어진 이는 정적이며, 지혜로운 이는 항상 즐겁고, 어진 이는 장수한다.[知者樂水, 仁者樂山, 知者動, 仁者靜, 知者樂, 仁者壽.]"와 〈자한子罕〉의 "비유컨대 산을 만들 때 한 삼태기를 이루지 못하고서 그만두는 것도 내가 그만두는 것이며, 비유컨대 산을 만들기 위해 평탄한 땅에 한 삼태기를 붓고 나아가는 것도 내가 나아가는 것이다.[譬如爲山, 未成一簣止, 吾止也. 譬如平地, 雖覆一簣, 進吾往也.]"라는 구절을 간략하게 압축 인용하면서, 산수 유람을 통해 배움의 길로 나아가야 하며 그 나아감에 한 치의 망설임도 없어야 한다고 스스로에게 다짐했다. 결국 절경에 대한 객관적인 평가를 주문하면서 평소 익힌 학문에 대한 체험의 장으로 활용하려 한 것이다.

도道로써 말한다면 우리 유가에서 말하는 '집대성集大成'이란 것이며, 불가에서 말하는 '하루아침에 갑자기 도를 깨우쳐 막힘없이 크게 통하는 경지'에 해당한다. 대체적으로 희고 깨끗함이 서리 내린 꽃과 같고 기이하고 오묘함은 금빛 실과 같아서 조금도 속세의 더러운 기운이 없으며 또한 둔탁한 느낌도 전혀 없었다. 옛날 명나라 사람 오정간吳廷簡이 황산黃山을 보고서 "반평생 본 것은 모두 흙덩이거나 돌무더기였을 뿐이다."라고 했는데, 지금 이 산을 보니 참으로 그러하다.

금강산 일만 이천 봉우리를 보고 난 뒤의 감회를 읊은 대목이다. 일만 이천 봉우리를 '집대성'이라고 표현했는데, 이는 《맹자》〈만장萬章하下〉에서 백이伯夷를 청성淸聖이라 하고 이윤伊尹을 임성任聖이라 하고 유하혜柳下惠를 화성和聖이라고 한 뒤에, 공자를 시성時聖이라고 하면서 "공자야말로 집대성이다.[孔子之謂集大成.]"라고 한 맹자의 평을 가져온 것이다. 공자가 성인의 모든 역량을 집대성했다면 이곳 금강산은 모든 산의 절경을 집대성한 곳이라고 평가한 셈이다. 이어 금강산을 보기 전에 봤던 산들은 한낱 흙덩이와 돌무더기였음을 강조하기 위해, 명나라 오정간의 언급을 인용했다. 유람을 통해 현실에서 유자적 사유를 체험하고 적극적으로 자신의 식견을 넓히고 있는 모습이다. 결국 산수 유람을, 책상머리에서의 관념적인 배움을 현실이라는 공간에서의 실질적인 배움으로 연결시키는 장으로 활용한 셈이다. 이러한 경향은 정윤영의 《영악록》에 산견되는데, 〈총론〉에도 보인다.

만일 비로봉에 올라 동해를 바라보고서, 우뚝 솟은 봉우리와 흘러가는 냇물이 사방에 흩어져서 만 가지로 변화한 것을 모두 한 가지 이치로서 꿰뚫을 수 있다면 우리 공자께서 천하를 작다고 여긴 의미는 천년이 지났어도 마치 오늘처럼 새로울 것이다. 애석하도다, 그러지 못함이여.

대저 사물의 큰 것으로는 해와 달, 산과 내가 있고 작은 것으로는 새와 짐승, 풀과 나무가 있으며, 그윽한 것으로 귀신鬼神과 도가道家와 불가佛家가 있고 드러난 것으로는 민속의 풍요風謠가 있다. 눈에 보이고 귀에 들어온 것이 흉금을 트이게 하고 더러운 기운을 씻어내며 표리가 서로 발하고, 크고 작은 공부가 서로 갖추어져, 밝고 드넓은 근원에 홀로 서며 조화의 깊은 이치에 묵묵히 부합해 마침내 태산이 개미 둑에 비견되고 하해가 길바닥 물웅덩이에 비견될 정도로 그 무리에서 뛰어나게 됨이 진실로 있으리니, 이 유람에서 시작한다면 어떠하겠는가. 아아, 너무 늦었구나.

공자가 태산에 올라 천하를 작게 여겼다는 관념적인 배움을 비로봉에 올라 동해를 바라보면서 체득했다고 선언했다. 그 체득을 통해 세상의 크고 작은 것 그리고 은미하고 드러난 것을 잘 분별하고 삿된 마음을 씻어내며 배움에 정진한다면 그러한 성인의 경지에 오를 수 있다고 확언하면서 금강산 유람이 그 출발점이 될 수 있다고 한 것이다. 이는 결국 옛 성인의 경지를 체득하고 이를 통해 자신을 수양하는 실마리로 유람을 활용한 셈이다.

정윤영은 유람하는 동안 석각石刻이나 비석碑石 및 풍경점과 관련된 전설에 대해 관심을 갖고 적지 않은 분량을 할애하여 집중적으로 소개한 바 있다. 허무맹랑한 전설에 대해서는 일침을 가했고 검증이 필요한 부분에 대해서는 철저한 고증도 병행했다.

살펴보건대, 한나라 평제 원시 4년 갑자년에 부처가 이곳에 들어와 절을 세웠다고 하나, 대저 불교가 중국에 들어온 것은 명제明帝 영평永平 8년 을축년(65)이며, 불교가 동국東國에 들어온 것은 양梁나라 무제武帝 대통大通 원년元年 정미년(537)이다. 중국의 을축년에 비해 402년이란 긴 시간이 뒤지는데, 만약 저 말을 믿는다면 중국은 부처가 있는 지도 몰랐던 때보다 61년이나 앞서 동국에서 이미 부처를 위해 절을 세운 것이니, 대단히 가소로운 일이다. 다른 것들도 대부분 이와 같다.

유점사楡岾寺에서 민지閔漬의 〈금강산유점사사적기金剛山楡岾寺事蹟

記〉의 내용을 많은 분량을 할애해 집중적으로 소개한 후, 정윤영이 이에 대해 부연한 대목이다. 이보다 앞서 민지의 〈금강산유점사사적기〉의 "유점사를 신라 남해왕 원년(4), 한나라 평제 원시 4년 갑자년에 세웠다.[時則新羅南解王元年, 漢平帝元始四年甲子.]"라는 부분을 언급했고 이어 이에 대해 검증을 시작했다. 중국에 불교가 들어온 것은 기원후 65년이고 동국에 불교가 들어온 것은 537년인데, 만약 민지의 언급대로 4년에 동국에 불교가 들어왔다면 중국에도 아직 불교가 들어서지 않았는데 동국에 사찰이 세워질 리 만무하다는 논리이다. 철저한 검증을 통해 오전誤傳된 기록을 바로잡은 것이다.

총석叢石과 관련해 '여와씨女媧氏가 만들었다.'거나 '한漢 무제武帝의 방사方士가 만들었다.' 등 혹자의 언급을 소개하면서 이를 터무니없는 말로 간주한 바 있다. 이 역시 황당무계한 전설에 대한 오류를 바로잡으려는 태도에서 기인한 것이다. 또한 각 사찰에서 전승되는 일에 대해서는 곱지만은 않은 시선을 두었다.

　　승려가 "고려시대에 김동金同이 부처를 모시려 처자를 거느리고 이 산에 암자를 지었다. 그러다가 나옹懶翁과 도道를 다투자, 천둥이 치고 비가 내렸고 그 암자가 부서져 못이 되었다. 길쭉한 바위가 그 옆에 있는데 이것이 바로 김동의 관棺이며, 또한 세 바위가 앞에 있는데 그 모양이 머리를 숙이는 모양으로 김동의 세 아들이다."라고 했다. 이 말은 더욱 이치에 합당하지 않다.

울연鬱淵과 관련된 승려의 언급이다. 이 대목에 대해 정윤영은 이치에 맞지 않는다고 하면서 허무맹랑함을 비판했다. 앞서 본 것처럼 유교

적 사유와 관련해서는 그 사유를 체험하는 장으로 활용했지만, 불가에서 승려의 입을 통해 전해지는 이야기에 대해서는 비판적인 시선을 두었다. 부봉鳧峯과 응봉鷹峯 및 문불봉文佛峯과 관련된 승려의 언급에 대해서는 '불경不經스럽다'고 했고 만회암萬灰菴에 대한 승려의 언급에 대해서도 '황탄荒誕하다'고 일침을 가했으며, 오십삼불五十三佛과 효운추曉雲湫에 대한 승려의 언급에 대해서도 각각 '탄만誕謾'과 '하기탄何其誕'이라고 비판한 것이 그것이다.

정윤영에게 금강산 유람은 평소 익힌 관념적일 수도 있는 유자적 사유에 대해 현실 공간에서 체득할 수 있는 계기였다. 그렇다 보니 공자나 맹자에 대한 언급이 산견되며 그들의 사유를 실제적인 경험을 통해 더욱 뇌리에 새겼다. 또한 유자적 사유를 기반으로 하고 있었기에, 오전誤傳되는 것에 대해서는 논리적으로 검증했다. 여타의 산수유기는 전해오는 설화에 대해 검증하거나 비판하지 않고 단순히 소개하는 수준에 머문 경우가 많았는데, 이러한 것에 대한 철저한 검증과 냉철한 비판도 정윤영만의 특징적 일면이라 하겠다.

(2) 산수에 대한 자신만의 견해 피력

여타의 금강산 유기에서도 산수에 대한 자신만의 견해를 밝힌 바 있지만, 대부분 절경에 대한 칭송과 선경仙境에의 설렘이 주를 이룬다. 그러나 정윤영은 자신만의 독특한 견해를 피력하고 있어 주목된다.

명나라 중랑中郞 원굉도袁宏道가 "법률에 산의 재목을 도둑질하거나 광물을 채굴하면 모두 일정한 형벌이 있는데, 세속의 선비가 명산名山을 더럽히는 것은 법률로 금하지 않으니 어째서인가. 청산의 흰 바위가 무슨 죄가 있다고 아무 까닭 없이 그 얼굴에 묵형墨刑을 가하고 그 피부를 찢는단 말인가. 아, 매우 인仁하지 못하도다."라고 했다.

수건애手巾崖는 관음보살이 수건을 빨던 곳인데, 바위 면의 위아래에는 사람의 성명이 빽빽하게 새겨져 조금도 비어 있는 곳이 없음을 보고 정윤영이 이에 대해 평한 부분이다. 원굉도의 《원중랑전집袁中郎全集》 권14 〈제운齊雲〉에 보이는 언급을 그대로 가져와, 산의 재목을 무단으로 베거나 광물을 허락 없이 채굴하면 그에 합당하는 형벌을 받는데, 산에 들어와 암석이나 절벽에 멋대로 자신의 이름을 새기는 것에 대해서는 형벌이 없다고 하면서 그러한 행위가 산에게는 불인不仁한 처사가 된다는 논조이다. 산천에 멋대로 자신의 이름을 새기는 동국의 습속을 맹렬하게 비판했다.

마하연에 이르러 이틀 째 묵었다. 밤중에 몸이 상쾌해지고 정신이 맑아서 잠을 이룰 수가 없었다. 호음거사湖陰居士 정사룡鄭士龍이 "거원蘧瑗이 바야흐로 50살에 49년의 삶이 잘못된 것을 알았다고 했네."라고 했는데, 바로 내 마음을 얘기한 것이다. 내가 전인들이 다녀간 기념으로 현판에 자신의 이름을 새겨 넣은 것을 보았는데, 장안사長安寺부터 이곳까지 문미, 서까래, 기둥, 들보 등에 조금의 틈도 남기지 않았으니 이는 동방 사람들의 나쁜 습속이다. 사찰이나 누대를 지나는 우리나라 사람들은 반드시 검은 먹과 몽당붓으로 월일月日과 지방地方, 그리고 성명 등을 적으며 붉은 난간이나 푸른 서까래를 멋대로 더럽히면서 조금도 아끼지 않는다. 한편 속세의 선비들이 시를 지어 현판을 내걸면서 망령되이 이전 작품을 평가하니, 나는 산신령과 물속의 정령이 성을 낼까 두렵다.

금강산에 이른 시인은 산이 열린 이후로 한정 없이 많을 것이지만 가작佳作은 드물다. 어째서 그런가. 평범한 산과 속세의 바위에 익숙하다가 갑자기 금강산의 경치를 만나면 지니고 있던 문학적인 재능을 잃어버려서 글을 쓰기가 어렵다. 그런데도 힘을 다 쏟아 제목에 부합하려고 하지만 본래의 재능이 넉넉하지 못하니 반드시 문리文理를 이루지 못하게 되는 것이다. 더구나 사욕私欲이 속에 가득하여 사람들에게 회자되는 작품을 지어보려 노력하지만, 용무늬 솥을 들다가 맥脈이 끊어져서 죽는 것으로 귀착되지 않음이 매우 드물다. 그러므로 온전한 시가 없는 것이 괴이하지는 않다. 나의 창작이 이와 같다면 비록 조금 읊조릴 만한 부분이 있더라도 감히 전인의 작품 현판의 끝에 나의 작품을 걸지 않을 것이다.

자신의 글재주가 볼품없다는 것으로 마무리한 대목이지만 앞부분에서는 동국의 습속에 대해 일침을 가하고 있다. 장안사에서 가섭동迦葉洞까지 오는 동안 사찰이나 정자 등의 난간이나 서까래에 걸린 수많은 시판에 대해 비판적인 시선을 두었다. 이는 사욕으로 인해 문리가 합당하지도 않은 작품을 짓고 이를 계판揭板하여 자신의 이름을 알리고자 하는 동국의 습속 때문이라고 꼬집었다. 그렇기에 자신은 계판하지 않겠다고 다짐한 것이다.

이어 실제 계판된 작품에 대한 평가도 이어졌다. 오도일吳道一(1645~1703)이 1695년 봄, 금강산을 유람하고 쓴 〈헐성루대만이천봉歇惺樓對萬二千峯〉에서는 경치만을 읊었을 뿐 자신의 정회를 전혀 담지 않았고 정사룡鄭士龍(1491~1570)의 작품에 대해서는 훌륭한 작품이라고 칭송되지만 금강산과 관련이 없는 작품이라고 하면서 적극 비평했다. 이 역시 계판을 통해 이름을 알리고자 하는 동국의 나쁜 습속에 일침을 가

한 것으로, 진정한 산수 유람의 자세가 아니라는 입장이다.

(3) 자신의 삶을 반추하는 계기

정윤영은 척화斥和 관련 소장으로 인해 유배를 다녀왔고 그 이후 금
강산을 유람했는데, 그때의 기록인《영악록》에는 지난 삶에 대한 회고
와 척화에 대한 불굴의 의지가 곳곳에 엿보인다.

> 동쪽으로 바라보니, 2~3개의 커다란 바위가 나란히 바다 가운데에 솟
> 아 있는데, 우뚝하니 백옥색白玉色이다. 이른바 '강물 중류의 지주산砥柱
> 山'이란 것인가. 성난 파도와 거센 물결 속에 우뚝 서서 사생死生과 영욕榮
> 辱에 굽히지 않으니, 능히 부끄러움이 없구나. 이 바위와 같은 사람이 지
> 금 세상에 몇 명이나 있을까. 내 마음에 그윽이 감회가 인다.

고성高城으로 가는 길에 바다 가운에 우뚝 솟아 있는 바위를 보고
감회를 기록한 대목이다. 바다 가운데 바위를 '지주산'이라고 표현했는
데, 이 지주산은 중국 황하의 급류 가운데 솟아 있는 산으로 보통 세
파에 흔들리지 않는 신념을 표현할 때 애용된다. 정윤영은 변복령, 단
발령, 황후 시해 등 일본의 조치와 동학과 남학 그리고 의병 활동이 전
개된 혼란스러운 시기를 관통했던 인물이다. 그러한 상황 속에서 자신
이 지주산처럼 자신의 신념을 굳건하게 지켜냈는지 돌아보면서 지주산
같은 불굴의 신념을 지향했다.

> 옛날 가의賈誼는 장사長沙로 가다가 삼려대부三閭大夫 굴원屈原을 조상
> 弔喪했고 창려昌黎 한유韓愈는 낙양洛陽을 지나다가 전횡田橫을 조상하는

데, 저 가의와 한유 두 사람은 굴원이나 전횡보다 천년 뒤에 태어났는데도 이처럼 광세지감曠世之感을 느낀 것은 어째서인가. 특별히 그들의 곧은 충정과 높은 의기에 대해 존모하는 마음을 스스로 멈출 수가 없었기 때문일 것이다.

명경대明鏡臺에서 신라 경순왕敬順王의 태자 형제에 대해 적지 않은 분량을 할애하고 소개하면서 자신의 감회를 기록한 대목이다. 가의는 〈조굴원부弔屈原賦〉를 써서 굴원을, 한유는 〈제전횡문祭田橫文〉을 써서 전횡을 조상한 바 있다. 가의와 한유는 천년이란 시간을 사이에 두고 있으면서 굴원과 전횡을 애도한 것은 결국 그들의 충정과 의기를 존모했기 때문이라고 했다. 태자는 자신의 신념을 굽히지 않고 경순왕에게 간언한 일로 인해 금강산으로 피신했고 굴원이나 전횡 역시 자신의 신념을 굽히지 않아 추방과 좌천을 당했는데, 이 대목은 척화의 신념으로 소장을 올리고 그 일로 유배를 가게 된 정윤영의 삶과도 무관하지 않다. 그러한 연유로 적지 않은 분량을 할애해 소개했는데, 결국 자신의 유배가 충정에서 비롯되었고 그 유배에도 자신의 신념은 흔들리지 않았다는 것을 에둘러 드러낸 셈이다.

대개 산수와 목석木石은 일찍이 아픔을 겪은 이후에 비로소 기이하게 된다. 산은 끊어진 다음에 우뚝하게 되고 물은 세차게 쏟아지다가 굽이치며 나무는 옹이가 난 뒤에 뒤틀리고 바위는 위태로운 뒤에 울퉁불퉁해지니, 이러한 것 때문에 기이하다고 일컬어진다. 산수와 목석이 모두 아픔을 겪었는지 모르겠지만, 만약 아픔을 겪지 않았다면 또한 어찌 사람들에게 칭송되겠는가.

아픔을 겪은 이후에 산수나 목석도 기이하다는 평가를 받는다고 했지만 단순히 산수나 목석을 말하기 위한 것은 아니다. 사람 역시 아픔을 겪은 이후에 이름이 나게 된다는 것으로, 어찌 보면 자신의 삶에 대한 전반적인 평가가 은연 중에 담긴 구절이라 할 수 있다. 자연이 그냥 그대로의 자연이 아니라 자연을 통해 자신의 삶을 반추한 셈이다.

정윤영은 십왕봉十王峯 주변의 미륵봉彌勒峯과 죄인봉罪人峯을 거론하면서, 아무런 이유 없이 산봉우리에 영예와 모욕을 더했지만 봉우리는 신경 쓰지 않는다고 했다. 이어 군자君子 역시 세상의 평판에 신경 쓰지 않고 그저 도천盜川의 물은 마시지 않고 나쁜 향기의 채소를 먹지 않는다고 언급했다. 유배라는 아픈 시련을 겪었지만 그로 인해 자신의 신념이 변하지 않았기에, 비록 세상 사람들이 알아주지 않더라도 자신에게만은 부끄러움이 없음을 이 글 속에 담아낸 것이다. 또한 마땅히 해야 할 일이 있다면 그 일에 힘써야지 죽음을 두려워해서는 안 된다고 자술했는데, 이 역시 척화에 대한 일관성 있는 신념을 반영한 것으로 읽힌다. 하지만 갑오경장이나 을미개혁 등으로 척화의 바람은 허무하게 무너졌다. 정윤영은 내외금강 최고의 봉우리인 비로봉에서, 자신 또한 제일등第一等을 기약했지만 성취하지 못했다고 하면서 탄식을 자아낸 바 있다. 척화에 대한 자신의 신념이 실현되지 못한 아쉬움이 진하게 묻어난다.

척화에 대한 불굴의 신념으로 유배의 시련을 겪었고 이후 급변하는 정세 속에서 척화는 실현되지 못했지만 꿋꿋하게 척화의 신념을 견지한 노년의 자신의 삶에 대해서는 긍정의 시선을 보냈다.

우리들이 이름과 자취를 감추고 음풍농월吟風弄月을 하면서 스스로 즐기는 것에 견줘보면 누가 신선이고 누가 신선이 아니란 말인가. 하물며 나와 같은 사람은 세상에 빌붙어 살지만 세상에 빠지지 않고 사물 속에 살지만 사물에 구속되지 않아, 얼굴은 늘 봄빛이고 머리털은 새지 않은 채, 장차 천근天根을 탐색하고 월굴月窟을 밟아 희황羲皇(복희씨伏羲氏) 시절의 무리가 되었으니, 영랑에게도 이러한 것이 있었는지는 모르겠다.

삼일호三日湖에서 사선四仙에 대해 언급하면서 자신의 정회를 담은 대목이다. 물론 유람에 대한 흥취에서 비롯된 언급이다. 그러나 '하물며 나와 같은 사람은 세상에 빌붙어 살지만 세상에 빠지지 않고 사물 속에 살지만 사물에 구속되지 않는다.'란 구절에 다단했던 정윤영의 삶을 대입해 보면 흥취로만 간주할 수는 없다. 정윤영은 거센 세파 속에서도 지주산처럼 자신의 신념을 줄곧 견지했으며, 그로 인해 유배라는 시련을 겪었다. 비록 척화가 실현되지는 못했지만, 자신이 해야 할 일을 묵묵히 하면서 세속과 야합하지 않았다. 그러한 자부심이 묻어나는 대목이다.

《영악록》은 금강산 유람을 기록한 것이지만, 마치 한편의 자서전을 쓰는 것처럼 자신의 삶을 곳곳마다 투영시켜 혼란한 시대에 올곧은 자세로 살아온 자신을 돌아보는 계기로 삼았다. 이러한 부분 역시 여타의 유람기에서는 살펴볼 수 없는 정윤영만의 특징적 일면이라 하겠다.

3. 《영악록》의 의의

정윤영은 혼란한 시기 척화를 주장하다가 유배를 다녀온 인물이다.

《영악록》은 그러한 연장선상에서 1897년 가을, 내·외금강산과 동해를 유람한 것을 정리한 유기이다.

우선《영악록》의 가장 특징적인 일면은 전대前代의 금강산 관련 유기나 단편 작품 및 산수유기의 기록을 대폭 수용하고 있다는 점이다. 그중에서도 특히, 김창협의 〈동유기〉를 중심에 두었다. 여정별로 기록한 형식적인 부분뿐만 아니라 실제 작품에서의 단편적인 표현 혹은 전체 구절을 가져온 경우도 쉽게 확인할 수 있었고 여정의 주변 풍광에 대한 기록과 그 풍경점에서의 개인적인 감회 부분도 〈동유기〉의 내용을 그대로 수용했다. 이외에도 이의현, 오도일, 남효온, 홍경모 등의 기록을 수용한 것도 확인했다.

금강산의 여정에 대한 기록은 〈총론〉이나 〈[부]금강내외산정력〉만으로도 충분하다. 그러나 이처럼 전대의 기록을 대폭 수용한 것은 정윤영이《영악록》을 집필하면서 의도한 바가 있었기 때문이다. 여정이나 풍경점, 혹은 그곳에서의 감회를 서술하기보다는 다른 차원의 논의를 하고 싶었던 것이다. 그것이 바로 여타의 유기와 변별되는 정윤영《영악록》만의 특징이다.

중국의 산수유기와 관련된 기록을 적극적으로 활용했는데, 각 풍경점에 대해 직접적으로 언급하지 않고 중국 기록을 활용하여 금강산을 간접적인 방식으로 묘사했다. 조선 문인들이 익히 알던 기록이기에 금강산을 상상하기에 더 효과적일 수 있다. 또한 간접적으로 금강산을 소개하면서 중국 기록을 언급한 것은 금강산이 비교 우위에 있음을 강조하기 위함이었다. 이러한 의도 하에 중국 기록을 십분 활용했는데, 전대의 유기에는 보이지 않는 정윤영만의 특징적 일면이다.

정윤영은 금강산 유람을《논어》나《맹자》등에서 익힌 유자적 사유를 실제 공간에서 체득하는 배움의 장으로 활용했다. 일견 조선시대 유자들의 유기와도 일정 부분 겹치는 부분이다. 철저한 검증이 필요한 부분도 고증해 나갔는데, 모두 유자적 사유에서 비롯된 것으로 보인다.

일반적인 유기의 경우, 산수에 대한 칭송과 마치 선계와도 같다는 묘사가 주를 이루지만, 정윤영은 산수에 대한 자신만의 독특한 의견을 개진한 바 있다. 암벽에 새겨진 수많은 이름, 정자에 걸린 작품을 보면서 자신의 이름을 알리고자 몰두한 동국의 습속에 대해서는 비판의 목소리를 높였다. 산수 유람의 변질된 부분에 일침을 가한 셈이다.

척화에 대한 신념과 이로 인한 유배의 시련 등 삶의 파편들도 《영악록》에 담겨 있다. 마치 한 편의 자서전을 쓰는 듯한 인상을 지울 수 없는데, 이를 통해 척화에 대한 불굴의 신념을 재차 확인하고 자신의 삶에 대한 긍정적인 시선을 두었다. 결국 유람을, 자신의 삶을 반추하는 계기로 활용했고 이 부분에 적지 않은 분량을 할애한 것도 특징적 일면이라 하겠다.

정윤영의 《영악록》은 10행 20자로 총 99면, 17,956자이다. 이곡李穀의 〈동유기東遊記〉는 약 3,100자이며, 김창협의 〈동유기東游記〉는 약 6,400자에 불과하다. 이보다 양적으로 좀 더 많은 작품들도 있는데, 이하진李夏鎭의 〈금강도로기金剛途路記〉는 약 12,400자이지만 시가 대부분이고 실제 금강산과 관련된 세세한 정보는 없는 편이다. 이서李漵의 〈동유록東遊錄〉도 약 16,400자이지만 시가 188수 실려 있어 실제 유기부분은 그리 많지 않으며, 심육沈錥의 《풍악록楓嶽錄》은 약 17,900자이지만 날짜별로 간단하게 메모한 수준이다. 이외 수원박물관에 소장된 《금강록金剛錄》은 약 27,700자이다. 분량의 측면에서도 적지 않음을 쉽게 확인할 수 있다.

《영악록》은 금강산 유람기로, 일반에 널리 알려지지 않았기 때문에 해제에서는 전체적인 소개에 역점을 두었다. 이 번역서가 다양한 방면에서 《영악록》에 접근할 수 있는 밑거름이 되었으면 한다. 또한 《영악록》과 여타의 금강산유기와의 비교 연구를 통해 《영악록》이 금강산 유기류의 작품 속에 합당한 자리를 잡고 《영악록》으로 인해 금강산 유기의 편폭도 깊고 넓어졌으면 한다.

유람 여정도

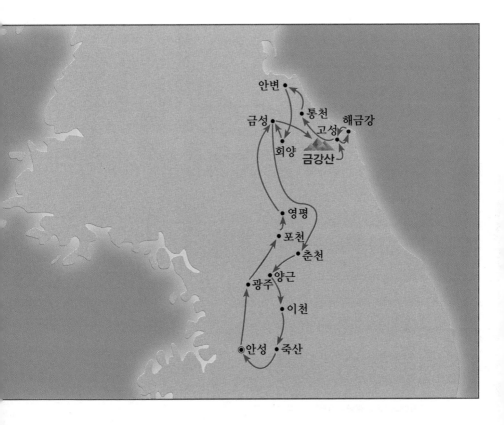

안성安城 → 광주廣州 → 포천抱川 → 영평永平 → 금성金城 → 〈금강산 여행〉 → 고성高城 → 해금강海金剛 → 외금강 만물초萬物肖 → 통천通川 → 안변安邊 → 회양淮陽 → 금성金城 → 춘천春川 → 양근楊根 → 이천利川 → 죽산竹山 → 안성安城

금강산 여정도

일출봉
수미암
정양사
만회암
백운대
마하연암
묘길상
표훈사
금강문
보덕굴
사선대
단발령
삼불암
만폭동
망군대
혈망봉
백탑동
명경대
내금강
장안사
영원암
유점사

〈금강산도 10폭 병풍〉, 국립민속박물관

단발령斷髮嶺 → 장안사長安寺 → 명경대明鏡臺 → 영원암靈源菴 → 장안사長安寺
→ 삼불암三佛巖 → 표훈사表訓寺 → 정양사正陽寺 → 표훈사表訓寺 → 만폭동萬瀑
洞 → 보덕굴普德窟 → 마하연암摩訶衍菴 → 만회암萬灰菴 → 백운대白雲臺 → 마하
연암摩訶衍菴 → 원통암圓通菴 → 수미암須彌菴 → 가섭동迦葉洞 → 마하연암摩訶衍
菴 → 묘길상妙吉祥 → 사선대四仙臺 → 배점拜岾 → 유점사榆岾寺 → 만경대萬景臺
→ 고성高城 → 해금강海金剛 → 삼일호三日湖 → 고성高城 → 신계사神溪寺 → 구룡
연九龍淵 → 신계사神溪寺 → 온정리溫井里 → 만물초萬物肖 → 통천通川 → 총석정
叢石亭

금강산 유람기

일러두기

1. 이 책은 정윤영의《영악록》(전1책)을 탈초, 번역한 책이다.

2. 《영악록》은 화성시 역사박물관 소장 필사본(소장품번호: 화성역사박물관 1579)을 저본으로 하였으며, 동 박물관 소장《후산문집后山文集》(전20권 11책본. 소장품 번호: 화성역사박물관 1582) 권10 〈유풍악기遊楓嶽記〉를 참고하였다. 모두 국립 중앙도서관에서 이미지 서비스를 제공하고 있으며 그 표준번호는, 《영악록》은 UCI G701:B-00069251798, 《후산문집》은 UCI G701:B-00069557965다.

3. 《영악록》중 '[부附]시편詩篇'의 시는 원록原錄의 해당 부분에 번역문을 삽입하였다.

4. 《영악록》에 수록된 시詩 외에, 정윤영이 금강산 유람 중 지은 시로《후산문집》에 실린 것은 추가로 보충하여 해당 부분에 삽입하였다.

5. 서명書名은《 》, 편명篇名·작품명作品名은〈 〉, 원주原注는【 】를 사용하였다.

6. 교감부호는 ( )와 [ ]를 사용하였다. ( )는 저본의 오자誤字 또는 연자衍字를, [ ]는 교감한 정자正字 또는 탈자脫字의 보충을 나타낸다.

7. 도판은 김하종金夏鐘,〈해산도첩海山圖帖〉(국립중앙박물관); 김홍도金弘道,〈금 강사군첩金剛四郡帖〉(한국데이터베이스진흥원); 신익성申翊聖,〈금강산도권金剛 山圖卷〉(국립중앙박물관); 정선鄭敾,〈신묘년辛卯年 풍악도첩楓嶽圖帖〉(국립중앙박 물관); 정수영鄭遂榮,〈한임강명승도권漢臨江名勝圖卷〉(국립중앙박물관)에서 찾아 수록하였고, 사진은 국립민속박물관, 국립중앙박물관, 문화재청, 부산광역시 립박물관, 수원광교박물관, 한국향토문화전자대전 소장 자료를 수록하였다.

금강산
유람기

영악록서瀛嶽錄序

나는 평소 멋진 산수山水를 대단히 좋아했다. 그러나 중년 이래로 가난과 병에 시달려 사방을 맘껏 유람하고자 하는 뜻을 이루지 못했다. 겨우 동쪽으로는 치악산雉嶽山, 북쪽으로는 칠보산七寶山, 남쪽으로는 속리산俗離山과 계룡산鷄龍山, 서쪽으로는 천마산天磨山과 수양산首陽山을 유람하여, 사방 수천 리 안에 명성이 자자한 장소에 발자취를 절반 정도 남겼다. 그러나 오직 관동關東의 풍악산楓嶽山은 가 보고자 했지만 아직 가지 못하여 살아생전의 빚으로 남은 지 오래였다.

이에 금년 가을에 두세 명과 약속을 하고서는 양식을 지고 신을 엮어서 가파른 암벽을 밟고 잔도棧道를 설치한 길을 건너, 내금강과 외금강을 두루 유람했다. 떠오르는 아침해가 푸른 바다 위를 비치는 것을 보고 천지간의 시원한 기운을 맞으며 호탕하게 자득自得하여 마음속의 찌꺼기를 말끔히 씻어내었다. 또한 이때의 유람을 간략하게 기록해 두었다가 돌아와서 한 통을 베껴 쓰고서는 '영악록'이라고 이름을 붙였다.

집에 있으면서 일이 없을 때면 이 기록 중에서 산수를 형용한 곳에 나아가 정신으로 만나고 문장[道妙]으로 참여하여 흐르는 물과 높은 산에서 노닐던 일을 여유롭게 음미하였다. 나도 모르게 일만 이천 봉우리가 눈과 마음[^1] 속에서 온전하게 펼쳐지고 창과 벽 그리고 책상이 안개와 구름 낀 굴속이 된 듯하여 사람으로 하여금 너울너울 아득히 노니는 상상을 일으키게 하니 유신劉晨과 완조阮肇[^2]가 천태산天台山을 몇 번이나 유람했는지 묻게 될 정도였다.

그러나 나는 병에 시달리고 있고 길에는 또한 승냥이와 범이 날뛰고 있어[^3] 다시 만폭동萬瀑洞과 중향성衆香城 사이를 노닐 수 없으리라는 것은 이미 결정난 사항이다. 그러니 이 기록이 노년에 와유臥遊하는 데 도움이 되길 바랄 뿐이다.

일찍이 농암農巖 김창협金昌協[^4]이 "풍악산은 산에 있어서 성인聖人이다."라고 했으며, 중니仲尼(공자孔子의 자字)에게 비견하면서 "세상에서 혹 늙어 죽을 때까지 풍악산을 한 번도 보지 못한 사람이 있는데 이것이 어찌 노魯나라에 태어나 중니의 얼굴을 알지 못하는 것과 다르겠는가."[^5]라고 한 것을 기억한다. 나는 처음에는 이 말이 지나친 말이라고

[^1]: 눈과 마음 : 원문은 '銀海靈臺'이다. 은해는 사람의 눈을 가리키는 말로, 보통 도가道家와 의가醫家에서 사람의 눈을 가리킨다. 영대는 신령스러운 사람의 마음을 가리키는 말이다.

[^2]: 유신과 완조 : 동한東漢 때 천태산天台山의 선경에 들어가서 약초를 캐다가 선녀를 만나 반년을 살았다는 유신劉晨과 완조阮肇를 말한다.

[^3]: 길에는……있어 : 승냥이와 범이 날뛰고 있다는 것은 당시 일본의 횡포를 의미하는 것으로 보인다.

[^4]: 김창협(1651~1708) : 본관은 안동安東, 자는 중화仲和, 호는 농암農巖·삼주三洲이다. 김창협은 1671년 8월 금강산을 유람하고 〈동유기東遊記〉(《농암집農巖集》권23)와 〈동정부東征賦〉(《농암집農巖集》권1)를 지었다.

[^5]: 풍악산은……다르겠는가 : 김창협의 이 언급은 〈유집중명악록발柳集仲溟嶽錄

여겼다. 그러나 풍악산을 유람하면서는 좋아하고 사모함에 경도되어 차마 떠날 수 없었고, 떠난 뒤에도 그리워 시간이 지날수록 더욱 잊을 수가 없었다. 그래서 다시 보고자 하는 마음이 보지 않았을 때보다 더 심했다. 나는 그러한 이후에 김창협의 말이 지나친 말이 아니라는 것을 알게 되었다.

아, 나는 올해 《주역周易》의 괘수卦數에 하나를 더했는데[6], 다행히도 뜻을 마침내 이루어 농암 김창협 선생의 비웃음을 면할 수 있게 되었다. 그 기괴하고 험준한 형세와 봄가을의 색다른 모습의 장관에 있어서는 비록 《사기史記》를 지은 사마천司馬遷[7]이나 계주桂州와 영주零州에서 기문記文을 쓴 유종원柳宗元[8] 및 가릉강嘉陵江을 그린 오도현吳道

跋〉(《농암집農巖集》 권25)에 보인다. 그 내용은 다음과 같다. "우리 동방의 많은 이름난 산 중에서도 풍악산이 으뜸이니, 이는 산수 중에 성인이라 할 수 있다. 세상사람 중에는 혹 늙어 죽도록 풍악산을 한 번도 보지 못한 사람이 있는데, 이것이 어찌 노나라에 태어나 중니의 얼굴을 알지 못하는 것과 다르겠는가. 나와 유집중은 또한 그러한 경우는 면했다 할 것이다.[夫以東土之多名山, 而楓嶽獨冠焉, 則是可謂聖於山水矣, 而世之人, 乃或老死而不得一見, 此何異於身生東魯而不識仲尼面目也. 若余與集仲, 則亦旣免是矣.]"

6 《주역》의……더했는데 : 《주역》은 64괘卦인데, 여기에 하나를 더했다는 것은 정윤영이 65세 되었다는 말이다. 정윤영은 65세인 1897년에 금강산을 유람하였기 때문에 이렇게 말한 것이다.

7 사마천 : 《사기史記》를 지은 사마천은 천하를 유람하며 자신의 식견을 넓히기 위해, 20세 때에 남으로 강회江淮·회계會稽·우혈禹穴·구의九疑·원상沅湘 등지를 유람하고, 북으로 문수汶水·사수泗水를 건너 제齊·노魯 지역에서 강학講學을 하다가 양梁·초楚 지역을 거쳐서 돌아왔다고 한다. 《사기》〈태사공자서太史公自序〉에 보인다.

8 계주와……유종원 : 당나라 유종원이 계주에 있으면서 쓴 〈계주배중승작자가주정기桂州裵中丞作訾家洲亭記〉와 영주에서 쓴 〈영주팔기永州八記〉를 가리키는 것으로 보인다.

玄[9]이라 할지라도 이 산을 갑작스럽게 마주한다면 오히려 그 진면목을 열에 여덟아홉도 핍진하게 묘사하지 못했을 것이다. 하물며 내가 거칠게나마 초록抄錄한 것이 어찌 그 만분의 일이라도 그려낼 수 있겠는가. 그러나 이 책을 잘 보고 마음을 쏟는다면 또한 그 풍경의 대략이나마 얻을 수 있을 것이다.

강어작악彊圉作噩(정유丁酉, 1897)[10] 양월陽月(10월)

팔계八溪 정윤영鄭胤永 쓰다

    이 책에 기록한 것은 비록 풍악산을 위주로 했지만 영평永平의 창옥병蒼玉屛과 금수정金水亭, 철원鐵原의 화적연禾積淵과 삼부연三釜淵, 고성高城의 해금강海金剛과 삼일호三日湖, 통천通川의 총석叢石과 금란굴金蘭窟 같은 것도 모두 아울러 기록해 두었다. 그러나 서문에서 다만 풍악산만을 거론한 것은 큰 것이 작은 것을 포함하기 때문이다. 이 책을 보는 사람은 이러한 의미를 몰라서는 안 된다. 이날에 더불어 쓴다.

---

9 가릉강을……오도현 : 오도현吳道玄은 당나라의 유명한 화가이다. 초명初名은 '도자道子'인데 당 현종이 '도현'으로 이름을 바꿔주었다고 한다. 특히 산수山水와 불상佛像에 독보적인 경지를 보여 주었다. 당唐 천보天寶 연간에 현종이 어느 날 갑자기 촉도蜀道의 가릉강嘉陵江 산수가 몹시 생각나서 당시 명화가名畫家였던 오도현에게 명하여 즉시 달려가서 가릉강 산수를 그려오게 했다. 오도현이 그곳을 다녀와서 아뢰기를 "신이 그려온 초본은 없고, 모든 경치를 마음속에 기억해 왔습니다."라고 하니, 마침내 그를 대동전大同殿으로 보내어 그리게 한 결과, 가릉강 300여 리에 걸친 산수를 하루만에 다 그려냈다는 고사가 전한다. 《산당사고山堂肆考》에 보인다.

10 강어작악 : 고갑자古甲子로 '강어'는 천간天干 중에 '정丁'에 해당하고 '작악'은 지지地支 중 '유酉'에 해당하기에 정유년丁酉年을 가리키는 말이다. 여기에서는 1897년이다.

영악록瀛嶽錄

산수山水는 어진 자와 지혜로운 자가 좋아하는 것이다.[1] 그러므로 무
릇 산에 오르거나 시내에 임하여 유람하는 것을 성현聖賢도 한 것이
다. 우리 공자孔子가 태산泰山에 오른[2] 이후로 회암晦菴 주희朱熹와 남
헌南軒 장식張栻이 형악衡嶽을 유람하기까지,[3] 흐르는 물과 높은 산에
서 노니는 것에서 정신과 마음으로 이치를 자세히 이해하여 즐겁게 자
득한 묘미가 있었다. 한편으로 가는 길에 지나친 맑은 샘과 기이한 돌,
무성한 숲과 깊은 계곡 등을 차례대로 이따금 읊고 기록했는데, 그 또
한 얼마나 찬연하여 읽어 볼 만한가.

---

1 산수는⋯⋯것이다 : 《논어》〈옹야雍也〉의 "어진 이는 산을 좋아하고 지혜로운
 이는 물을 좋아한다.[仁者樂山, 智者樂水.]"는 말을 활용한 구절이다.

2 공자가⋯⋯오른 : 이와 관련해《맹자》〈진심盡心 상上〉의 "공자가 동산에 올라가
 서는 노나라를 작게 여겼고, 태산에 올라가서는 천하를 작게 여겼다.[孔子登東山
 而小魯, 登太山而小天下.]"라는 구절이 유명하다.

3 회암⋯⋯유람하기까지 : '형악衡嶽'은 중국의 남악南嶽인 형산衡山으로, 주희가
 벗인 장식과 함께 형산을 유람하면서 여러 수의 시를 지은 바 있다.

나는 학문하는 방법을 아직 알지 못하기에 비록 인仁과 지智에 대해서는 감히 지녔다고 말할 수 없지만, 다만 그 산수를 좋아하는 것은 지녔으니, 만약 천성이 그러하다면 아마도 주자朱子가 말한 "나는 인仁과 지智의 덕德에는 부끄럽지만, 우연히 스스로 산수는 좋아한다네."[4]라는 경우에 해당하지 않겠는가.

관동關東의 풍악楓嶽은 세상에서 '진秦나라와 한漢나라의 황제가 방문한 곳이며[5], 삼신산三神山의 하나로 이른바 봉래산蓬萊山이다.'라고한다. 이 말은 비록 황당무계하지만 풍악은 기이하고 험준하며 커다란동해로 둘러싸여 있기 때문에 산수의 승경勝景이 참으로 동방에서 제일이라고 천하에 널리 알려진 것이다.

대개 영랑永郎[6]이 떠난 이후로 훌륭한 인물과 세상에 숨은 선비, 이름난 벼슬아치와 뛰어난 예술인이 식량을 싸고 나막신을 신고서 험준한 바위를 건너 드넓은 대양大洋의 기운을 호흡하면서 그칠 줄 몰랐고, 심지어 중국 사람까지도 "고려국에 태어나 한번 금강산을 보는 게소원이다."라고 했다. 또한 단약丹藥을 먹고 진眞을 닦거나 불에 익혀

---

4 나는……좋아한다네 : 주희朱熹의 이 구절은 《회암집晦菴集》 권9 〈인지당仁智堂〉이라는 작품에 보이는데, 다음과 같다. "나는 인과 지의 마음에는 부끄럽지만, 우연히 스스로 산수를 좋아한다네. 푸른 절벽은 고금이 따로 없고, 푸른 시냇물은 날마다 천 리를 흐른다네.[我慙仁知心, 偶自愛山水, 蒼崖無古今, 碧澗日千里.]"

5 진나라와……곳이며 : 진나라와 한나라의 황제는 각각 진秦 시황始皇과 한漢 무제武帝를 가리킨다. 《사기史記》 〈봉선서封禪書〉에 "봉래蓬萊, 방장方丈, 영주瀛洲의 삼신산三神山에 선인仙人과 불사약不死藥이 있다는 방술사方術士의 말을듣고 진 시황과 한 무제가 직접 동해까지 갔다가 돌아왔다."라는 내용이 실려있다.

6 영랑 : 신라시대의 국선國仙으로, 술랑述郎·남석南石 및 담상曇祥과 더불어 강원도 고성에서 3일 동안 맘껏 노닐다가 떠나갔기에, 호수의 이름을 삼일호三日湖라 했고 정자의 이름을 사선정四仙亭이라고 했다는 고사가 전한다.

먹는 것을 멀리하는 도인道人이나 승려들도 이곳을 거처로 삼지 않음이 없었다. 고금의 어진 이와 어리석은 이, 귀한 이와 천한 이를 가릴 것 없이 다만 모두 감상하지 못할까 혹은 말로 다 표현하지 못할까 두려워하면서 시편詩篇으로 읊고 책에 실어 전했으니, 금강산이 천하에 이름을 떨치면서 사람들을 매료시킨 것이 이처럼 대단했다.

　나는 어렸을 때부터 한번 금강산을 유람하려고 생각했는데, 끝내 먼지 구덩이의 속세를 벗어나지 못하고 65년 세월을 흘려보냈다. 다행스럽게 지금도 근력은 심하게 줄어들지 않았고 강산도 옛날이나 지금이나 변함이 없기에, 이에 두세 명과 약속을 하고서 방외方外로 옷을 떨치고 일어나 문을 열고 길을 나섰다. 가을 하늘이 높고 날씨가 쾌청하며 들판은 확 트였으니, 이 마음은 득의양양하게 벌써 바다와 산에 다가가 있었다. 때는 정유년丁酉年(1879) 가을 8월 16일 계유일癸酉日로, 최동우崔棟宇 군과 큰 아들 수용秀容이 나를 따라나섰다.

01

안성에서
영평까지의
기록

8월 16일 ~ 8월 27일

삼일이 지나 광주廣州 죽원竹院의 송씨宋氏 집으로 시집 간 누이의

집에 도착하여 이틀을 머물다가 길을 나섰다. 다시 하루를 지나 포천

抱川 가채리佳蒩里에 이르렀다. 상서尚書 면암勉菴 최익현崔益鉉[1]이 내

가 왔다는 소식을 듣고 신을 거꾸로 신고 나를 맞아주었다. 잠시 만났

지만 아주 오래된 벗[2]처럼 얼굴을 마주하여 살아온 날들을 이야기했

---

1 최익현(1833~1906) : 본관은 경주慶州, 자는 찬겸贊謙, 호는 면암勉菴이다. 포천
  가채리는 최익현의 고향이다.

2 잠시……벗처럼 : 원문은 '傾蓋如舊'니, 경개여고傾蓋如故와 같은 말로, 잠깐 만
  났지만 마치 오래전부터 알아온 친구처럼 느껴진다는 의미이다. 《사기史記》〈추

는데, 탄식을 이길 수가 없었다.

다음날 신사일辛巳日(8월 24일), 느지막이 길을 나서 영평永平 옥병리玉屛里의 이덕수李德秀 집에 도착하여 묵었다. 옥병리에는 옛날 선조宣祖 때의 명신名臣인 사암思菴 박순朴淳[3]이 살던 집의 옛 터가 있는데, 이덕수는 박순 누이의 손자이다. 옛 터에 서원書院을 세웠으나 훼철 당하여, 지금은 영당影堂만 남아 있으니 이것이 이른바 배견와拜鵑窩[4]이다. 배견와 아래의 암벽 위아래로는 많은 석각石刻이 있다.

선조가 제품題品한 '송균절조松筠節操, 수월정신水月精神.(소나무와 대나무 같은 절조, 물과 달 같은 정신.)'[5]이라는 여덟 글자는 우암尤菴 송시열宋時烈[6]의 필체筆體고, 사암 박순의 칠언절구七言絕句는[계곡 새 울음소리 때로 외마디 들리고, 책상에는 쓸쓸하게 책들이 흩어져 있네. 늘 가련해라 백학

양열전鄒陽列傳〉의 "흰머리가 되도록 오래 사귀었어도 처음 본 사람처럼 느껴질 때가 있고, 수레 덮개를 기울이고 잠깐 이야기했지만 오랜 벗처럼 느껴지는 경우도 있다.[白頭如新, 傾蓋如故.]"라는 말에서 유래했다.

3 박순(1523~1589) : 본관은 충주忠州, 자는 화숙和叔, 호는 사암思菴이다. 1586년 가을에 휴가를 받아 영평永平 초정椒井에 목욕하러 갔다가, 영평현永平縣 백운계白雲溪에 은거할 집을 지어 배견와拜鵑窩·이양정二養亭·청랭담淸冷潭·창옥병蒼玉屛 등의 명호名號를 쓴 바 있다.

4 배견와 : 박순이 포천 북쪽 옥병리玉屛里에 낙향하여 배견와라는 초가를 짓고 은거했다. 배견와는 두견새에게 절하는 움집이란 의미이다. 흔히 임금을 그리워하는 마음을 뜻하는 것으로 쓰인다. 두보杜甫가 촉蜀 땅에서 지은 〈두견杜鵑〉이란 시에 "두견새가 늦은 봄 날아와서, 슬프게 내 집 곁에서 울었지. 내가 보고는 항상 재배했나니, 옛 망제望帝의 넋임을 존중해서였네.[杜鵑暮春至, 哀哀叫其間. 我見常再拜, 重是古帝魂.]"라는 구절이 보인다.

5 소나무와……정신 : 선조宣祖가 박순을 높이 기리어 내려준 구절이다.

6 송시열(1607~1689) : 본관은 은진恩津, 아명은 성뢰聖賚, 자는 영보英甫, 호는 우암尤菴·우재尤齋이다.

대 앞 물도, 겨우 산문 나서면 곧바로 진흙탕 되노니.[7][谷鳥時時聞一箇, 匡床寂寂散群書. 每憐白鶴臺前水, 纔出山門便帶淤.] 석봉石峯 한호韓濩[8]의 필체이고, 도암陶菴 이재李縡[9]의 시 한 작품은[옥병의 선비와 헤어지고서, 우연히 냇물 가에 이르렀네. 가을 물은 깨끗하여 먼지도 없고, 들 태양은 깨끗하게 빛나누나. 저 먼 나무에서 한 마리 매미 울어대니, 흥취 이르러 다시 시를 짓노라.[10][相別玉屛士, 偶來川上時. 秋水淡無累, 野日淨輝輝. 遙樹一蟬鳴, 興至便爲詩.] 상국相國 몽촌夢村 김종수金鍾秀[11]의 필체이다. 산금대散襟臺, 수경대水鏡臺, 백운계白雲溪, 토운상吐雲床, 백학대白鶴臺, 청령담淸冷潭, 창옥병蒼玉屛 등은 모두 석봉 한호의 필체이다.

동음洞陰(영평현, 곧 현 포천군 일부의 옛 이름)은 그대로인데 풍패동風珮洞(영평현 백운산 자락에 있던 마을)은 새로워졌으니, 이곳의 바위와 골짜기, 숲과 샘은 모두 상국 박순을 만나 드러난 것이다. 모르겠다. 상국의 정령이 백세 뒤에도 이곳을 즐기며 노닐까. 내가 이리저리 거닐면서 두루 구경하는데, 오직 시내를 마주하고 서 있는 창옥병 석벽은 특별히 사암 박순을 만나 이름이 난 것이다. 원나라 왕운王惲[12]은 〈유

7 계곡……되노니 : 박순의 《사암집思菴集》 권2에 〈제이양정벽題二養亭壁〉이란 제목으로 실려 있다.

8 한호(1543~1605) : 본관은 삼화三和, 자는 경홍景洪, 호는 석봉石峯·청사淸沙이다.

9 이재(1680~1746) : 본관은 우봉牛峰, 자는 희경熙卿, 호는 도암陶菴·한천寒泉이다.

10 옥병의……짓노라 : 이재의 《도암집陶菴集》 권3에 〈증별이군태화贈別李君太和【순보醇甫】〉라는 제목으로 실려 있다.

11 김종수(1728~1799) : 본관은 청풍淸風, 자는 정부定夫, 호는 진솔眞率·몽오夢梧·몽촌夢村이다.

12 왕운(1227~1304) : 자는 중모仲謀로 위주衛州 급현汲縣 사람이다. 본래 원나라 관원이며 문장가였다. 원호문元好問의 제자가 되었으며 전인의 글을 답습하지 않아 당시에 독보적인 인물이었다.

동산기遊東山記〉에서 "적벽赤壁은 우뚝 끊어진 절벽인데, 자첨子瞻 소식蘇軾이 두 번 부賦 작품을 짓고 나서[13] 강산이 수려하게 드러났다. 현산峴山은 장기瘴氣 서린 고개인데, 양호羊祜가 한 번 오르고[14] 난 뒤에 세상에 이름이 떨쳐졌다."라고 했는데, 이곳 또한 어쩔 수 없이 천리마의 꼬리에 붙은 파리처럼 사암 박순 공을 기다릴 수밖에 없었던 것인가.

창옥병 암각문, 한국향토문화전자대전

---

13 자첨⋯⋯나서 : 송나라 소식이 지은 〈전적벽부前赤壁賦〉와 〈후적벽부後赤壁賦〉를 말한다.

14 현산은⋯⋯오르고 : '현산峴山'은 지금 호북성湖北省 양양현襄陽縣 남쪽에 있는 산이다. 진晉나라 양호羊祜가 형주荊州의 자사로 있을 때, 가벼운 갖옷 느슨한 띠[輕裘緩帶]로 현산에서 놀았다.

영평 옥병의 배견와를 지나다가
사암 박순의 영정을 배알하며 감회가 일다

공은 예전 두견에게 절했고 나는 공에게 절하는데 公昔拜鵑我拜公
공 돌아가 온 산의 두견은 고요하네   公歸鵑寂萬山中
오직 배견와 동편에 창옥벽이 있노니   惟有窩東蒼玉壁
지금도 천 길 높이의 높은 풍모 우러르네   至今千仞仰高風

〈박순 영정〉

임오일壬午日(8월 25일), 창옥병을 거슬러 올라 동쪽으로 2~3리 갔다. 산을 둘러 시내가 굽이쳐 흘러가며 산의 모습을 비추는 경치가 아름답고 시원한데, 여기에 금수정金水亭이 있다.【'금수정'이라는 세 글자는 봉래蓬萊 양사언楊士彦[15]의 필체이다.】석벽이 시내 입구에 우뚝 서 있는데, 위로는 작은 산을 형성하고 있으며 깊은 웅덩이를 이루어 금수정을 떠받치고 있으니 하늘이 공교롭고 오묘한 경치를 만들어 활짝 트인 광경과 그윽한 광경을 동시에 만들어내니 참으로 예전에 들은 것과 같았다.

왼쪽에는 부운벽浮雲壁【석봉 한호의 필체이다.】과 회란석回瀾石【명나라 학사學士 허국許國의 글씨이다.】이 있고, 오른쪽에는 회징담回澄潭이 있다. 그 옆에 준암樽巖과 연화암蓮花巖에는 나란히 그 이름이 새겨져 있었다. 또한 봉래 양사언의 시가 새겨져 있는데, 초성草聖의 글씨가 구불구불 기세가 넘치는데 희미하게나마 분별할 수 있었다.【그의 시는 다음과 같다. "녹기금[16], 백아의 마음. 종자기는 지음이라, 한 번 연주하며 한 번 읊조리네. 차가운 천지간에 드높은 산이 일어나고, 강의 달은 흔들흔들 강물은 깊어라.[17]【綠綺琴, 伯牙心. 鍾子是知音, 一彈復一吟. 冷冷虛籟起遙岑, 江月涓涓

---

15 양사언(1517~1584) : 본관은 청주淸州, 자는 응빙應聘, 호는 봉래蓬萊이다. 회양淮陽의 군수로 있을 때에 금강산을 자주 유람하였다.

16 녹기금 : 보통 거문고의 대칭으로 쓰인다. 전설에 의하면, 한漢나라 사마상여司馬相如가 〈옥여의부玉如意賦〉를 짓자, 양왕梁王이 기뻐하며 녹기금을 선물로 주었다고 한다.

17 백아의……깊어라 : 춘추시대 초楚나라 사람 백아伯牙와 종자기鍾子期는 벗이었다. 백아는 거문고의 명수였고 종자기는 백아가 타는 거문고에 실린 마음을 알아주었다는 지음知音의 고사가 유명하다. 이 구절은 이들과 관련된 고산유수高山流水의 고사를 활용한 대목이다. 백아가 고산高山에 뜻을 두고 연주하면 지음인 종자기가 "좋구나. 아아峨峨하여 태산泰山과 같도다."라고 하고, 유수流水에

금수정을 지나며

우뚝한 봉래의 정자	突兀蓬萊亭
희미한 석봉의 글씨	依俙石峯筆
시내 산이 마치 그림 같아	溪山似畵圖
물 가 정자 견줄 곳 없어라	水榭鮮儔匹

〈한임강명승도권〉 금수정, 국립중앙박물관

江水深.」】정자는 옛날 봉래 양사언의 소유였는데 김씨金氏에게 전해주었고, 지금 도사都事 김상원金相元에게까지 10대가 서로 전하였다고 한다. 대개 천하의 낙지樂地는 그것을 소유한 자는 알지 못하고 아는 자는 소유하지 못하는 법이다.

계미일癸未日(8월 26일), 아침에 출발하여 송경점松境店에 도착했다. 길을 따라 20리를 가서 왼쪽으로 꺾어 7리 정도 가 화적연禾積淵에 도착했다. 예전에 바위의 모습이 볏짚을 쌓아둔 것 같으므로 '화적(볏가리)'이라고 이름을 지었다고 들었는데, 큰 바위가 산에서 구불구불 내려와 물로 들어가려다가 갑자기 머리를 높이 처들고 마치 물을 건너려 하는 것 같고, 꼭대기는 사슴 머리의 뿔처럼 갈라져 있었다. 산의 등과 옆구리 쪽에서 완만하게 나와 너럭바위가 평평하고 드넓으며 한 줄기 흰 선이 똥구멍에서 등뼈를 타고 올라간다. 바위의 좌우 옆구리 아래로 헤아릴 수 없는 깊은 연못이 있는데, 아마도 용이 사는 곳인가 싶다. 억지로 무엇을 닮았는지 찾아보지만 닮은 모습이 바위의 '화적(볏가리)'에는 미치지 못한다. 아마도 그 위에 기이한 경관이 있을 듯한데, 원숭이가 아니면 올라가 볼 수 없다.

이곳으로부터 큰 길을 따라 2~3리를 가서 경허점境墟店에 도착했다. 길을 놔두고 동쪽으로 10여 리를 가니 바로 삼부연三釜淵이었다. 골짜기로 들어가니 물과 바위가 웅장하고 폭포를 이뤄 물이 아래로 쏟아지는데, 물줄기가 그리 길지는 않았다. 물줄기가 용화동龍華洞 입구에서 나와 서쪽으로 10여 리를 흐르다가 마침 바위를 만나 두 층의 못

뜻을 두고 연주하면 "좋구나. 양양洋洋하여 강하江河와 같도다."라고 평했다는 고사가 전한다. 《열자列子》〈탕문湯問〉에 보인다.

화적연

가파른 바위가 물 속으로 달려들어	危石走波心
우뚝 솟은 것이 볏가리 쌓은 것 같네	穹隆象禾積
마치 온갖 집의 곡식창고 같노니	如許家家廩
바라건대, 팔도가 모두 이 같기를	願言同八城

〈한임강명승도권〉 화적연, 국립중앙박물관

이 되는데, 못의 검푸른 빛이 공포스럽다. 아래의 못까지 아울러 삼부 연이라 한다. 만약 중향봉衆香峯이나 수미봉須彌峯 사이에 삼부연이 있었다면 또한 세상에 떠들썩하게 알려졌을 것이다. 그러나 이렇게 궁벽 지고 후미진 협곡에 있는데도 오히려 삼연三淵 김창흡金昌翕[18]으로 하여금 이곳에 집을 짓고 이것으로 자신의 호號를 삼게 했으니, 어찌 다행스러운 일이 아니겠는가. 그 위에 삼연 김창흡의 옛 집터가 있다고 한다.

대개 산수와 목석木石은 일찍이 아픔을 겪은 이후에 비로소 기이하게 된다. 산은 끊어진 다음에 우뚝하게 되고 물은 세차게 쏟아지다가 굽이치며 나무는 옹이가 난 뒤에 뒤틀리고 바위는 위태로운 뒤에 울통불통해지니, 이러한 것 때문에 기이하다고 일컬어진다. 산수와 목석이 모두 아픔을 겪었는지 모르겠지만, 만약 아픔을 겪지 않았다면 또한 어찌 사람들에게 칭송되겠는가.

시냇물을 따라 동쪽으로 10여 리 정도 가니 문득 산이 펼쳐보이고 평지가 나왔다. 뽕나무와 삼나무가 밭두렁을 이루었고 시야가 활짝 트였으니, 이곳은 세상 밖의 무릉도원武陵桃源이었다. 이곳에 호음湖陰 정사룡鄭士龍[19]의 후손인 정기하鄭基夏가 거주하고 있었다. 나를 보더니 따뜻하게 맞이하고 힘껏 붙들기에 하루를 묵었다.

---

18 김창흡(1653~1722) : 본관은 안동安東, 자는 자익子益, 호는 삼연三淵이다.
19 정사룡(1491~1570) : 본관은 동래東萊, 자는 운경雲卿, 호는 호음湖陰이다.

삼부연

암벽 사이의 좁은 통로로 흘러	巖崖通細徑
돌 사이에서 날 듯 물 휘날리네	石竇注飛泉
앉아 있자니 간담이 서늘하여	坐久心肝冷
삼부연임을 정말로 알겠어라	定知三釜淵

〈삼부연폭포〉

02

영평에서
장안사까지의
기록

8월 28일 ~ 9월 1일

갑신일甲申日(8월 28일), 용화동龍華洞을 출발하여 금화읍金化邑의 주
막에 도착하여 묵었다. 일찍이 들으니 곽태郭泰[20]는 여관에 묵을 때 직
접 청소를 했다[21]고 하니, 이런 도道는 대단히 좋다. 사람이 세상을 살

---

20 곽태 : 원문은 '有道'이니, 후한後漢 때의 은사隱士인 곽태郭泰를 가리킨다. '유
   도'는 한나라 때 찰거제도察擧制度 중 특거과목特擧科目으로, 도덕과 재예才藝가
   있는 사람이 천거되어 관리가 되었음을 가리킨다. 곽태가 최초로 태상太常 조
   전趙典의 천거로 유도가 되었으므로 후세에서 '곽유도'라고 일컬은 것이다.

21 여관에……했다 : 《태평어람太平御覽》에 "임종林宗 곽태郭泰는 여행을 하면서
   여관에 머물 때마다 번번이 자신이 직접 청소를 했다. 다음날 곽태가 떠나고 뒷
   사람이 와서 이를 보고서는 '이곳은 곽태가 어제 묵었던 곳이 틀림없다.'라 했

때에는 언제나 이와 같이 해야 한다. 우주 안에 잠시 살다가 홀연히 죽는 것을 여관에 하루 묵는 것과 비교하면 다만 시간의 더딤과 빠름의 차이만 있을 뿐이다. 만일 마땅히 해야 할 일이 있다면 우리는 게으르지 말고 힘써 해야 하니, 어찌 더디거나 빠르게 죽는 것을 따지겠는가.

고을의 여러 봉우리들은 대단히 빼어나고 아름답다. 산에 해가 비로소 높이 뜨자 구름과 안개비가 점차 흩어지고 봉우리들의 모습이 나타났다 사라졌다를 반복했다. 그 모습이 비껴 보이며 나타나는데, 이는 마치 산음山陰의 길을 가다보면 경치를 두루 다 볼 수 없는 것[22]과 같다.

금성현金城縣 경내의 산세는 더욱 기이하여 마치 꽃이 막 피어난 듯하고 여인이 막 비녀를 꽂고 곱게 화장하고서 요염하게 사람을 유혹하는 것 같다. 대개 산은 봉우리를 이루지 않은 것이 없어 세상에서 "사대부로 이 고을의 수령된 자가 아들을 낳으면 반드시 귀하게 된다."라고 하니, 이 말이 한바탕 웃음을 자아낸다. 조상 때부터 이 고을에 거주한 사람은 이곳의 환경에 익숙하고 산기山氣에 무젖어 있을텐데, 이곳에서 낳은 자식 중에 귀한 신분에 오른 사람이 없는 것은 어째서인가.

다.[林宗每行宿逆旅, 輒躬灑掃. 及明去, 後人至見之日, 此必郭有道昨宿處也.]"라는 기록이 보인다.

22 산음의……없는 것 : 《세설신어世說新語》〈언어言語〉에 "자경子敬 왕헌지王獻之가 '산음山陰의 길을 따라 오르다 보면 산천이 서로 비추고 있어 사람으로 하여금 응접할 겨를이 없게 한다. 만약 가을이나 겨울이면 더욱 마음에 품기가 어렵다.'라고 했다.[王子敬云, 從山陰道上行, 山川自相映發, 使人應接不暇, 若秋冬之際, 尤難爲懷.]"라는 구절이 보인다. 좋은 경치가 너무도 많아서 미처 다 감상하지 못한다는 말이다.

예전에 내가 함경도 홍원洪原의 여러 산을 보았는데[23], 산빛의 농담濃淡이 마치 눈썹 그리는 붓으로 가볍게 점을 찍어 그린 듯하여 사람의 혼을 녹아내리게 만들었으니, 또한 이 산도 그와 비슷하다. 자후子厚 유종원柳宗元은 "계주桂州에는 신령스러운 산이 많은데, 평지에서 곧장 높이 솟아 숲처럼 늘어서 있다."[24]라고 했으며, 창려昌黎 한유韓愈는 "강은 파란 비단 띠와 같고, 산은 푸른 옥비녀와 같다."[25]라고 했다. 일찍이 이를 읽고서 아득하게 정신이 상상의 공간에서 놀았는데, 지금 이곳에 이르니 마음의 눈이 조금씩 열렸다. 낮에 창두점倉頭店에 도착하여 큰 길을 놔두고 동쪽으로 지성리芝城里에 가서 묵었다.

9월 초1일 정해일丁亥日, 지성리에서 일찍 출발하여, 여러 차례 큰 시내를 건넌 다음 40리를 가니 고개가 앞을 가로막고 있었다. 골짜기는 험준하고 바위는 뾰쪽했다. 꼬불꼬불 이리저리 길을 꺾어 돌아 대략 20리 정도 오르니 큰 나무들이 높다란 숲을 이뤄 하늘이 보이지 않았다. 힘겹게 올라가니 이곳이 이른바 단발령斷髮嶺이었다. 저 멀리 흰 봉우리가 빽빽하게 서 있었는데, 그곳이 바로 금강산이라는 것을 알고는 날아오를 생각이 들 정도였다. 이곳에 오른 세상 사람들은 곧바로 머리를 깎고 산으로 들어가고 싶어 하기에 단발령이라 이름을 지었다고 한다.

---

23 예전에……보았는데 : 정윤영은 1881년 개화를 반대하는 소장을 올렸고 이 일로 인해 함경도 이원현利原縣으로 유배된 바 있다. 이때 오가면서 홍원에서 산을 보았다는 언급으로 보인다.

24 계주에는……있다 : 유종원柳宗元의 〈계주자가주정기桂州訾家洲亭記〉에 보이는 구절이다.

25 강은……같다 : 한유韓愈의 〈송계주엄대부送桂州嚴大夫〉에 보이는 구절로 원래 구절은 "江作靑羅帶, 山如碧玉簪."으로 되어 있다. 이에 맞게 번역했다.

단발령을 넘어 30리를 가니, 시냇물이 세차게 흘러 길과 처음부터 끝까지 서로 얽혀 있었다. 두보杜甫가 "산행에 다만 시내 하나, 구불구불 여러 차례 건너네.[山行只一溪, 曲折方屢渡.]"[26]라고 말한 것이 바로 이러한 경우를 두고 한 말이었다.

장안사長安寺 어귀로 들어가니 길이 갑자기 임금이 다니는 길[27]처럼 넓어졌다. 회나무와 잣나무가 교대로 그늘을 이루며 바위와 절벽은 기이하고 험준하니 이미 평범한 경치는 아니었다. 장안사에 이르니 건물들이 크고 아름다우며 금빛과 푸른빛으로 휘황찬란해 또한 세상에는 없는 것이었다. 장안사는 옛날 신라의 율사律師 진표眞表가 창건했으며 400여 년이 지난 뒤 승려 회정懷正이 중수重修했다. 고려에 이르러 비구인 굉변宏卞이 다시 중수하다가 재력이 부족하여 원나라에 갔는데, 그 일이 알려져 중궁中宮(기황후)과 자정원사資正院使 고용보高龍普[28]가 힘껏 주장하여 완성하게 된 것이다. 가정稼亭 이곡李穀이 찬술한 비석에 이런 내용이 있었다.[29]

불전佛前에는 오래된 구리 그릇 두어 개가 있는데, 그릇에 새겨진 글

---

26 산행에……건너네 : 두보杜甫의 〈서지촌심치초당지야숙찬공토실西枝村尋置草堂地夜宿贊公土室〉이란 작품의 한 구절이다.

27 임금이……길 : 원문은 '馳道'니, 군왕의 말이나 마차가 달리는 도로를 말하는데, 보통 말이나 마차가 다니는 큰 도로를 의미한다.

28 고용보 : 원元나라의 환관宦官으로 고려 사람이다. 원나라와 고려에 있으면서 세력을 믿고 횡포를 부린 무리들 중에서 으뜸이었다.

29 가정……있었다 : 원문에서는 '목은찬비牧隱撰碑'라고 하여 목은牧隱 이색李穡이 지은 작품으로 보았다. 그러나 《목은집牧隱集》에 이러한 내용이 보이지 않는다. 이색의 아버지인 가정稼亭 이곡李穀의 《가정집稼亭集》 권6에 〈금강산장안사중흥비金剛山長安寺重興碑〉라는 작품이 있고, 이 작품에 장안사의 중수와 관련된 이와 같은 내용이 보인다. 바로 잡아 번역했다.

단발령에 오르다

단발령을 머리 깎지 않은 사람이 올라   斷髮嶺登全髮人

지난 세월 생각하니 어느새 마음 아프네   回思世劫暗傷神

구름 위로 솟은 많은 흰 봉우리   雪山箇箇雲端峀

금강산이 절반 쯤 드러나 기쁘구려   已喜金剛露半身

〈신묘년 풍악도첩〉 단발령에서 바라본 금강산, 국립중앙박물관

상) 〈신묘년 풍악도첩〉 장안사, 국립중앙박물관
하) 장안사 전경, 국립중앙박물관

에 '지정至正'이라는 연호가 있
으니, 원나라 순제順帝가 보시
한 것이었다. 또한 은자경銀字
經 네 부部와 금자경金字經 세
부가 있는데, 모두 기황후奇皇
后[30]가 보시한 것이었다.

예천 용문사 〈윤장대〉

살펴보건대, 추강秋江 남
효온南孝溫[31]의 기록에 "방
안에 대장경함大藏經函이 있
다. 나무를 깍아 3층 구조
의 집을 만들었는데, 집(3층
구조의 윤장대輪藏臺 또는 전
륜장轉輪藏) 하부의 가운데에 철로 만든 절구 모양의 홈이 있고 철 기
둥이 그 위에 세워져 있으며, 철 기둥의 위쪽은 건물의 대들보에 이어
져 있다. 집 한 모퉁이를 잡고 돌리면 3층 구조의 집이 저절로 돌아간
다."[32]라고 했다. 이는 모두 중국 사람이 만든 것인데 장안사가 여러 차
례 화재[33]를 겪어 지금은 남아 있지 않았다.

---

30 기황후 : 원나라 순제順帝의 황후이다. 고려의 공녀貢女 출신인데, 고려 출신 환
　관 고용보高龍普의 추천으로 궁녀가 되었고 순제의 총애를 받아 황태자(북원의
　소종昭宗)를 낳았다. 이로 인해 제2황후에 책봉되었고, 1365년에는 전례를 깨고
　정후가 되었다.

31 남효온(1454~1492) : 본관은 의령宜寧, 자는 백공伯恭, 호는 추강秋江·행우杏
　雨·최락당最樂堂·벽사碧沙이다.

32 방 안에……돌아간다 : 남효온南孝溫의 《추강집秋江集》 권5의 〈유금강산기遊金
　剛山記〉에 보이는데, 1485년 4월에 금강산을 유람하고 지은 것이다.

33 화재 : 원문은 '回祿'이니, 불귀신의 이름이다.

장안사 앞의 만천교萬川橋는 만폭동萬瀑洞의 계곡물을 받고 있는데, 백 섬의 눈처럼 흰 물살이 내달려 가니, 이는 한강漢江을 이루는 세 물줄기 중 하나인데, 바로 핵심이 되는 물줄기이다. 물맛이 너무 좋기에 임금에게 진상되었다고 한다. 석가봉釋迦峯, 지장봉地藏峯, 삼관음봉三觀音峯, 장경봉長慶峯 등이 에워싸며 서로 마주하고 있는데, 마치 대장이 명령을 내릴 때 깃발이 해를 가리고, 뭇 신선들이 옥황상제에게 조회할 때 붉은 깃발과 일산이 허공에 펄럭이는 것 같았다. 그 중 석가봉이 옆에 즐비한 봉우리에 비해 가장 험준하고 웅장했다. 극락암極樂菴과 지장암地藏菴은 모두 그 근처에 있었다.

천하제일명산 금강산 유람기

03

백천동을 지나
영원암에서 쉬다가
다시 장안사로 돌아오기까지의 기록

9월 2일

　무자일戊子日(9월 2일), 아침 일찍 길을 나서 영원동靈源洞으로 향했다. 이곳부터는 길을 따라 맑은 시내와 흰 돌이 있으며, 기이한 바위와 높다란 암벽이 끊이지 않고 이어져 있었다. 온 산에 단풍이 한창이었는데, 완연히 붉은 비단 병풍을 펼쳐 놓은 것 같았다. 명경대明鏡臺는 장안사長安寺 동쪽 2~3리에 있는데, 지장암地藏菴을 감싸고 돌면 갑자기 나타난다. 기이하고 장대한 큰 바위가 우뚝 서서 허공을 덮고 있는 모습에 놀라며 감탄했는데, 높이는 60~70길이며 너비는 그것의 4분의 1정도 되었다. 허리 아래는 석가봉釋迦峯의 남은 산줄기에 닿아 있으며, 뭉게뭉게 구름이 피어나 그 아래에서 떠돌았다.

맑은 못은 깊고 넓으며 물이 온통 울금빛이라서 황류담黃流潭이라 부른다.【예전 이름은 황천갱黃泉坑이었다.】 명경대 뒤쪽 절벽 사이의 위아래로 굴이 있는데 금사굴金蛇窟과 흑사굴黑蛇窟이다. 승려가 '명학明學이 잡혀 있던 곳'이라고 말했다.【승려인 영원靈源의 스승 명학이 욕심을 부리며 패악한 짓을 했다. 이에 벌을 받아 큰 뱀이 되어 이곳에 갇혔는데 영원이 그 주술을 풀어주었기에 명학이 살아서 돌아올 수 있었다고 한다.】 북쪽으로 바라보면 산등성이에 작은 바위가 있는 것은 부봉鳧峯이고 정상이 뾰쪽하게 굽이진 것은 응봉鷹峯이며, 앞쪽으로 약간 숙임이 있는 것은 문불봉文佛峯이다. 이에 대해 승려가 "송골매가 오리를 잡으려고 하자 부처가 이를 말리면서 '차라리 나를 잡아먹어라.'라고 하고서는 머리를 숙이고 낚아채 가게 했다."라고 했다. 그러나 이 말은 너무도 불경不經스럽다. 황류담 옆에 평평하고 드넓은 큰 바위가 있는데, 수십 수백 명의 사람이 앉을 만하니 바로 업경대業鏡臺라 부른다.

백천동百川洞은 명경대의 오른쪽에 있는데, 돌로 쌓은 무너진 성城이 있고 그 돌 위에는 '동경의열東京義烈 북지영풍北地英風(신라 경주의 태자가 금강산이 있는 북쪽까지 이름을 떨치다.)'이라는 여덟 글자가 새겨져 있으니, 바로 신라 경순왕敬順王의 태자가 피신했던 곳이다. 왕자는 역사책에서 그 이름을 잃어 버렸다.【김씨金氏의 족보에 그의 이름을 일鎰이라고 했다.】 태자는 부왕父王이 고려에 항복하려는 것을 보고 간언했으나 왕이 이를 들어주지 않자 통곡하며 부왕에게 절하며 작별하고서 개골산皆骨山으로 들어갔다. 그리고는 바위에 의지해 집을 만들고 삼베옷을 입고 풀을 먹으면서 삶을 마쳤다.

왕자에게는 아우가 있었는데, 아우의 이름도 잃어 버렸다.【김씨 족보

明鏡臺

상) 〈해산도첩〉 명경대, 국립중앙박물관
하) 명경대, 부산광역시립박물관

에 그의 이름을 강강剛鋼이라고 했다.】 당시에 처자식을 이끌고 해인사海印寺로 들어가 승려가 되었으니, 법명은 범공梵空이다. 그의 아들 운발雲發은 뒤에 나주羅州 김씨가 되었다. 해동의 역사에 왕자만 실렸고 이 같이 아우에 대해서는 언급하지 않았기 때문에 내가 함께 논하여 기술한다.

옛날 가의賈誼는 장사長沙로 가다가 삼려대부三閭大夫 굴원屈原을 조상弔喪했고[34] 창려昌黎 한유韓愈는 낙양洛陽을 지나다가 전횡田橫을 조상했는데[35], 저 가의와 한유 두 사람은 굴원이나 전횡보다 천년 뒤에 태어났는데도 이처럼 광세지감曠世之感[36]을 느낀 것은 어째서인가. 특별히 그들의 곧은 충정과 높은 의기에 대해 존모하는 마음을 스스로 멈출 수가 없었기 때문일 것이다.

내가 해동의 역사를 읽다가 왕자가 자정自靖[37]한 부분에 이르러 나도 모르게 책을 덮고서 크게 탄식하기를 "삼한三韓 1천년 정기正氣가 왕자 한 사람에게 모였구나."라고 했다. 또한 역사에서 그의 이름을 잃어버렸고 문헌에서도 고증할 수 없으며 세대가 아득히 흘러 배향하는 사당이 없는 것에 대해 거듭 탄식했다. 내가 지금 이 골짜기에 들어와 유허지에서 배회하노니, 어찌 눈물을 쏟으며 감회가 일지 않겠는가. 이에 감히 가의와 한유 두 사람이 했던 일을 본받아 산과일과 술을 마련하고 제문을 지어 애도한다. 제문[38]은 다음과 같다.

---

34 가의는……조상했고 : 가의賈誼가 지은 〈조굴원부弔屈原賦〉를 말한다.

35 창려……조상했는데 : 한유韓愈가 지은 〈제전횡문祭田橫文〉을 말한다.

36 광세지감 : 시대를 뛰어넘어 고인古人과 마음이 서로 통하는 것을 말한다.

37 자정 : 스스로 분의分義에 마땅히 해야 할 바를 편안한 마음으로 다하는 것을 이르는데, 여기서는 세상에 은거하여 자신의 절조를 지켰다는 의미로 사용되었다.

38 제문 : 정윤영의 《후산문집后山文集》 권12에 〈조신라왕자문弔新羅王子文〉이라

아아, 왕자의 뜨거운 마음이여	於戲王子之烈烈兮
하늘이 부여한 본성을 온전히 지켰네	克全衷於帝畀
동경[39]에서 정기를 기르다가	毓正氣於東京兮
북쪽 땅에서 빼어난 풍모를 이었네	踵英風於北地
본국이 망함을 통곡하다가	痛宗國之淪喪兮
통곡하며 절하고 부왕을 떠났네	哭拜辭乎父王
바위 집에 의지하다가 죽었으니	依巖屋而沒身兮
그 절개는 금강산에 우뚝하네	卓彼節於金剛
아우는 해인사로 멀리 떠나가서	遵海印而長往兮
형제가 함께 아름다운 이름 남겼네	並鶺鴒[40]而流芳
이전 역사에서 이름 잃어버려 개탄스러우니	慨前史之逸名兮
남긴 명성은 나약한 이 일으켜 세우네	尙餘芬之立懦[41]
석문이 입을 벌리고 골짜기 깊은데	石門呀而洞邃兮
초목은 유허지를 뒤덮었네	草樹深於遺墟
내가 백천동 길을 가다가	遵吾道夫百川兮
오래된 유적지를 찾았네	獨旁搜乎遲躅
이끼를 걷어내고 공경히 읽으니	剔苔蘚而敬讀兮

는 제목으로도 실려 있다.

39 동경 : 신라의 수도 경주慶州를 말한다.

40 鶺鴒(위악) : 형제를 뜻하는 말이다. 형제간의 우애를 읊은《시경》〈상체常棣〉
의 "아가위 꽃송이 활짝 피어 울긋불긋, 지금 어떤 사람들도 형제만 한 이는 없
지.[常棣之華, 鄂不韡韡, 凡今之人, 莫如兄弟.]"라는 말에서 유래했다.

41 立懦(입나) : 나약한 사람을 부추긴다는 말이다.《맹자》〈만장萬章 하下〉의 "백
이의 풍모를 들은 자는, 완악한 사내는 청렴해지고 나약한 사내는 뜻을 세우게
된다.[聞伯夷之風者, 頑夫廉, 懦夫有立志.]"라고 한 말에서 유래했다.

돌에 글자 남아 마모되지 않았네	石留字而不泐
어찌하여 절간은 그리 크고 화려한데	胡梵宇之宏麗兮
슬프게도 배향한 사당은 없는가	惕靡所乎廟食
산귀신은 흐느끼고 산 해는 지는데	山鬼啾啾而山日昏兮
내 마음은 상심에 슬퍼하네	顑余心之傷悲
영령께서 이미 머물렀던 곳으로	靈偃蹇而旣留兮
계수 깃발 펄럭이며 다가오는 듯	桂旗⁴²飄飄而來思
여지 열매는 붉고 파초 열매 노라니⁴³	荔子丹而蕉黃兮
삼가 술잔을 올리며 제문을 읊네	敬余酹而陳辭

백천동에서 거슬러 20~30리쯤 올라가니 지경地境이 더욱 고요하고 깊어지는데, 시냇물 양 옆으로는 모두 기이한 바위와 끊어진 절벽이기에 이따금 길을 잡을 수가 없었다. 나뭇가지를 부여잡거나 바위틈에 발을 붙이고 나서야 넘어갈 수 있었는데, 돌아보면 또한 그 위험함도 잊었던 것 같다.

영원동에 이르니 암자가 아득함 속에 홀로 있었는데, 이름이 영원암靈源菴으로 신라의 승려 영원靈源이 창건한 것이다. 동쪽에 배석대拜石

---

42 桂旗(계기) : 수레 깃발에 향기가 감도는 것을 말한다. 《초사楚辭》〈산귀山鬼〉에서 "붉은 표범을 타고 얼룩무늬 삵을 쫓음이여, 목련 수레에는 계수나무 깃발을 맸네.[乘赤豹從文狸, 辛夷車兮結桂旗.]"라고 했다. 왕일王逸의 주注에 "계수나무 깃발과 신이라는 것은 수레와 깃발에 향기를 두른 것을 말한다."라고 했다.

43 여지……노라니 : 한유韓愈가 유종원柳宗元을 위해 지은 〈유주나지묘비柳州羅池廟碑〉에 "빨간 여지 열매와 노란 파초 열매를, 안주며 채소 음식 섞어 자사刺史의 사당에 올리노라.[荔子丹兮蕉黃, 雜肴蔬兮進侯堂.]"라는 표현이 있는 데에서 비롯된 것이다.

〈해산도첩〉 영원동, 국립중앙박물관

臺가 있고 서쪽에는 옥초대玉峭臺가 있으며 미륵봉彌勒峯이 그 북쪽으로 웅장하게 서 있다. 배석대의 정남쪽으로 산등성이를 따라 여러 바위 봉우리가 빽빽이 모여 서 있으니, 그것이 십왕봉十王峯이다. 십왕봉 뒤로 모자를 쓴 것이 판관봉判官峯이고 그 앞에 왜소하게 숙이고 있는 것이 동자봉童子峯이며, 동자봉 뒤로 양 손이 뒷짐결박 당한 채 몸을 구부리고 있는 것이 죄인봉罪人峯이고 죄인봉 뒤로 반듯이 서서 검을 뽑아든 것은 사자봉使者峯이다. 승려가 손가락으로 가리키면서 입으로 설명하는 것이 이와 같았다.

아, 봉우리가 이름을 얻는 것에도 행幸과 불행不幸이 있는가. 바위의 기이함도 그와 같다. 혹은 미륵으로 칭하기도 하고 혹은 죄인으로 불리기도 하니, 호칭으로 아무 이유 없이 영예와 모욕을 더하지만 바위 자체에는 아무런 보탬이나 손해가 되지 않는다. 세상에도 이와 마찬가지인 경우가 있지만, 군자君子는 구차하게 회피하려고 하지 않는다. 그러나 도천盜泉의 물을 마시지 않고[44] 나쁜 향기의 채소를 먹지 않음은 또한 지혜로운 선비가 미워하는 바이기 때문이다.

백탑동百塔洞에서 명경대쪽으로 2~3리쯤 지나 갈림길에서 왼쪽으로 길을 잡아 7리 정도 들어가자 수렴동水簾洞이 나왔다. 골짜기는 모두 수십 길의 너럭바위로, 물이 마치 문양을 짜는 것처럼 퍼져서 흐르기 때문에 그렇게 이름 지어졌다. 그 위에는 망군대望軍臺가 있고 또 길을 가니 다보탑多寶塔·여래탑如來塔·문탑門塔·온탑溫塔·다진탑多眞塔·증명탑

---

44 도천의……않고 : '도천盜泉'은 산동성山東省 사수현泗水縣에 있던 옛 천명泉名
   이다. 이와 관련해《시자尸子》에 "공자는 도천을 지나다가 목이 말랐으나 샘물
   을 마시지 않았으니, 그 이름을 미워해서 그런 것이다.[孔子過於盜泉, 渴矣而不
   飲, 惡其名也.]"라고 한 말이 전한다.

〈해산도첩〉 다보탑, 국립중앙박물관

證明塔이 있었다. 대부분 거대한 바위로, 마치 책이나 계단처럼 층층이 포개지고 쌓아져 있는데, 특이하고 기궤한 모습이 끝이 없었다. 날개를 펼치고 춤추듯 높이 날아올라 앞을 다투며 하늘로 올라가려 하는 듯 했다. 간혹 다가오려는 듯 서로 기대고 혹은 떠나려는 듯 서로 등지고 있었다. 사방으로 눈을 둘러보아도 황홀하여 불가사의不可思議[45]했다.

북쪽 벼랑에는 작은 글씨로 명경탑明鏡塔이라고 새겨져 있으며, 남쪽 벼랑의 바위 덩어리들은 장기 알 같다. 또다시 6~7리 정도 가니 문득 부도浮圖가 우뚝 서 있는데, 다보탑多寶塔이라고 새겨져 있었다. 장기 알 같은 바위 덩어리의 아래에 있는 바위 위에는 백탑동百塔洞이란 세 글자가 새겨져 있었다.【내가 이미 힘겹게 수렴동에 이르렀고 망군대와 백탑동으로 가는 길은 더욱 험하여 길을 멈추고 가지 않았다. 그래서 전대前代 사람들의 유기遊記를 상고詳考하여 그 대략을 이와 같이 기록했다.】 저물녘에 다시 장안사로 돌아와 묵었다.

---

45 불가사의 : 사람의 생각으로는 미루어 헤아릴 수 없이 이상하여 생각하고 의논함이 불가능하다는 말이다.

04

장안사에서
백화암과 표훈사 및 정양사를 거쳐
다시 표훈사로 돌아오기까지의 기록

9월 3일

　기축일己丑日(9월 3일), 길을 나서 2~3리쯤 가니 기이한 봉우리들이 연이어 나와 얼굴 앞에 맞닥뜨렸다. 땅에서 솟은 듯 검劍을 세운 듯 우뚝하게 솟아 있어 두려움을 느끼게 했다. 대개 봉우리들은 한없이 연이어 나오고 골짜기들은 한없이 열렸다 막혔다 하며 시냇물이 빙빙 굽이치면서 옆으로 빠지고 기이하게 솟아나니, 그 변하는 모습은 끝이 없었다.

　갑자기 연못이 나타나니 넓이는 두어 마지기 정도 되는데, 물이 깊어 검은색을 띠고 있어서 편안하게 바라다 볼 수가 없었다. 빠르게 여울지며 아래로 쏟아지는데 천둥처럼 큰 소리를 내며 눈처럼 하얗게 물보라를 뿜어내니 바로 울연鬱淵이었다. 또한 명연鳴淵이라고도 부르는데,

김동金同이 빠져 죽은 곳이다. 승려가 "고려시대에 김동이 부처를 모시려 처자를 거느리고 이 산에 암자를 지었다. 그러다가 나옹懶翁과 도道를 다투자, 천둥이 치고 비가 내려 그 집을 부수고 그 집터는 못이 되었다. 길쭉한 바위가 그 옆에 있는데, 바로 김동의 관棺이며, 또 세 바위가 앞에 있는데 그 모양이 머리를 숙인 듯하니 바로 김동의 세 아들이다."라고 했다. 이 말은 더욱 이치에 합당하지 않았다.

연못의 왼쪽은 가파른 절벽으로 높이가 천 길이나 되는데, 아래는 연못의 바닥에 꽂혀 있고, 실처럼 가느다란 길이 벼랑에 걸려 있다. 벼랑이 기울어져 있어 나무로 길을 잇대었는데 겨우 사람이 발을 놓을 정도이니 지나가는 이들이 사시나무처럼 벌벌 떨었다.

삼불암三佛巖은 명연의 북쪽 1리에 있었다. 거대한 바위가 서쪽을 향하고 있는데, 그 정면에 새긴 장엄하고 단정한 세 분의 부처는 나옹이 새긴 것이고, 뒤쪽에 새긴 육십 분의 부처는 김동이 새긴 것이고, 또 그 옆의 두 상은 김동 부부라고 한다.【승려가 "나옹이 묘길상妙吉祥을 만들자, 김동이 철 막대기로 이를 무너뜨리려고 했지만 그리 하지 못했다. 이에 육십 분의 부처와 자기의 부부상을 여기에 새겼다. 나옹도 즉시 그 정면에 세 분의 부처를 새겼다."라고 했다.】

백화암白華菴은 삼불암 북쪽에 있다. 승려 없이 텅 빈 암자에 깨끗하고 밝은 광채가 서린 운치가 더욱 인간 세상이 아닌 것 같았다. 암자 뒤에는 네 개의 비석【청허비淸虛碑[46]는 월사月沙 이정귀李廷龜가 짓고 동양

---

46 청허비 : 이정귀의 《월사집月沙集》 권45에 실린 〈유명조선국사국일도대선사선교도총섭부종수교보제등계존자서산청허당휴정대사비명有明朝鮮國賜國一都大禪師禪敎都摠攝扶宗樹敎普濟登階尊者西山淸虛堂休靜大師碑銘〉이다.

상) 〈금강사군첩〉 삼불암, 한국데이터베이스진흥원
하) 삼불암, 부산광역시립박물관

위東陽尉 신익성申翊聖이 썼다. 편양비鞭羊碑[47]는 백주白洲 이명한李明漢이 짓고 의창공자義昌公子 이강李玒이 썼다. 풍담비楓潭碑는 정관재靜觀齋 이단상李端相이 짓고 낭선공자朗善公子 이우李俁가 썼다. 허백비虛白碑는 백헌白軒 이경석李景奭이 짓고 죽남竹南 오준吳竣이 썼다. 고려의 태고太古 보우普愚로부터 6대를 내려와 청허淸虛 휴정休靜(서산대사西山大師)에 이르렀고 청허는 송운松雲 유정惟政(사명대사四溟大師)과 편양鞭羊 언기彦機에게 전했으며, 송운 유정은 허백虛白 명조明照에게 전했고 편양 언기는 풍담楓潭 의심義諶에게 전했다.]과 다섯 대사大師의 상像【다섯 대사는 지공指空·나옹懶翁·무학無學·서산西山·사명四溟이다. 지공은 그 모습이 마치 여인네처럼 아름다운데, 나옹과 무학은 또한 대단히 단정하고 고우며, 사명은 기걸찬 장부로 수염이 대단히 길다.】 및 일곱 개의 부도浮圖가 있다.

　표훈사表訓寺는 백화암의 위쪽, 천일대天一臺의 아래에 있으니, 신라의 승려 표훈表訓이 창건했다. 절의 오른쪽에 어향각御香閣을 만들어서 세조世祖와 예종睿宗 및 성종成宗의 위패를 봉안하고 있는데, 향로와 촛대는 공교롭고 오묘하니 모두 우리나라에서 만든 것이 아니었다. 법당에는 법기불法起佛의 탱화를 봉안했는데, 고색창연하여 바라보면 뛰어난 작품임을 알 수 있다.【원나라 때 오도자吳道子[48]의 그림을 모방하여 채색을 모두 볼록 돋아나게 했으니, 마치 살아 있는 것처럼 활기차다는 것이 이것이다. 본래 정양사에 있었는데, 지금은 이곳으로 옮겨져 있다.】

---

47 편양비 : 이명한의 《백주집白洲集》 권18에 실린 〈편양당언기대사비鞭羊堂彦機大師碑〉이다.

48 오도자 : 오도현吳道玄으로 당대唐代의 유명한 화가였다. 특히 산수山水와 불상佛像에 독보적인 경지를 보여 주었다.

白華庵浮圖

상) 〈금강사군첩〉 백화암 부도, 한국데이터베이스진흥원
하) 표훈사 백화암 부도군, 국립중앙박물관

또한 까만 구리 향로【'지정至正 12년(1352)'이라고 새겨져 있었다. 가정稼亭 이곡李穀[49]의 〈배첩기拜帖記〉에 "지정至正 정해년丁亥年(1347)에 원나라 금강金剛 강길사姜吉思가 천자의 명을 받들어 화로와 종을 주조했다."[50]라고 했는데, 종은 지금 망실되었다.】와 작은 철부도鐵浮圖【모두 6층으로 그 안에 53개의 불상이 있다.】가 있으니, 모두 원나라 때의 물건이다. 또한 쌀 백여 말을 담을 수 있는 큰 놋쇠 시루가 있으니 유점사楡岾寺에 있는 것과 같은 시기에 주조된 것이다.【'가정대부嘉靖大夫 정난종鄭蘭宗[51]이 삼가 교서敎書를 받들었다.'라고 새겨져 있으며, 그 끝에는 '헌덕憲德 5년[52]'이라고 새겨져 있다.】 또한 금룡金龍의 흉배胸背와 나무로 만든 왜倭 양식의 부채【모두 우리나라(조선) 세조世祖가 하사한 것이다.】와 남색의 유리병 세 개는 본래 장안사長安寺의 물건이니, 이른바 '장안삼보長安三寶'라는 것이 이것이다.

또한 원나라 황제와 태황태후가 보시한 금백문金帛文과 원나라 영종英宗이 보시한 비석이 있었고, 우리나라(조선) 세조世祖의 어압御押[53]【천순天順 3년(1459), 원통암圓通菴의 모든 역역役役을 면제해 주는 교지에 쓰여 있는 '국왕'은 바로 세조다. 손수 쓴 글씨 아래에 어압御押이 있다."】과

---

49 이곡(1298~1351) : 본관은 한산韓山, 자는 중보仲父, 호는 가정稼亭, 초명은 운백芸伯이다.

50 지정……주조했다 : 이 언급은 이곡李穀의 〈동유기東遊記〉(《가정집稼亭集》 5권)에도 보인다.

51 정난종(1433~1489) : 본관은 동래東萊, 자는 국형國馨, 호는 허백당虛白堂이다.

52 헌덕 5년 : 중국에 '헌덕憲德'이라는 연호가 없어 정확하게 알 수 없으나, 정난종이 세조 12년(1466)에 가정대부에 가자加資 되었으니, '헌덕'은 아마 중국 명나라 헌종憲宗 성화成化를 착각한 것인 듯하다. 성화 5년은 서기 1469년이다.

53 어압 : 임금이 직접 자필로 수결手決하는 것이다.

상) 〈금강산도권〉 표훈사, 국립중앙박물관
하) 표훈사 전경, 국립중앙박물관

인조仁祖가 절의 승려에게 하사한 교지[이 절의 승려인 성수性修에게 하사한 교지 세 본本과, 또 총섭摠攝[54]에 임명하는 차첩差帖[55] 한 본이니, 숭덕崇德 5년(1640)에 발급한 문서다.]를 구경하였다. 나옹화상懶翁和尙의 가사袈裟 세 벌, 구리 술잔 및 사리 등은 모두《여지승람》과 전인들이 기록한 대로인데, 비록 간간이 헤지고 부서지기도 했지만 지금도 모두 그대로 있다.

표훈사 능파루, 국립중앙박물관

---

54 총섭 : 승군僧軍을 통솔하는 일을 맡은 승직僧職이다.

55 차첩 : 차정첩差定帖이라고도 한다. 조선시대에 직사職事가 있더라도 녹봉이 정해지지 않은 관직자를 임명하면서 발급한 문서다.

천하제일명산 금강산 유람기

함영교含影橋와 산영루山映樓는 모습이 완전히 변했다.【도곡陶谷 이의현 李宜顯[56]의 〈유금강산기遊金剛山記〉에서 "함영교는 돌로 만들었고 누대의 이름 은 산영山映이다."라고 했는데, 지금은 능파루凌波樓로 고쳤다. 승려가 "옛날 정 유년丁酉年에 홍수가 온 절을 파괴하여 남은 것이 없어서 대부분 중수했다."라고 했다.】전각殿閣의 웅장함은 장안사에 미치지 못하지만 골짜기의 그윽함 과 통창通敞함, 봉우리의 기이함과 험준함은 장안사의 10배나 되었다.

표훈사에서 북쪽으로 5리 정도를 올라가면 정양사正陽寺가 나온다. 절이 이 산의 정맥正脈에 자리하고 있으므로 정양사라고 이름을 붙인 것이다. 고려 태조太祖가 창건했으며, 방광대放光臺가 그 주봉主峯이 다.【세속에서 전하는 말에 "고려 태조가 창업할 때 산에 들어와 문장암文藏菴 에 이르러 기도를 했는데, 담무갈曇無竭[57]이 현신現身하여 돌 위에서 빛을 내 니, 태조가 신하들을 이끌고서 이마가 땅에 닿도록 절을 올리고는 이 절을 창 건했다. 그리고는 담무갈의 소상小像을 만들었는데, 지금은 없다. 그래서 절 뒤의 산등성이를 '방광대'라고 부르고 앞의 고개를 '배점拜岾'이라고 부른다." 라고 한다.】

나옹화상의 부도가 서 있었으며, 반야전般若殿에 불경을 보관하고 있는데, 승려들이 귀중하게 여겨 보여주지 않았다.【천판天板[58] 위에 333

---

56 이의현(1669~1745) : 본관은 용인龍仁, 자는 덕재德哉, 호는 도곡陶谷이다. 1709 년 9월에 금강산을 유람하고 〈유금강산기遊金剛山記〉(《도곡집陶谷集》 권25)를 남 겼다.

57 담무갈 : 산스크리트어 '다르모가타Dharmodgata'의 음역으로 법法을 일으킨다 는 뜻이며, 법기法起·법성法盛·법용法勇 등으로 번역한다. 여기서는 법기보살 法起菩薩로 《화엄경》에 의하면 금강산에 머물면서 12,000 보살을 거느리고 설 법을 한다고 한다.

58 천판: 물건의 위쪽을 덮는 판자를 말한다.

天一臺에서

正陽寺

상) 〈해산도첩〉 천일대에서 바라본 정양사, 국립중앙박물관
하) 정양사, 부산광역시립박물관

개의 함을 보관하고 있는데, 바로 합천陜川 해인사海印寺에서 인쇄한 경전이다. 배접이 되어 있는 천여 권은 본래 표훈사 해장전海藏殿에서 보관하던 것인데 지금 이곳으로 옮겼다.】

육릉각六稜閣은 대들보가 없는 건축 양식으로 대단히 공교롭고 오묘하니, 성화成化[59] 초기에 내시들이 창건했다. 현성각顯聖閣에는 비로상毘盧像을 안치했다. 정당正堂에는 순금의 작은 불상이 있었다. 절의 오른쪽 산비탈에 있는 천일대天一臺에 올라 사방을 조망했는데, 헐성루歇惺樓에서 본 풍경만은 못했다.

헐성루는 정양사의 누대이다. 오래 앉아 있으니 흰 구름이 깨끗이 사라져서 세상에서 말하는 '일만 이천 봉우리가 우뚝 서 아름답다.'는 것이 눈앞에 빽빽하게 펼쳐져 있는데, 기이한 형태가 남김없이 드러나니, 바로 이 산의 여러 아름다움이 모두 모인 곳이었다. 도道로써 말한다면 우리 유가에서 말하는 '집대성集大成[60]'이란 것이며, 불가에서 말하는 '하루아침에 갑자기 도를 깨우쳐 막힘없이 크게 통하는 경지'에 해당한다. 대체적으로 희고 깨끗함이 서리 내린 꽃과 같고 기이하고 오묘함은 금빛 실과 같아서 조금도 속세의 더러운 기운이 없으며 또한 둔탁한 느낌도 전혀 없었다. 옛날 명나라 사람 오정간吳廷簡이 황산黃山을 보고서 "반평생 본 것은 모두 흙덩이거나 돌무더기였을 뿐이다."라고 했는

---

59 성화 : 중국 명나라 제8대 헌종憲宗의 연호年號로 1465년~1487년이다.

60 집대성 : 《맹자》〈만장萬章 하下〉에서 백이伯夷를 청성淸聖이라 하고 이윤伊尹을 임성任聖이라 하고 유하혜柳下惠를 화성和聖이라고 한 뒤에, 공자를 시성時聖이라고 하면서 "공자야말로 여러 성인의 특성을 한 몸에 모두 갖추어 크게 이룬 분이라고 할 것이다.[孔子之謂集大成.]"라고 한 맹자의 평이 나온다.

헐성루

기이한 돌 허공에 드러나 파리한데	奇石參天瘦
환한 햇빛 등지고 단풍 맘껏 구경하네	酣楓背日明
세속의 발길이 더럽힘 너무도 싫어하니	太嫌塵跡涴
지나는 길손 이름 새기지 않노라	過客不題名

〈해산도첩〉 헐성루에서 바라본 전경, 국립중앙박물관

데,[61] 지금 이 산을 보니 참으로 그러하다.

정양사와 표훈사 사이에 개심대開心臺, 묘덕암妙德菴, 천덕암天德菴, 진불암眞佛菴, 수미봉須彌峯, 영랑재永郎岾 등이 있는데, 암자는 지금 무너져 터만 남은 곳도 있었다. 승려가 말하기를 "내산內山에서는 진불암과 영원암이 가장 깊숙하고 외져서 사람들이 거의 찾아오지 않는다."라고 했다. 또한 "영랑재에 올라가면 생황과 퉁소 소리가 은은하게 들려온다."라고 했다. 그 말이 비록 황당하지만 만약 세상에 신선이 없다고 한다면 그만이겠지만, 과연 정령위丁令威[62]나 여동빈呂洞賓[63] 같은 무리들이 있다면 이곳에서 노닐며 배회하지 않고 또 달리 무슨 선경仙境을 찾겠는가.

날이 저물어 표훈사의 연빈관延賓館으로 돌아와 묵었다. 이부자리 아래로 시냇물 소리가 마치 천둥 같고 배가 급한 여울을 내려가는 것만 같았기에, 이 몸이 깊은 산 중에 있는 지도 알지 못할 정도였다.

---

61 옛날……했는데 : 이 언급은 김창협金昌協의 〈동유기東游記〉(《농암집農巖集》 권25)와 홍경모洪敬謨의 〈산천山川〉(《관암전서冠巖全書》 권20)에도 보인다.

62 정령위 : 요동遼東 사람으로, 전설 속의 인물이다. 정령위는 신선이 되고 나서 천년 만에 학鶴으로 변해 다시 고향을 찾아와서는 요동 성문의 화표주華表柱 위에 내려앉았다. 그러자 소년 하나가 활을 쏘려고 하자 허공으로 날아올라 배회하면서 "옛날 정령위가 한 마리 새가 되어, 집 떠난 지 천 년 만에 이제 처음 돌아왔소. 성곽은 의구한데 사람은 모두 바뀌었나니, 신선술 왜 안 배우고 무덤만 이리도 즐비한고.[有鳥有鳥丁令威, 去家千年今始歸. 城郭如故人民非, 何不學仙冢纍纍.]"라 탄식하고 사라졌다는 전설이 전한다. 《수신후기搜神後記》에 보인다.

63 여동빈 : 당나라 때의 팔선八仙 가운데 한 사람인 여암呂巖으로, 그의 자가 동빈洞賓이다. 여동빈은 선인仙人이 되어 인간 세상에 다니면서 기이한 전설을 많이 남겼는데, 그 가운데 선검仙劍을 날려 그 검을 타고 동정호洞庭湖를 지나갔다는 전설도 있다.

05

표훈사에서
팔담과 보덕암을 지나
마하연암에 이르기까지의 기록

9월 4일

경인일庚寅日(9월 4일), 표훈사表訓寺에서 출발하여 금강문金剛門으로 나오니,[큰 바위가 동서東西로 서로 기대어 서 있고 그 꼭대기가 서로 붙어 있으며, 사람은 그 아래로 지나간다.] 북쪽으로 바라보면 하늘로 치솟은 천백 길의 중석봉衆石峯이 빼어난 자태로 웅장하고 용맹하게 서 있어서 사람의 정신을 빼놓았다. 대향로봉大香爐峯과 소향로봉小香爐峯 및 오현봉五賢峯이 우뚝 서서 서로 마주보고 있으니, 허공에 치솟은 깎아지른 절벽은 험준하여 끝이 보이지 않는데, 모두 다 바위였다. 위대하도다, 조물주의 능력이여. 이따금 아름다운 나무들이 바위틈에서 솟아 나와 우뚝 서서 바위와 수려함을 다투었다.

천하제일명산 금강산 유람기

그 위쪽에 청학대靑鶴臺가 있었다.【달리 금강대金剛臺라고도 한다.】학소대鶴巢臺는 시내 북쪽에 있고 청학대와 서로 마주하고 있으니, 이곳이 향로봉이 끝나는 곳이다. 마하연摩訶衍과 팔담八潭은 수미탑須彌塔의 물과 학소대 아래에서 합쳐지니, 물을 튀기며 쏜살같이 내달려 물살은 더욱 빠르고 바위 또한 더욱 기이하다. 구불구불 기세 넘치는 모습은 마치 규룡虯龍이 똬리를 튼 듯한데, 나는 듯한 물살은 물방울을 튕기고 물거품은 동그랗게 바퀴 모양을 만들며 천둥처럼 쿵쾅거려 사람을 놀라게 하니, 이곳이 만폭동萬瀑洞이다.【《여지승람》에서 "백 갈래의 시냇물이 골짜기 안에서 쏟아져 나오는데, 그 모양이 같은 것이 하나도 없기에, 만폭동이라 이름을 지은 것이다."라고 했다.】그 안에 거대한 바위가 있으니, 울퉁불퉁 널찍하여 수 백 명의 사람이 앉을 수 있다.

봉래蓬萊 양사언楊士彦이 쓴 '봉래풍악蓬萊楓嶽 원화동천元化洞天'이라는 커다란 여덟 글자가 바위 면에 새겨져 있었다. 잘 쓴 초서로 구불구불 기세가 넘치니 그 기상은 웅장하고 호방하여 참으로 용이 할퀴

양사언의 '봉래풍악 원화동천' 암각문, 국립민속박물관

고 사자가 움켜쥔 것 같아 '청학대' 및 '만폭동'이라는 글씨와 그 자웅을 다투었다.【한 글자의 길이는 4척尺 정도이다.】승려가 말하기를 "봉래 양사언이 이 여덟 글자를 새기니, 학이 날아 골짜기를 떠나면서 삼일 동안 울었다."라고 했다. 또한 '만폭동'이라는 세 글자도 봉래 양사언의 필적이다. 조금 위쪽에 '천하제일명산天下第一名山'이라는 여섯 글자가 있으니, 곡운谷雲 김수증金壽增[64]의 필적이다.

시내 북쪽 석벽에 매월당梅月堂 김시습金時習[65]이 새긴 글씨가 있었다.【산을 좋아하고 시냇물을 좋아하는 것은 사람의 일반적인 감정이다. 그러나 나는 산에 올라가 통곡하고 시냇물을 마주하고 통곡하는데, 어찌 산을 좋아하고 시냇물을 좋아하는 흥취를 모르리오. 다만 이렇게 한없이 통곡하는 것은 어째서인가. 슬프도다. 43세 노인이 금강산에 들어와 쓴다.[樂山樂水, 人之常情, 我則登山而哭, 臨水而哭, 豈不知樂山樂水之興, 而有此哭無窮, 何哉. 悲夫. 四十三歲翁, 入入金剛書.]】[66]

---

64 김수증(1624~1701) : 본관은 안동安東, 자는 연지延之, 호는 곡운谷雲이다. 할아버지는 김상헌金尙憲이다. 김수증은 1680년에 금강산을 유람하고 〈풍악일기楓嶽日記(《곡운집谷雲集》 권3)를 지었다.

65 김시습(1435~1493) : 본관은 강릉江陵, 자는 열경悅卿, 호는 매월당梅月堂·청한자淸寒子·동봉東峰·벽산청은碧山淸隱·췌세옹贅世翁, 법호는 설잠雪岑이다. 김시습은 1460년 금강산을 유람하고 〈유관동록遊關東錄〉(《매월당집梅月堂集》 권10)을 지었다.

66 산을……쓴다 : 정윤영이 금강산 유람을 마친 뒤에 기억에 의지하여 유람기를 기록하였기 때문에 김시습이 새긴 이 글에 글자의 출입이 있다. 본래의 글을 소개하면 다음과 같다.
　"산을 좋아하고 시냇물을 좋아하는 것은 사람의 일반적인 감정이지만 나는 산에 올라가도 통곡하고 시냇물을 마주하여도 통곡한다. 어찌 산을 좋아하고 시냇물을 좋아하는 흥취는 없고, 이렇게 한없는 통곡만 있는가. 슬프도다. 【기축년 중추에 44세 노인이 금강산에 여덟번째 와서 쓴다.】[樂山樂水, 人之常情, 而我則登山而哭, 臨水而哭, 其無樂山樂水之興, 而有此哭無窮歟. 悲夫. 【己丑仲秋, 四十四歲翁,

104　　　　　　　　　　　　　　　　천하제일명산 금강산 유람기

김시습이 새겼다는 글씨

바위 위에는 바둑판을 그려놓았다. 선인仙人이 머리를 감던 돌로 된
동이가 있었다. 또한 깊은 못이 있으니 관음담觀音潭이다. 관음담 가
의 바위 벼랑은 이끼가 끼어 발이 미끄러워 사람들이 모두 등나무 넝
쿨을 부여잡고서야 다가갈 수 있으므로 벼랑 이름을 수건애手巾崖라
고 한다. 바위 중심이 절구처럼 움푹 패여 있는데, 세속에 전하는 말에
관음보살이 수건을 빨던 곳이라고 한다. 바위 면의 위아래에는 사람의
성명이 빽빽하게 새겨져 조금도 비어 있는 곳이 없으니, 또한 장관이라
하겠다.

八入金剛題】]
　　김시습은 선덕宣德 10년(을묘乙卯, 세종世宗 17)에 태어났으니, 기축년은 김시습
이 35세로 바위에 새긴 44세와 차이가 있다. 송병선宋秉璿도 〈동유기東游記〉(《연
재집淵齋集》 권20)에서 연도에 대한 의구심을 품은 바 있다.

만폭동

만 길의 석벽에 봉래는 글씨 새겼고	萬丈石峙蓬萊畫
천추 세월 우는 물결에 매월은 곡했지	千秋波咽梅月哭
계곡의 웅장함은 하늘이 만든 것인데	洞壑非不天作雄
이곳에 온 두 늙은이* 만폭이라 이름 했지	到得二翁名萬瀑

* 두 늙은이 : 봉래 양사언과 매월당 김시습을 말한다.

〈금강산도권〉 만폭동, 국립중앙박물관

명나라 중랑中郎 원굉도袁宏道가 "법률에 산의 재목을 도둑질하거나 광물을 채굴하면 모두 일정한 형벌이 있는데, 세속의 선비가 명산名山을 훼손하여 더럽히는 것은 법률로 금하지 않으니 어째서인가. 청산의 흰 바위가 무슨 죄가 있다고 아무 까닭 없이 그 얼굴에 묵형墨刑을 가하고 그 피부를 찢는단 말인가. 아, 매우 인仁하지 못하도다."[67]라고 했으니, 아마도 중국의 인사人士는 또한 이러한 것을 안타까워했단 말인가.

팔담八潭은 만폭동을 거슬러 올라가서 보덕암普德菴을 지나 마하연摩訶衍에 이르는 그 사이에 담潭이 십여 개 있는데, '팔八'이라고만 칭했다. 마땅히 이름이 있어야 할 것을 빠트린 것이 많으니, 이름이 있다고 반드시 승경勝景이 아니오, 승경이라고 반드시 이름이 있는 것이 아니었다.

대개 이 만폭동은 바닥 전체가 큰 너럭바위인데 모두 옥처럼 흰색이고, 물은 비로봉에서 내려오는데 여러 골짜기의 물이 일제히 흐르면서 앞을 다투어 내달리다가 만폭동으로 모인다. 만폭동의 바위 중 우뚝하고 커다란데 서로 얽혀서 맞물려 있거나 또는 나란히 줄을 지어 엇섞어 있으면서 계곡물과 서로 기세를 다투는데, 물이 이러한 바위를 만나면 반드시 내달려 부딪혀서 뛰어올라 그 변화가 끝이 없는데, 그런 뒤에 비로소 성난 기세를 누그러뜨리고 천천히 흘러간다. 평평한 시내가 되거나 얕은 여울이 되었다가 도중에 벼랑이나 절벽을 만나면 떨어져서 폭포가 되고, 폭포 아래에서는 물이 고여 담潭이 된다.

폭포의 길이는 1~2길부터 4~5길까지이고 담潭의 넓이는 2~3무畝

---

67 법률에⋯⋯못하도다 : 원굉도의《원중랑전집袁中郎全集》권14〈제운齊雲〉에 보인다.

부터 8~9무까지이며, 그 이름은 귀담龜潭·선담船潭·흑룡담黑龍潭·비파담琵琶潭·분설담噴雪潭·진주담眞珠潭·벽하담碧霞潭·화룡담火龍潭이다. 모두 유사한 모습으로 인해 이름을 얻었으며 또한 그 명칭이 바위에 새겨져 있디. 진주담이 가장 기이하고 장대하며 분설담이 그 다음이다. 바위는 곳집 같은 것, 창고 같은 것, 뾰족한 것, 네모진 것 등이 가로세로로 서 있는데, 계곡물이 그 날카로운 바위 끝과 만나면 힘차게 싸우며 흘러가지 않다가 기이함을 다한 이후에야 흘러간다. 계곡의 물풀과 나뭇잎은 모두 성난 모습을 지녔으며, 벼랑 옆에 판자를 묶어 각도閣道[68]를 만들어 구불구불 서로 이어 놓았다. 간혹 날 듯한 각도를 타고 건너가서 절벽을 올려다보기도 하고 뛰어오르는 물살을 굽어보기도 하였다. 발은 길을 따라 부지런히 올라가면서도 눈은 이리저리 어지럽게 구경하며 돌아보거나 바라볼 틈이 없으며, 마음은 생각에 몰두하고 입으로는 끊임없이 품평하니, 나도 모르는 사이에 산의 해가 머리꼭대기에 이르렀다.

진주담에는 우암尤菴 송시열宋時烈의 시가 새겨져 있었다.【맑은 시내와 흰 돌이 취미를 함께하니, 비 갠 뒤 깨끗한 경치 다시 별도로 전하네. 물외는 지금 그저 질탕함을 이루었으니, 인간세상 어디인들 시끄럽지 않겠는가.[清溪白石聊同趣, 霽月光風更別傳. 物外至今成跌宕, 人間何處不啾喧.]】

벽하담의 커다란 바위는 홍수에 밀려 넘어져 수십 걸음 뒤로 물러나 있는데, 성명을 새겨 둔 것도 모두 거꾸로 뒤집혔다. 화룡연의 동쪽에는 법기봉法起峯이 있고 서쪽으로 사자암獅子巖을 마주하고 있는데, 아래 부분을 작은 바위가 지탱하고 있었다. 승려가 "사자가 용에게 '내가

---

68 각도 : 잔도棧道를 말한다. 산골짝에 딸린 험한 길에 만들어 걸친 다리인데, 북두칠성의 축이 되는 별의 이름이기도 하여 비유한 것이다.

真珠潭

普德庵

상) 〈해산도첩〉 진주담, 국립중앙박물관
하) 〈해산도첩〉 보덕암, 국립중앙박물관

높아서 위태로워 떨어질 것 같으니 지탱해 줄 수 있소.'라고 하자, 용이
이에 법기봉의 작은 바위를 빼서 지탱하게 해 주었다. 그래서 법기봉의
꼭대기 뿔 부분에 작은 구멍이 있게 되었다."라고 했다. 팔담八潭 각각
의 호칭에 대해서 전인이 기록을 고찰해보니 서로 다른 점이 있었다.

보덕암은 진주담에서 바라보면 벽에 지은 제비집 같아서 외롭고 아
득하게 매달려 있었다. 마하연으로 가는 길을 놔두고 동쪽으로 가니,
돌 비탈길의 매우 급한 경사로 빙빙 돌며 올라가는데 마치 땅강아지나
달팽이처럼 느릿느릿 간 뒤에 도달할 수 있었다. 비탈길이 다하면 다시
계단이 있으니, 계단은 모두 40여 층계이다. 층계가 다하면 비로소 굴
에 이른다. 굴의 입구에 마치 경쇠를 매단 것처럼 작은 암자를 지어놨
다. 앞의 난간은 10여 길의 허공에 떠 있는데, 다만 19마디의 구리 기
둥으로 떠받쳤으며 다시 두 쇠줄로 가로세로로 얽어매었다. 잠깐 그 위
에 올라가니 마치 몸이 허공에 떠 있는 듯 흔들거렸는데 외진 곳이라
사람이 거주할 곳은 아니었다. 향로봉香爐峯의 봉우리는 보이지 않았
지만, 서쪽으로 정양암正陽菴이 보였다. 이곳은 본래 고려의 승려 보덕
普德이 창건했다. 고승高僧[69] 회정懷正이 말하기를 "보덕처녀普德處女의
일[70]은 지금까지도 전해진다."라고 했다.

---

69 고승 : 원문은 '闍梨'이다. 아사리阿闍梨의 준말로, 덕이 높은 승려를 말한다.

70 보덕처녀의 일 : 이와 관련해서는 수원박물관에 소장되어 있는 금강산유기인
  《금강록金剛錄》에 자세하다. 《금강록》에서 소개한 부분의 전문은 다음과 같다.
  "이에 보덕굴에 얽힌 이야기를 물었는데, 한 늙은 중이 다음과 같이 말했다.
  '보덕굴과 관련된 얘기가 전해져 내려오지만, 사실이 아니기에 불승佛僧의 입
  장에서 감히 헛되어 말할 수가 없습니다. 그러나 이미 물어보신 것이기에 간단
  히 말씀드리겠습니다.' 그리고는 옷깃을 가지런히 하고 앉아 손을 공손히 모으

고 다음과 같이 말했다.

'옛날 중국에 김상서金尙書와 이시랑李侍郞이란 사람이 있었습니다. 둘은 본래 어릴 적 벗으로, 그들의 마음은 관중管仲과 포숙아鮑叔牙 같았고 우정은 왕길王 吉과 공우貢禹 같았습니다. 그런데 이시랑이 나쁜 병에 걸려 죽자 김상서가 조 문을 하러 가려했습니다. 그 당시 김상서의 딸은 17살이었는데, 김상서에게 다 음과 같이 말했습니다. 「지금 이시랑을 조문하면서 이시랑의 생전의 모습을 보 고자 한다면 관을 마주하고 이시랑의 이름을 부르십시오. 그러면 반드시 관이 스스로 열려서 이시랑을 볼 수 있을 것입니다.」 김상서는 마음속으로 비웃으며 조문하러 갔습니다. 조문을 마치고 관을 향해서 이시랑의 이름을 부르면서 옛 친구의 얼굴 보기를 원했습니다. 그러자 관이 한 번 울리더니, 관 뚜껑이 절로 열려 관 속에 움츠리고 있던 큰 이무기 한 마리를 보았는데, 붉은 머리에 흰 비 늘로 뒤덮여 있었고 눈은 괴이했고 혀는 갈라졌지만 뚫어지게 바라보았고 꿈틀 거리며 움직였습니다. 그래서 김상서는 크게 놀라 뒤로 넘어졌습니다.

김상서는 집으로 돌아와 딸아이에게 이시랑을 조문하면서 있었던 일을 모두 말했습니다. 그러자 딸아이는 슬퍼하면서 다음과 같이 말했습니다. 「이것이 어 찌 괴이한 일입니까. 아버지께서도 백 년 후에 또한 이렇게 될 것입니다.」 이에 김상서는 놀라 다음과 같이 말했습니다. 「무슨 말이냐.」 그러자 딸아이는 다음 과 같이 말했습니다. 「이시랑은 위로는 임금을 바로잡은 덕이 없고 아래로는 백 성을 보살핀 은혜도 없습니다. 임금을 속이는 것을 다행스러운 일로 여기고 백 성들을 착취하는 것을 좋은 일로 여겼습니다. 남자로 태어나 밭 갈고 김매는 농 사일을 하지 않으면서도 입에 질리도록 좋은 곡식만 먹고, 여자로 태어나 누에 를 치거나 베를 짜지도 않으면서 비단으로 자신의 몸을 아름답게 하면서 한 척 尺의 베나 한 말의 곡식도 다른 사람에게 주어 어려운 사람을 돕지 않았습니다. 그래서 한 번 죽자 지옥에서 벌을 받게 된 것입니다. 이렇게 된 것은 스스로 자 신이 취한 재앙이니, 누굴 원망하고 누굴 탓하겠습니까. 아버지께서도 하셨던 일을 스스로 생각해 보시고 이시랑과 똑같다면 살면서 이미 똑같은 악을 저지 른 것이니, 죽어서 어찌 받는 벌이 다르겠습니까.」

이에 김상서는 크게 참담해 하면서 다음과 같이 말했습니다. 「그럼 어찌해야 하느냐.」 딸아이는 다음과 같이 대답했습니다. 「제가 듣기로, 조선국의 동쪽 바 닷가에 신선이 사는 산이 하나 있다고 합니다. 봄에는 봉래蓬萊라 부르고 여름 에는 천태天台라 하며, 가을에는 금강金剛이라 하고 겨울에는 개골皆骨이라고 합니다. 이곳은 여러 신선들이 노니는 곳이고 여러 부처들이 모이는 곳입니다. 아버지께서 만약 아버지의 부귀를 버리고 처자식을 버려둔 채, 이 산으로 들어 가 사시면서 도道를 닦아 공功을 쌓으신다면 신선도 될 수 있고 부처도 될 수 있

보덕굴

높다란 구리 기둥 쇠밧줄로 감아 놓았고　　　銅柱崔嵬鐵索連
흰 구름 깊은 곳에 암자 하나 매달려 있네　　　白雲深鎖一菴懸
힘들게 오르니 산의 해는 한낮인데　　　　　努力攀登山日午
푸른 하늘 가운데 이 몸 흔들거리네　　　　　搖搖身在半青天

〈신묘년 풍악도첩〉 보덕굴, 국립중앙박물관

마하연암摩訶衍菴은 보덕암 북쪽 2~3리에 있으니, 이것이 금강산의 가슴과 배에 해당한다. 도선道詵이 말한 '용의 턱 아래 한 구역'이 바로 이곳이다. 신라 도선이 삼한三韓의 산천을 논하면서 "금강산은 연해沿海에 구름이 피어오르니 황룡黃龍의 머리는 곤坤(남서)에 있고 꼬리는 간艮(동북)에 있으며, 골짜기 안에 세 구역 가운데 턱 아래 한 구역은 불국佛國(절)이 된다."라고 했다. 이곳은 의상義相과 원효元曉가 머물렀던 곳이다. 가섭봉迦葉峯을 등지고 법기봉法起峯·혈망봉穴望峯·중향성衆香城·백운대白雲臺 등을 마주하는데, 여러 봉우리들이 병풍처럼 빙 둘러 서 있으니 참으로 이름난 절이라 하겠다. 전인의 기록을 살펴보건대, "마하연의 뜰 주변에 삼나무와 전나무가 무성한데, 그 가운데 한 그루 나무는 줄기가 곧고 껍질이 붉으며 잎은 삼나무 잎을 닮았으니, 예로부터 계수나무라고 전한다."라고 했다. 그러나 지금은 남아 있지 않았다.

만회암萬灰菴은 마하연 북쪽 2~3리에 있었다. 관세음보살 아래 왼쪽에는 해상용왕海上龍王이 있고 오른쪽에는 남순동자南巡童子가 있는데, 남쪽으로 법기봉을 바라보고 있었다. 멀리서 바라보면 법기봉의 작은 구멍을 통하여 하늘을 볼 수 있으니, 이것이 혈망봉이다. 승려가

습니다. 그렇게 된다면 살아오면서 쌓은 악행을 말끔히 씻어낼 수 있어서 응당 저승에 가서 받는 벌을 면할 수 있을 것입니다.」

김상서는 딸아이의 말을 다 듣고 나서 홀연 깨달은 바가 있어 자신의 관직과 봉록을 버리고서 그 딸아이만을 데리고 이 산을 찾아 이 굴로 들어왔습니다. 소나무 잎만을 먹고 채소 뿌리만을 씹으면서 살았습니다. 그러자 김상서는 참된 도를 닦아 신선이 되어 올라갔고, 딸아이는 불가佛家의 공空 사상을 깨달아 부처가 되었습니다. 이것이 보덕각시라고 말하는 이유입니다.'" (박종훈 역,《금강록》, 수원박물관, 2016.)

상) 〈해산도첩〉 마하연, 국립중앙박물관
하) 마하연암 전경, 국립중앙박물관

말하기를 "미륵이 세상에 태어날 때 용수龍樹의 세 가지에서 꽃이 펴서 세상을 뒤덮었다. 그 당시 담무갈曇無竭이 삼천의 보살과 함께 이곳에서 반야해회설법般若海會說法을 열어 많은 향[衆香]을 태웠기에, 그 앞에 대향로大香爐와 소향로小香爐가 있고 아래에 많은 재[萬灰]가 있었다."라고 하는데, 그 말이 대단히 허황되다.

백운대白雲臺는 만회암에서 동쪽으로 작은 산등성이를 넘으면 나오는데, 쇠줄이 드리워져 있다. 쇠줄 북쪽 아래의 가파른 절벽에 샘이 있으니, 금강수金剛水라 불린다. 그 제일 높은 봉우리는 등성마루가 마치 담처럼 좁은데, 동쪽으로 수백 걸음 뻗어 있고 작은 바위가 언덕처럼 우뚝 솟아 있었다. 이곳은 금강산에서 평탄한 곳으로 사방을 관망하기에 대단히 좋다고 한다. 동쪽으로 안문점雁門岾·일출봉日出峯·월출봉月出峯을 바라볼 수 있고 서쪽으로 향로봉이 보이며 남쪽으로 혈망봉을 바라보고 북쪽으로 중향봉과 가섭봉이 보인다고 한다. 【나는 위험하여 올라가지 않았지만, 젊은이들은 올라가서 구경한 뒤에 이와 같다고 자세히 말해 주었기에, 그 대략을 기록한다.】

중향성衆香城은 백운대 동쪽에 있으니, 문득 보면 서리 내린 꽃 같았다. 온 산이 옥처럼 우뚝 솟아 험준하며 골짜기는 모두 밝은 수정 빛이었다. 위아래를 자세히 살펴보면, 붓처럼 뾰족하고 비녀처럼 날카로운데 수많은 봉우리들이 밀집하고 있으니, 참으로 불가사의했다. 일찍이 들으니 서역의 뛰어난 장인이 보석을 깎아 33층의 가산假山을 만들었는데, 하늘의 조화로운 기술이나 귀신의 공교로운 재주에는 미치지 못하지만, 그래도 자연스럽게 이것을 만들었다고 한다.

백운대

지팡이 짚고 백운대로 올라가니	徒倚白雲臺上笻
마음 속 시원하게 하늘 바람 불어오네	襟懷灑落動天風
시끄러운 세속을 마치 떠나온 듯	啾喧怳覺人世絶
제왕의 자리와 매우 가까운 듯	呼吸還疑帝座通
조물주는 아름답게 이곳에만 힘 쏟았는데	造物侈然偏用力
나는 문장 노쇠해 감히 그 웅장함 다투랴	文章老矣敢爭雄
맑은 계곡 흰 돌에 서리 맞은 잎 환하니	淸溪白石明霜葉
이제야 예전 풍악이 단풍 때문인 줄 알았네	始信從前嶽是楓

금강수를 마시다

백운대 푸른 하늘에 우뚝 솟아 있어	白雲臺屹入蒼旻
예로부터 오른 사람 몇이던고	從古登臨有幾人
나는 이곳 와서 금강수 맘껏 마시며	我來痛飮金剛水
흉중의 만 곡 먼지 깨끗하게 씻어냈네	滌盡胸中萬斛塵

명나라 계상啓商 심주沈周는 〈유장공동기游張公洞記〉에서 "만 그루의 종유석鐘乳石이 짙은 푸른색을 띠고 모두 거꾸로 매달려 있다."라고 했다. 명나라 엄주弇州 왕세정王世貞은 〈유장공동기游張公洞記〉에서 "오색五色으로 자연스럽게 물들었는데 커다란 옥기둥이 아래로 드리웠다."라고 했으며, 또한 "천목산天目山 꼭대기에 석순石筍이 숲을 이루는데 어떤 것은 서 있고 어떤 것은 누워 있고 어떤 것은 비껴 있으니, 굽어보면 몸이 날아오를 것 같다."라고 했으며, 또한 "소릉산昭陵山 절벽 위에 흰 바위가 차곡차곡 솟아 마치 흰 눈 같은데, 이끼가 뒤덮어 층층의 중첩된 봉우리를 이루고 있다."라고 했다. 이처럼 산을 자랑한 여러 공의 기술은 다르지만, 큰 산의 전체에 아주 조금이라도 이런 경치가 있지 않았다면 어찌 이런 품평이 나올 수 있었겠는가. 날이 저물어 마하연으로 돌아와 묵었다.

06

마하연에서
원통암, 수미탑, 가섭봉을 지나
다시 마하연으로 돌아오기까지의 기록

9월 5일

신묘일辛卯日(9월 5일), 원통암圓通菴으로 가려고 만폭동萬瀑洞의 청학대靑鶴臺 아래에서 왼쪽으로 길을 들어서 나아갔다. 조금 올라가니 바로 청호연靑壺淵이 나왔고 그 다음에 용곡담龍曲潭이 나왔다. 거센 물결이 내리 퍼붓는데 둥근 것은 병 모양을 이루고 굽은 것은 용 모양을 이루었다. 또 용추龍湫가 있었는데, 용추의 위쪽이 구류연久留淵이며 원통암이 거기에 있었다. 동북쪽으로 수미봉須彌峯과 〈아미춘설도峨眉春雪圖〉의 혈망봉穴望峯·망군봉望軍峯 같은 봉우리가 보였다. 석가봉釋迦峯과 관음봉觀音峯은 모두 동남쪽으로 아득하여 보일락 말락 희미하게 드러났는데, 꼭대기 부분은 반쯤 가려져 있으며 산마루와 산등성이는 길게 늘어서 있었다. 멀리서 바라보면 오묘하게 움직이는 것 같은데, 당堂에서 내려가지 않아도 볼 수 있다. 바라다 보이는 경치가 백운대白雲臺에 뒤지지 않았다.

원통암에서 북쪽으로 가서 만절담萬折潭, 태상동太上洞, 자운담慈雲潭, 적룡담赤龍潭, 우화동羽化洞, 청룡담靑龍潭을 두루 지났는데, 아울러 청호연靑壺淵, 용곡담龍曲潭과 함께 이것들이 수미봉須彌峯의 팔담八潭이 된다. 모두 바위에 이름이 새겨져 있었다. 서쪽에는 노루목[獐項]의 삼난석三難石이 있는데 모두 기이하고 가파르게 솟아 끝까지 올라갈 볼 수 없었다. 나무가 우거져 해를 가리었는데, 이따금 나무 사이로 기이한 봉우리와 괴이한 바위가 잠깐 보였다가 곧바로 사라지니, 마치 산귀신이 사람을 희롱한 것 같아 의아함과 두려움이 함께 일어났다.

자운담에서 왼쪽으로 길을 나서니 진불암眞佛菴의 유허지가 나왔는데, 깊이 들어갈수록 더욱 경치가 기이하다. 이곳부터 돌 비탈길이 험준한데, 2~3리를 가니 선암船菴이 나왔다. 붉은 벼랑과 푸른 절벽이 좌우에서 빙 두르고 있으니, 선암 자리가 조망이 가장 좋은 곳이다. 길을 돌이켜 원통암을 지나 다시 절벽의 틈 사이를 따라 수백 걸음 위로 올라가서 하나의 멧부리를 넘어 나무 숲 사이로 1리 정도 가니 수미암須彌菴이 있었다.

수미암에서는 골짜기로 둘러싸인 경치가 활짝 열려 있었고 바위의 형세는 더욱 가파랐다. 가까이로는 여의암如意巖이 내려다보이고, 멀리로는 능인봉能仁峯과 다섯 수미탑須彌塔이 앞쪽에 줄지어 있으며, 강선대降仙臺는 서쪽에 있고 귀암龜巖, 봉암鳳巖, 용암龍巖은 오른쪽에 나란히 솟아 있는데 아득하면서 매우 기이한 모습이었다. 이 산의 내금강과 외금강의 불암佛菴 중에 마땅히 수미암을 으뜸으로 삼아야 한다. 주지승 호옹浩翁은 모습이 예스럽고 정서가 고요하여 속세 사람의 기운이 한 점도 없으니, 사람과 지경地境이 서로 잘 만났다고 하겠다.

수미탑은 수미암에서 동쪽으로 한 멧부리를 올라가야 하는데, 비탈진 돌길이 험하고 선암船菴이 보인다. 멧부리를 올라간 뒤에 켜켜이 쌓인 바위를 굽어보니, 겹겹이 쌓인 영롱한 흰빛이 마치 민가民家에서 제기祭器에 음식을 쌓아놓은 것만 같았다. 곁에는 의지할 것도 없는데 땅에서 우뚝 솟아 서 있으니, 높이는 백여 길이나 되었다. 이것이 바로 수미탑이다. 조금 떨어진 동쪽에 수미봉須彌峯이 있었는데, 마치 옥으로 만든 검을 구름에 꽂은 것 같았다. 위아래에 각각 탑 하나가 있는데, 형체는 수미탑과 비슷하지만 조금 작았다. 조금 남쪽에 자연스럽게 생긴 돌계단이 있으니, 먹줄로 매긴 듯 곧고 가지런하였다. 그 한 구석에 조금은 무너지고 이끼가 낀 오래된 건물이 있는데, 이것들은 모두 수미봉을 옆에서 모시고 있는 듯 했다.

일찍이 들으니, "남안탕산南雁蕩山[71]에 거대한 바위가 구멍이 나 비어 있는데 마치 규圭나 홀笏, 영지버섯이나 제비집 같아 대단히 공교롭고 오묘하다. 또한 천여 길의 두 바위가 서로 마주 선 채 우뚝하니 석화표石華表라고 한다."[72]라고 했다. 그러나 이 수미봉과 비교한다면 어

---

71 남안탕산 : 안탕산雁蕩山은 중국 절강성浙江省의 동남쪽에 있는 산으로 남안탕
  산과 북안탕산 두 산으로 이루어져 있는데 폭포와 절벽과 기이한 봉우리가 많
  기로 유명하다.

72 남안탕산에……한다 : 《삼재도회三才圖會》〈남안탕산도南雁蕩山圖〉의 "산의 원

수미탑

아득한 외론 정자 가장 기이한데	縹渺孤菴絶世奇
구암 봉암과 함께 들쭉날쭉 솟아 있네	龜蹲鳳翥石參差
게다가 천 길의 수미탑이 있는데	況有千尋須彌塔
옥 같은 고운 모습으로 구름 속에 우뚝하네	嬋娟玉立揷雲危

〈금강산도권〉 수미탑, 국립중앙박물관

띤 것이 더 뛰어날지는 모르겠다.

　마침내 수미암으로 돌아와서 조금 쉬었다가 다시 마하연 가는 길로 들어서서, 동쪽으로 귀암龜巖과 봉암鳳巖 사이로 나와 산등성이 하나를 넘어 조금 내려갔다. 길 양쪽으로는 모두 기괴한 바위와 아름다운 나무가 늘어섰지만 등나무와 칡넝쿨이 얽어져서 거의 사람이 다닐 수 없을 정도였다. 무성하게 우거진 계곡에 이르니, 사람의 발에 치이는 것은 모두 기이한 꽃과 화초뿐이었다. 발길을 옮길 때마다 모두 기이한 흥취가 있었는데, 때로 마침 산바람이 불어와 나뭇잎이 어지럽게 날리었다. 이에 동진東晉의 경순景純 곽박郭璞의 "숲에는 고요한 가지가 없고 시내에는 고요한 물결이 없네.[林無靜枝, 川無靜波.]"[73]라는 말을 읊조렸다. 쓸쓸한 깊은 못과 높은 산이 완연히 실제 풍경이니, 이곳이 가섭동迦葉洞이다. 골짜기는 대단히 맑아서 영원동靈源洞과 엇비슷하지만 고요하고 깊숙함은 영원동보다 훨씬 낫다.

　그러나 이곳은 적막한 채 세상에 알려지지 않았다. 세상에서 숨겨진 것은 사물에 있어서도 마찬가지이니, 세상에 소문을 내줄 사람을 만나거나 만나지 못함이 있는 것인가, 아니면 만나거나 만나지 못함에 운수가 있는 것인가. 티끌세상의 속된 사람 눈에 더럽힘을 당할까 싶어 산

쪽에는 거대한 바위가 마치 파놓은 것처럼 움푹 패어 있었고 오른쪽에는 병풍 모양의 바위가 세 겹으로 연결되어 있었다. 그 밖에 이름을 다 알 수 없는 것들은 규圭나 홀笏, 영지버섯이나 제비집처럼 기묘한 모습을 갖추고 있었다. 돌아 나오자 두 바위가 천길 높이로 마주한 채 우뚝 솟아 있는데 석화표라고 불렀다.[山左巨石嵌空如琢, 右爲屏風三疊應之. 他不能盡名者, 如圭如笏, 如芝房燕壘, 備極巧態. 已乃兩石千仞夾峙, 名石華表.]"라는 구절을 인용한 듯하다.

73 숲에는……없네 : 곽박郭璞의 〈유사편幽思篇〉이라는 시詩에 보이는 "林無靜樹, 川無停流."라는 구절을 말한다.

〈해산도첩〉 가섭동, 국립중앙박물관

수의 신령이 숨겨놓고서 보여주지 않은 것인가. 비록 그러나 알려지고
알려지지 않는 것이 산수 자체에 무슨 이로움이나 해로움이 있겠는가.
천년이 지나 나에게 알려지게 되었지만 나의 명성과 세력은 세상에서
중요하게 대우를 받지 못하고 커다란 붓으로도 훗날 그 아름다움을 널
리 퍼뜨리지 못할 것이다. 그러니 세치 혀를 흔들어 시끄럽게 칭송한다
고 한들 끝내 산수에 무슨 이로움이 있겠는가. 그러나 나도 또한 세상
에서 때를 만나지 못한 사람 축에 낀다. 장차 기러기처럼 멀리 날거나
표범처럼 숨어 지내며 이곳에서 자연을 즐기고, 바위 옆에 거주하고 시
내를 바라보면서 남은 생을 마친다면 세상에서 이 골짜기의 이름이 비
록 송나라 강절康節 소옹邵雍의 백원百源[74]이나 회옹晦翁 주희朱熹의
무이武夷[75]에는 미치지 못하겠지만, 종남산終南山의 첩경捷徑[76]이나 북
산北山의 이문移文[77]은 이에 비하면 대단히 수준이 낮게[78] 될 것이다.

---

74 백원 : 송나라 소옹邵雍이 젊었을 때 소문산蘇門山 백원百源 위에 몇 년 동안 살
   면서 몸소 밥을 지어 어버이를 봉양하는 한편 학문에 각고의 노력을 쏟았다고
   한다.

75 무이 : 무이산武夷山을 말하며, 주희朱熹가 정사精舍를 짓고 강학하던 곳이다.

76 종남산의 첩경 : 당나라 때 노장용盧藏用이 진사과進士科에 급제한 뒤에 뜻대로
   벼슬길이 트이지 않자 종남산終南山에 은거했다. 종남산은 서울 가까이에 있어
   소문이 궁중에 쉽게 전해지는 까닭에 오히려 소명召命을 받아 벼슬길에 나가게
   되었다. 그 일로 인하여 "종남산에 은거하는 것이 벼슬길에 나설 수 있는 지름길
   이다.[終南捷徑]"라는 말이 생겼다.《신당서新唐書》〈노장용전盧藏用傳〉에 보인다.

77 북산의 이문 : 남조南朝 송宋나라의 공치규孔稚珪가 지은 〈북산이문北山移文〉을
   말한다. 공치규가 북산北山에서 함께 은자 생활을 하다가 변절을 하고 벼슬길
   에 나선 주옹周顒을 못마땅하게 여긴 나머지 산신령의 이름을 가탁하여 신랄하
   게 풍자하면서 다시는 그를 산에 들어오지 못하게 했다는 내용이다.

78 수준이 낮게 : 원문은 '輿儓'이다. 고대 중국에서 열 등급으로 나눈 백성들 중
   가장 아래의 두 등급에 속하는 천민賤民 계급을 말한다.

그러나 나는 늙고 병들어 이곳에 왔으며, 승냥이와 범이 날뛰고 있어서 뜻은 있으나 이룰 수 없다. 아아, 슬프도다. 이에 서글픈 마음으로 자리를 떠나 마침내 나무를 부여잡고 벼랑을 지나 돌 비탈을 오르고 잔도棧道를 건너는 동안 수없이 넘어졌다.

마하연에 이르러 이틀 째 묵었다. 밤중에 몸이 상쾌해지고 정신이 맑아서 잠을 이룰 수가 없었다. 호음거사湖陰居士 정사룡鄭士龍[79]이 "거원蘧瑗이 바야흐로 50살에 49년의 삶이 잘못된 것을 알았다고 했네."[80]라고 했는데, 바로 내 마음을 얘기한 것이다. 내가 전인들이 다녀간 기념으로 현판에 자신의 이름을 새겨 넣은 것을 보았는데, 장안사長安寺부터 이곳까지 문미, 서까래, 기둥, 들보 등에 조금의 틈도 남기지 않았으니 이는 동방 사람들의 나쁜 습속이다. 사찰이나 누대를 지나는 우리나라 사람들은 반드시 검은 먹과 몽당붓으로 월일月日과 지방地方, 그리고 성명 등을 적으며 붉은 난간이나 푸른 서까래를 멋대로 더럽히면서 조금도 아끼지 않는다. 한편 속세의 선비들이 시를 지어 현판을 내걸면서 망령되이 이전 작품을 평가하니, 나는 산신령과 물속의 정령이 성을 낼까 두렵다.

금강산에 이른 시인은 산이 열린 이후로 한정 없이 많을 것이지만 가작佳作은 드물다. 어째서 그런가. 평범한 산과 속세의 바위에 익숙하다가 갑자기 금강산의 경치를 만나면 지니고 있던 문학적인 재능을 잃어

---

79 정사룡(1491~1570) : 본관은 동래東萊, 자는 운경雲卿, 호는 호음湖陰이다.

80 거원이……했네 : 거원蘧瑗은 춘추시대 위衛나라 대부이며, 자는 백옥伯玉이다. 항상 자기반성을 통해 허물을 고치기 좋아했고 이따금씩 지난날 옳다고 여겼던 것도 지금 돌이켜 보면 그렇지 않은 것이 많다는 것을 느꼈다고 한다. 그가 말하기를, "나이 50세에 49년 동안의 잘못을 알았다.[年五十而知四十九年非.]"라고 했다. 《회남자淮南子》〈원도훈原道訓〉에 보인다.

버려서 글을 쓰기가 어렵다. 그런데도 힘을 다 쏟아 제목에 부합하려
고 하지만 본래의 재능이 넉넉하지 못하니 반드시 문리文理를 이루지
못하게 되는 것이다. 더구나 사욕私欲이 속에 가득하여 사람들에게 회
자되는 작품을 지어보려 노력하지만, 용무늬 솥을 들다가 맥脈이 끊어
져서 죽는 경우[81]로 귀착되지 않음이 매우 드물다. 그러므로 온전한 시
가 없는 것이 괴이하지는 않다. 나의 창작이 이와 같다면 비록 조금 읊
조릴 만한 부분이 있더라도 감히 전인의 작품 현판의 끝[82]에 나의 작품
을 걸지 않을 것이다.

　서파西坡 오도일吳道一[83]의 두 연을 차분히 살펴보았는데【층층이 솟
은 봉우리는 언제나 하얀 눈 빛, 낱낱이 공중에 매달려 떨어지지 않는 연꽃.
구름은 아침저녁으로 허공에 맑게 끼어 있고, 달은 예나 지금이나 외롭게 달
려 있네.[層層浩劫長留雪, 箇箇遙空不墜蓮. 雲氣暮朝空淡抹, 月輪今古自孤懸.]】[84],

---

81 용무늬……죽는 경우 : 《사기史記》〈조세가趙世家〉에 "18년, 진秦 무왕武王이 맹
　열孟說과 용무늬의 적색 정鼎을 들다가 정강이뼈가 부러져 죽었다.[十八年, 秦武
　王與孟說擧龍文赤鼎, 絶臏而死.]"라고 했다.

82 전인의……현판의 끝 : 원문은 '續貂'다. 구미속초狗尾續貂의 준말로, 좋지 못한
　시문詩文으로 좋은 시문을 이어 짓는 것을 뜻한다. 고대에 임금을 가까이서 보
　필하는 고급 관리들은 관의 장식으로 담비 꼬리를 썼는데, 진晉나라 때 조왕趙
　王 사마륜司馬倫이 조정의 정사를 전단하면서 봉작封爵이 너무 많은 나머지 담
　비 꼬리가 부족하여 개 꼬리로 보충했던 데서 유래했다. 《진서晉書》〈조왕륜열
　전趙王倫列傳〉에 보인다.

83 오도일(1645~1703) : 본관은 해주海州, 자는 관지貫之, 호는 서파西坡이다. 오도
　일은 1695년 봄 금강산을 유람하고 〈관동록關東錄〉을 지었다.

84 층층이……있네 : 이 구절은 오도일의 《서파집西坡集》 권6에 〈헐성루대만이천
　봉歇惺樓對萬二千峯〉이란 작품의 일부이다. 전체 작품은 다음과 같다. "뾰족하
　게 솟은 금강산 일만이천봉을, 누가 실어다가 헐성루 앞에 두었나. 층층이 솟
　은 봉우리는 언제나 하얀 눈 빛, 낱낱이 공중에 매달려 떨어지지 않는 연꽃. 구
　름은 아침저녁으로 허공에 맑게 끼어 있고, 달은 예나 지금이나 외롭게 달려 있

어떤 이는 훌륭한 작품이라고 하지만 전부 경치를 읊었을 뿐이다. 다만 이단전李亶佃[85]의 한 연이[밤새도록 허명하니 오랫동안 새벽인 듯하고, 사철 잎이 지니 쉽게 가을 오네.[五夜虛明長欲曙, 四時搖落易爲秋.]] 훌륭한 작품에 가깝다. 호음 정사룡의 절구 한 수는[만이천 봉우리 구경하고 돌아가니, 쏴아 거리는 단풍잎이 나그네 옷에 떨어지네. 정양사의 차가운 비에 밤새 향초를 태우는데, 거원이 40년 잘못 산 것을 알았네.[萬二千峯領略歸, 蕭蕭落葉打征衣. 正陽寒雨消香夜, 蘧瑗方知四十非.]][86] 아름답지 않은 것은 아니지만 끝내 금강산을 읊은 것이 아니니, 어떤 이가 압도적인 작품이라고 하지만 또한 금강산과 무슨 관계가 있는가.

네. 여산의 진면목 이 산에서 보겠으니, 이 유람 응당 정선에게 자랑하리라.[簇立金剛萬二千, 誰敎輪納一樓前. 層層浩劫長留雪, 箇箇遙空不墮蓮. 雲氣暮朝工淡抹, 月輪今古自孤懸. 廬山眞面山中見, 合把玆遊詫謫僊.]"

85 이단전(1755~1790) : 본관은 연안延安, 자는 운기耘岐, 호는 필재疋齋·필한疋漢·인재因齋이다. 그는 신분은 낮았으나 시詩에 뛰어나고 글씨에도 능하여 명성이 자자했다.

86 만이천……알았네 : 이의현李宜顯의 〈유금강산기遊金剛山記〉에 의하면, 정사룡의 이 작품이 헐성루歇惺樓에 시판詩板으로 걸려 있는데, 동춘同春 송준길宋浚吉의 필체라고 했다.

07

묘길상을 지나
안문령을 넘어
유점사에 이르기까지의 기록

9월 6일

　임진일壬辰日(9월 6일), 아침에 마하연摩訶衍을 출발하여 비로봉毗盧峯으로 향하려고 했다. 이에 승려에게 길을 물으니, 승려들이 모두 "갈 수 없습니다. 여기에서 비로봉까지의 거리가 40리인데, 돌 비탈길이 험준하고 또 해도 점차 짧아져 하룻밤 묵지 않으면 갔다가 돌아올 수 없습니다."라고 했다. 이에 어쩔 수 없이 그만두고서 우두커니 서서 안타깝게 바라볼 뿐이었다. 이것이 이른바 "우러러볼수록 더욱 높고 우뚝하여 미칠 수 없다."[87]는 것인가. 아마도 스스로 한계를 지음에 귀착된 것이 아

---

87 우러러볼수록⋯⋯없다 : 《논어》〈자한子罕〉에 안연顏淵이 크게 탄식하며 "부자

니겠는가.[88]

산에 들어온 날을 계산해보니 모두 5일이 지났다. 내금강의 구경은 대략 마쳤지만, 오직 비로봉과 망군대 두 곳은 찾지 못했다. 이에 스스로 괘념치 않으려 "세상의 법은 다 사용하지 않는 것을 아름답다고 한다."라고 했다. 그러나 귀로 시냇물 소리 실컷 듣고 눈으로 바위를 실컷 보며 발로 오르내리는 데 숙달되고 혀로 품평하면서 떠들어댔지만, 마음이 안정되지 않았다." 두보杜甫는 〈배정광문유하장군산림陪鄭廣文遊何將軍山林〉이란 작품에서 다음과 같이 읊조렸다.

그윽한 뜻이 갑자기 깨져버리니	幽意忽不愜
돌아갈 때라 어쩔 수 없어서라네	歸期無奈何
문밖을 나서니 흐르는 물도 멈추고	出門流水住
머리 돌리니 흰 구름 가득하네	回首白雲多

夫子의 도道는 우러러볼수록 더욱 높고 뚫을수록 더욱 견고하며, 바라볼 때 앞에 있더니 홀연히 뒤에 있도다. 부자께서는 차근차근히 사람을 잘 이끄시어 문文으로써 나의 지식을 넓혀 주시고 예禮로써 나의 행동을 요약해 주시므로 공부를 그만두고자 해도 그만둘 수 없어 나의 재주를 다하니, 부자의 도가 내 앞에 우뚝 서 있는 듯 한지라, 그를 따라가고자 하나 어디로부터 시작해야 할지 모르겠다.[仰之彌高, 鑽之彌堅, 瞻之在前, 忽焉在後. 夫子循循然善誘人, 博我以文, 約我以禮, 欲罷不能, 旣竭吾才, 如有所立卓爾, 雖欲從之, 末由也已.]라고 한 말을 활용한 것이다.

88 스스로……아니겠는가 : 스스로 자신의 한계를 그어 더 이상 나아가지 않는 것을 뜻한다. 이 말은 《논어》〈옹야雍也〉에, 공자의 제자 염구冉求가 부자夫子의 도를 좋아하지 않는 것은 아니나 힘이 부족하다고 하자, 공자가 "힘이 부족한 자는 중도에 그만두나니, 지금 너는 스스로 한계를 긋고 있다.[力不足者, 中道而廢, 今女畫.]"라고 한 데서 유래했다.

비로봉은 길이 멀고 해도 짧아 오르지 못했다

흰 구름 사이로 비로봉 우뚝 솟아 있고	毘盧迥出白雲間
돌길이 어지러워 올라갈 수가 없었네	石磴參差未可攀
한평생 최고의 기약 저버림 한스럽지만	恨負平生期第一
오늘도 가고 가니 또 명산이라네	行行今日又名山

비로봉, 부산광역시립박물관

많은 봉우리들을 멀리서 바라보며 떠나가려니 아쉬운 마음이 든다. 천태산天台山[89]의 계곡만이 뛰어난 것은 아니다. 이에 서둘러 행장을 꾸려 외금강으로 달려 나갔다. 불지암佛地菴【마하연의 골짜기에서 나와 1리를 가다가 왼쪽으로 길을 들어 다시 1리를 가면 불지암이 있다.】을 지나면서 감로수甘露水를 마셨다.

묘길상妙吉祥은 불지암 길옆에 있는데, 절벽을 깎아 부처상을 새겼으니 나옹화상懶翁和尙이 만든 것이다. 웅장하고 대단히 크며 가부좌를 하고 있는데, 높이는 10여 길이고 양 무릎 사이는 5~6길이다. 일찍이 들으니 "여산廬山에 묘길상이란 절이 있다. 왕정규王廷珪가 밤에 문수보살에게 예불을 드리는데, 등불이 환하게 빛을 발하다가 수없이 밝아졌다 흐려졌다 하니 이것이 성등聖燈이다."[90]라고 했다. 그렇다면 이른바 '묘길상'이란 것은 아마도 문수보살상을 가리키는 것으로 보인다. 오른쪽에 '묘길상'이란 세 글자가 크게 새겨져 있으니, 윤사국尹師國[91]의 필체이다.

---

89 천태산 : 중국 절강성에 있는 산이다. 이를 배경으로 진晉나라 손작孫綽이 〈유천태산부遊天台山賦〉를 지었다.

90 여산에……성등이다 : 오대五代 때 후촉後蜀의 장수였던 왕정규王廷珪의 〈유려산기遊廬山記〉에 보이는데, 원문은 다음과 같다. "금수곡으로부터 반 리도 못 가서 천지의 묘길상사에 이르렀는데, 평지에서 20리의 거리이다. 이날 밤, 서광정에서 문수보살에게 예불을 드리면서 절하고 있었는데, 등불이 난간 밖에서 환하게 빛나고 있었다. 크고 작은 등불이 거의 백여 개였고 밝아졌다 희미해지는 것이 일정하지 않았다. 중이 이것을 가리키면서 '이것은 성등입니다.'라 했다.[自錦繡谷不半里, 至天池妙吉祥寺, 去平地二十里矣. 是夜, 禮文殊於瑞光亭, 拜未起, 而燈光燦發於欄楯之外, 大小幾百餘燈, 明滅合散不常. 僧指示曰, 此聖燈也.]"

91 윤사국(1728~1809) : 본관은 칠원漆原, 자는 빈경賓卿, 호는 직암直庵이다.

묘길상암 마애여래좌상, 국립중앙박물관

안문령雁門嶺은 서쪽으로 마하연에서 20리 떨어진 거리에 있으니, 바로 내수점內水岾이다. 묘길상으로부터 위로 길을 접어드니 돌길이 울퉁불퉁한데 단발령斷髮嶺을 지날 때에 더욱 심해진다. 소광암昭曠巖을 지나면 상하 2~3리가 모두 너럭바위로 시냇가에서 몸을 씻을 만했다. 또다시 앞으로 나아가니 백화담白華潭이 나왔는데, 또한 아름다운 경치로 시냇물이 비로소 흰빛이다. 사선대四仙臺에 이르니 그 이름이 새겨져 있으며, 사선대 위에는 두 줄로 선천담先天潭·후천대後天臺라고 새겨져 있었다. 내금강산에서 나오면 가장 뒤쪽이요, 외금강산에서 들어오면 가장 먼저인 곳이기에 이렇게 이름을 지었다고 한다. 비로봉에 오르기 위해서 이곳에서 북쪽으로 길을 잡았다.

안문령에 오르다

잰걸음으로 가파른 돌길 오르며	累足涉危石
조심스레 잔도를 건넌다오	小心度棧橋
고갯마루에 산해는 한낮이요	嶺頭山日午
고개 돌려 멀리 있는 흰 구름 바라보네	回首白雲遙

비로봉은 내금강산과 외금강산의 제일 높은 봉우리이며 또한 우리 동방의 동산東山이다. 만일 올라가 조망한다면 우리 공자孔子가 노나라를 작게 여겼다[92]는 의미를 묵묵히 이해할 수 있을 것이다. 내가 일찍이 제일등第一等으로 스스로를 기약했지만 이미 성취한 것이 없어서 지금 이 산에서 우러러 볼 뿐이니, 제일등하지 못한 것은 이 생애에서는 어쩔 수 없으니 어찌 탄식하지 않으랴.

《여지승람》에서 "비로봉의 바위 무늬는 오랫동안 이내[93]와 안개에 의해 얼룩지고 하얀 눈빛처럼 엉긴 것이니, 산의 이름이 개골皆骨인 것은 이 때문이다."라고 했다. 살펴보건대 《수경주水經注》에서 "산의 험준한 것을 들면, 태화산太華山의 천척당千尺幢과 백척협百尺峽이다. 천척당에 있는 천정天井은 사방 넓이가 모두 2~3척이며 백척협에 있는 두 상애廂厓는 모두 만 길로 굽어보아도 바닥이 보이지 않으니, 이것이 천하의 험준한 지역이다. 천태산의 석량石梁은 땅 위로 수백 척 솟아 있는데, 활처럼 굽어서 하늘에 매달려 있으니 바라보면 마치 흰 무지개가 아래로 드리운 것 같다."라고 했다. 그러나 금강산에는 원래 이런 것들이 없으니, 비록 비로봉과 망군대라도 일찍이 험준하다고 일컬어지지 않았다. 그렇다면 무엇이 두려워서 올라가지 않는단 말인가.

대개 옛 사람들은 산수를 기록하면서 유주柳州를 최고로 삼았으며, 채우蔡羽가 동정산洞庭山을 논한 것[94]과 이효광李孝光이 안탕산雁宕山

---

92 우리……여겼다 : 《맹자》〈진심盡心 상上〉에 "공자가 동산에 올라가서는 노나라를 작게 여겼고, 태산에 올라가서는 천하를 작게 여겼다.[孔子登東山而小魯, 登太山而小天下.]"라는 말이 나온다.

93 이내 : 해 질 무렵에 멀리 보이는 푸르스름하고 흐릿한 기운이다.

94 채우가……논한 것 : 채우蔡羽(?~1514)는 명나라 사람으로, 자는 구규九逵, 호

을 논한 것[95]이 대단히 뛰어나고 오묘하다고 평가했다. 왕발王勃은〈입촉기행시서入蜀紀行詩序〉에서 "강산의 수발秀拔을 모아놓았고 천지의 기궤함을 살펴볼 수 있으니, 붉은 계곡에는 물이 다투듯 흐르고 푸른 바위가 뒤섞여 솟아 있다."라고 했는데, 이 몇 구절은 또한 훌륭한 구절이라 할 만하다. 이백李白의〈여산요廬山謠[96]〉·〈몽유천모夢遊天姥[97]〉·〈화악운대華岳雲臺[98]〉등의 작품은 모두 팔극八極을 휘저으며 정신이 하늘을 날아다닌다. 그러나 만약 앞서 말한 사람들로 하여금 금강산의 이 경치를 보게 했다면 내금강산의 멋진 풍경을 제대로 묘사하지 못했을 것이다.

일찍이 우린于鱗 이반룡李攀龍[99]의〈태화산기太華山記〉를 보았는데, 마지막 부분에서 "세 봉우리를 굽어보고 중원을 바라보니, 황하가 서쪽에서 흘러오는 것이 보이는데 아래로 큰 골짜기에 정기精氣가 출입하는 것을 살펴볼 수 있다."라고 했다. 숙자叔子 위희魏禧[100]가 태화산

는 임옥산인林屋山人이다. 여기에서는 채우가 쓴〈동정기洞庭記〉를 말한다.

95 이효광이……논한 것 : 이효광李孝光(1285~1350)은 원나라 사람으로, 자는 계화季和, 호는 오봉五峰이다. 여기에서는 이효광이 쓴〈추유안탕기秋遊雁蕩記〉를 말한다.

96 여산요 : 이백의〈여산요기노시어허주廬山謠寄盧侍御虛舟〉라는 작품을 말하는 것으로 보인다.

97 몽유천모 : 이백의〈몽유천모음유별夢遊天姥吟留別〉이라는 작품을 말하는 것으로 보인다.

98 화악운대 : 이백의〈서악운대가송단구자西岳雲臺歌送丹丘子〉라는 작품을 말하는 것으로 보인다.

99 이반룡(1514~1570) : 명나라 학자이자 시인으로, 자는 우린于鱗, 호는 창명滄溟이다. 명나라 가정嘉靖과 융경隆慶 연간에 활약한 일곱 재자才子인 이른바 '후칠자後七子'의 영수로 사진謝榛·왕세정王世貞 등과 함께 '전칠자前七子'와 마찬가지로 복고운동을 창도했다.

100 위희(1624~1680) : 명나라 말기, 청나라 초기의 문장가이다. 자는 숙자叔子 혹

太華山 꼭대기에 올라갔는데, 창려昌黎 한유韓愈가 통곡했던 곳보다 10
리나 높았다. 이곳에서 위희는 "해와 달은 양쪽 옆에서 나와 오르내리
고 황하는 굽어보니 마치 땅에 붙어 이리저리 가는 듯하다."[101]라고 했
는데, 이 두 말이 비로봉의 높음을 표현한 것에 가깝다 하겠다.

　대개 산을 볼 때는 한 모퉁이만 집착해서는 안 되고 가까이로는 골체
骨體를 보고 멀리로는 신운神韻을 살피며, 그 시작과 끝을 따져보고 산
의 향배向背를 고찰하여 높은 안목으로 세심하게 품평해야 한다. 만약
너무도 멋진 곳을 만나더라도 그것을 어떻게 표현할까 두려움에 떨어서
는 안 된다. 《맹자》〈진심盡心 하下〉에서 "대인을 설득할 때는 하찮게 여
겨서 그의 드높음을 보지 말아야 한다.[說大人則藐之, 勿視其巍巍然.]"
라고 했다. 또한 그 고요함을 살펴 인자仁者가 장수를 누리는 까닭을 체
득하고[102], 나의 발전을 멈추지 않아서 한 삼태기가 부족하여 산이 되지
못함을 경계한다면[103] 어디에서든 스스로 깨우치는 것이 있게 된다.

은 빙숙冰叔, 호는 유재裕齋이다. 명나라 말기에 제생諸生이었으나, 명나라가
망하자 벼슬에 뜻을 접고 취미봉翠微峯에 역당易堂을 지어 은거하면서 제자들
을 지도했다.

101　해와……듯하다 : 《신세설新世說》〈서일棲逸〉에 보이는데, 원문은 다음과 같
다. "위나라 화공이 화산의 꼭대기에 올랐는데, 해와 달은 양쪽 옆에서 나와 오
르내리고 황하는 굽어보니 마치 땅에 붙어 이리저리 가는 듯했다.[魏和公登華山
絶頂, 日月從兩耳升降, 視黃河如被帶委地下.]"

102　고요함을……체득하고 : 《논어》〈옹야雍也〉의 "지자는 물을 좋아하고 인자는
산을 좋아하니, 지자는 동적이고 인자는 정적이며 지자는 즐거워하고 인자는
장수한다.[知者樂水, 仁者樂山, 知者動, 仁者靜, 知者樂, 仁者壽.]"라는 대목을 활
용한 것이다.

103　나의……경계한다면 : 《논어》〈자한子罕〉의 "비유하면 산을 만들 때 마지막 한
삼태기 흙을 붓지 않아 완성하지 못하고 중지하는 것도 내 자신이 중지하는 것
이고, 산을 만들 때 평지에 한 삼태기 흙을 막 부은 것이라 하더라도 나아가는

배점拜岾은 표훈사表訓寺의 안산案山이다. 올라가니 일만 이천 봉우리가 조금도 가리지 않아 옥 같이 다듬고 얼음 같이 깎아놓은 아름다운 자태가 모두 드러나는데, 구름이 흩어지고 햇빛이 비추어 광채가 위로 빛난다. 비로소 놀라 말문이 막혀 한 소리로 절규하면서 "천하제일의 명산名山이다."라고 했다. 옛날 고려 태조太祖가 이곳에 와서 자신도 모르게 말에서 내려 절을 올렸기에 마침내 배점拜岾이라 이름을 붙였다. 세상 사람들은 다만 헐성루歇惺樓가 가장 멋지다는 것만 알뿐, 배점이 헐성루보다 열 배나 멋지다는 것은 알지 못한다.

안문령雁門嶺을 넘으니, 안문령 동쪽은 외금강이다. 산은 모두 흙이 두텁게 덮고 있어, 이따금 검은 빛이 보기 좋지 않으니 정채로움은 줄어들었다. 그러나 거세고 웅장함은 내금강보다 나았다. 10여 리를 가니 북으로 중석봉衆石峯이 보이는데, 바위가 생선 비늘처럼 차례대로 우뚝 솟아 있었다. 남쪽으로는 층층의 산이 빽빽하게 서 있는데, 거북이나 사자 같고 병풍 같으며 또한 백설白雪처럼 매우 희니, 지극히 즐거운 마음으로 바라보면서 지나갔다.

효운동曉雲洞은 길가에 있으니, 돌무더기를 이룬 것이 네다섯 개로 폭포수가 좌우에서 치받으며 바위구멍의 상하로 추湫를 이루고 있었다. 이것이 아홉 용의 여관이라고 한다. 승려가 말하기를 "아홉 용은 본래 유점榆岾의 큰 못에 살았는데, 오십삼불五十三佛이 월지국月氏國에서 철종鐵鍾을 타고 바다를 건너 이곳으로 오자, 용이 부처와 땅을

것은 내 자신이 나아가는 것이다.[譬如爲山, 未成一簣止, 吾止也. 譬如平地, 雖覆一簣, 進吾往也.]"라고 한 대목을 활용한 것이다.

효운동을 지나며

산 나서니 가을 날 화창하고   山開秋日淨
효운동 치우쳐 깊이 자리했구나   洞僻曉雲深
돌로 만든 못 위아래 있노니   石湫分上下
늙은 용의 울음 있음 알겠어라   知有老龍吟

〈금강산도권〉 효운동, 국립중앙박물관

다투었으나 이기지 못했다. 그러자 용은 달아나 밤에 이곳에서 잠을
잤는데, 부처가 다시 쫓았기에 용은 구연동九淵洞으로 들어갔다."라고
한다. 또한 대단히 허황된 말이다.

　　유점사楡岾寺[104]는 효운동에서 1리 정도 떨어져 있는데, 오십삼불이
자리 잡은 곳이다.【법희거사法喜居士의 기록에 "부처가 이윽고 열반하자 사
위성舍衛城[105] 삼억가三億家 사람들이 슬퍼하며 존모하기를 멈추지 않았다.
문수보살이 '너희들이 슬퍼하며 사모함이 이미 깊으니 각각 하나의 상像을 주
조하여 공양하라.'라고 했다. 삼억가 사람들이 그 가르침대로 상을 주조하고
또 종 하나를 만들었다. 상 가운데 좋은 것 53개를 골라 종 안에 안치하고 바
다에 띄우면서 축원하기를 '우리 부처 53상이여, 가서 인연이 있는 나라에 사
시라.'라고 했다. 신룡神龍이 이를 싣고 떠났으며 월지月氏의 여러 나라를 두루
지나 이 산의 동쪽 안창현安昌縣의 포구에 이르렀다.

　　당시는 신라 남해왕南解王 원년元年(4)이며 한漢나라 평제平帝 원시元始 4년
갑자년(4)이었다. 고성高城의 수령 노춘盧偆이 말을 타고 가서 맞이하려 했는

───────────

104 유점사 : 정윤영의 《후산문집后山文集》 권4 〈과효운동過曉雲洞〉에는 "유점사는
　　외금강산의 큰 산찰이다. 대웅전의 탑 위로 느릅나무 뿌리가 구불구불 엉켜 있
　　어 그 모습이 마치 천축산 같다. 뿌리 위로는 가지가 뻗어 있는데, 이곳에 오십
　　삼금불을 세워 놓았다. 유점사에는 본래 물이 없었는데, 까마귀가 쪼자 샘물
　　이 솟았다고 한다. 지금은 비각을 세워 그 우물을 보호하고 있다. 처음에 오십
　　삼불은 천축天竺으로부터 철종鐵鍾을 싣고 바다를 건너 이곳으로 와 느릅나무
　　가지에 깃들었다. 이윽고 연못의 용을 쫓아냈고 연못을 메워 그 위에 유점사를
　　세웠다고 한다.[楡岾卽外山巨刹也. 大雄殿花龕上盤屈楡根, 象天竺山. 根之上條條立
　　置五十三金佛. 寺本無水, 烏啄出泉, 今閣而庇之. 厥初五十三佛, 自天竺, 跨鐵鍾, 浮海
　　來此, 棲于楡枝上, 旣而逐池龍塡池, 建寺于其上云.]"라는 내용이 부기되어 있다.

105 사위성 : 석가가 설법하며 교화를 펼쳤던 북인도北印度 교살라국憍薩羅國의 서
　　울로, 이곳에 유명한 기원정사祇園精舍가 있다.

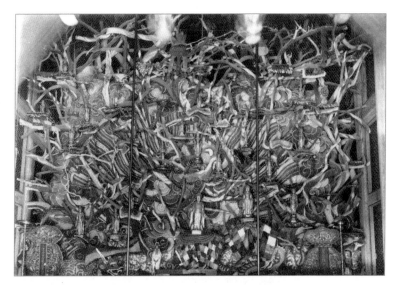

유점사 능인전 오십삼불, 국립중앙박물관

데, 그 많은 부처가 스스로 육지로 내려와 떠났기에 다만 머물렀던 발자국만 보았다. 초목도 모두 이 산을 향하고 있었는데, 30리를 채 못가서 종을 두고 쉬었던 자리를 보았다. 지금 게방憩房이라 부르는 곳이 여기이다. 또 나아가니 문수보살이 길을 가리켰는데, 지금 문수촌文殊村이 이곳이다. 한 비구를 만나게 되어 부처가 있는 곳을 물었으니, 지금 니유암尼遊巖이 이곳이다. 다시 흰 개가 나타나 앞에서 길을 인도하니, 지금의 구령狗嶺이 이곳이다. 개가 사라지고 노루가 나타났으니, 지금의 장항獐項이 이곳이다. 문득 종소리를 듣고서 기뻐하며 나아갔으니, 지금의 환희령歡喜嶺이 이곳이다. 북쪽 골짜기로 들어가자, 커다란 느릅나무가 있고 그 나무에 종이 매달려 있으며 부처가 연못가에 줄지어 앉아 있었다. 남해왕이 수레를 타고 그곳으로 행차하여 마침내 절을 세웠다."라고 했다.

유점사

느릅나무 뿌리 구불구불 화감까지 휘감고 　　　榆根盤屈花龕邃

하나하나 불상을 세워 놓은 것 기이하네 　　　箇箇金身立立奇

까마귀 쪼아 샘물 솟고

　　　　　용을 연못에서 쫓아냈으니 　　　鳥啄清泉龍遁沼

전해 내려오는 많은 것 지금도 의심스럽네 　　許多傳說到今疑

유점사 전경, 부산광역시립박물관

○ 살펴보건대, 한나라 평제 원시 4년 갑자년에 부처가 이곳에 들어와 절을 세웠다고 하나, 대저 불교가 중국에 들어온 것은 명제明帝 영평永平 8년 을축년(65)이며, 불교가 동국東國에 들어온 것은 양梁나라 무제武帝 대통大通 원년元年 정미년(537)이다. 중국의 을축년에 비해 402년이란 긴 시간이 뒤지는데, 만약 저 말을 믿는다면 중국은 부처가 있는 지도 몰랐던 때보다 61년이나 앞서 동국에서 이미 부처를 위해 절을 세운 것이니, 대단히 가소로운 일이다. 다른 것들도 대부분 이와 같다.】

흙산이 사방으로 중첩되어 있는데 경치는 대단히 좋다. 법당法堂에 배치된 오랜 나뭇등걸은 대단히 휘어지고 이리저리 서려서 천축산天竺山을 형상하는데, 그 사이마다 작은 불상이 놓여 있다. 이것이 이른바 유근불榆根佛이니, 유근榆根이라는 사람이 만든 것이다. 까만 구리 향로는 왜국倭國의 물건으로 모양이 대단히 오묘하니, 송운松雲이라는 사람이 가져온 것이다. 불당 앞 석탑은 12층으로 꼭대기에 검은 구리 당간幢竿을 안치했다.

오탁정烏啄井은 절을 세울 때에 까마귀가 바위를 쪼자 샘물이 솟은 곳으로, 지금은 전각殿閣을 지어 덮어놓았다. 옛날 대산岱山의 영암靈巖에 절을 창건할 때 샘이 없었는데, 두 마리 학이 깃든 산을 보고 불도징佛圖澄[106]이 지팡이를 세우고 보자 학이 선 곳과 지팡이를 세운 곳에 모두 샘이 솟구쳤으니, 그곳을 쌍학천雙鶴泉과 탁석천卓錫泉이라고 했다. 오탁정도 이런 부류이다.

또 노후사盧侯祠【노춘盧偆을 제사지내는 곳이다.】·〈불조전통도佛祖傳統圖〉·다섯 비석【춘파확언비春波矱彦碑[107]는 정두경鄭斗卿이 짓고 김좌명

---

106 불도징(232~348) : 진晉나라 고승高僧이다.

金佐明이 글씨를 썼으며 낭선군朗善君 이우李俣가 제액題額 전서篆書를 썼다. 풍악보인비楓岳普印碑[108]는 이복원李福源이 짓고 이원형李元亨이 글씨와 제액 전서를 썼다. 허곡나백비虛谷懶白碑[109]는 비신碑身이 부러져서 고찰할 수 없다. 기암법견비奇巖法堅碑[110]는 이민구李敏求가 짓고 오준吳竣이 썼으며 김광욱金光煜이 제액 전서를 썼다. 송월비松月碑[111]는 정두경鄭斗卿이 짓고 글씨와 제액 전서는 앞의 기암법견비를 쓴 이와 같다.]·29개의 부도와 큰 놋시루가 있다. 무연각無煙閣은 원래 지붕은 있지만 온돌과 아궁이는 없는데, 지금은 남아 있지 않다. 산영루山映樓는 절 앞쪽 문의 누대인데, 누대의 편액은 윤사국尹師國의 필체이다.

이 절은 내금강산과 외금강산에서 가장 웅장하고 크다. 불전佛殿 이외에도 승려의 요사寮舍, 선실禪室, 누대와 회랑回廊, 부엌과 목욕간 등이 빙빙 돌며 굽이져서 끝이 없다. 그 사이에 거주하는 승려는 천 명을 헤아릴 정도이고 모두 물자가 풍족하였지만, 한 사람도 더불어 이야기를 나눌 만한 자는 없었다.

---

107 춘파확언비 : 정두경鄭斗卿(1597~1673)의 《동명집東溟集》 16권에 〈춘파당선사비春坡堂禪師碑〉라는 제목으로 실려 있다.

108 풍악보인비 : 이복원李福源(1719~1792)의 《쌍계유고雙溪遺稿》 권5에 〈풍악사보인비명楓岳師普印碑銘〉이라는 제목으로 실려 있다.

109 허곡나백비 : 김석주金錫胄(1634~1684)가 지은 것으로 보이는데, 김석주의 《식암유고息庵遺稿》 권23에 〈허곡법사비명虛谷法師碑銘〉이라는 제목으로 실려 있다.

110 기암법견비 : 이민구李敏求(1589~1670)의 《동주집東州集》 권7에 〈기암당법견법사비명奇岩堂法堅法師碑銘〉이라는 제목으로 실려 있다.

111 송월비 : 정두경鄭斗卿(1597~1673)의 《동명집東溟集》 16권에 〈금강산송월당대사비명金剛山松月堂大師碑銘〉이라는 제목으로 실려 있다.

　　　　　　　　　　　　　　　　　천하제일명산 금강산 유람기

상) 유점사 산영루 정면, 국립중앙박물관
중) 유점사 산영루 측면, 국립중앙박물관
하) 산영루 편액 확대 사진

08

유점사에서
선담과 내원을 지나
고성에 이르기까지의 기록

9월 7일 ~ 9월 8일

계사일癸巳日(9월 7일), 느지막이 출발하여 부도浮圖에서 거슬러 1리 정도 올라가니 소선담小船潭이 나왔다. 큰 바위 가운데가 푹 꺼져서 그 모양이 배 같았다. 가로는 4~5길이며 세로는 그것의 반절 정도였다. 시냇물이 그 안으로 쏟아져 들어가는데 깊이는 몇 길 정도로, 물이 전부 차, 바위 면과 배 모양의 네 귀퉁이의 수위가 같게 된 이후에 다시 바위 끝을 타고 떨어져 작은 못을 이루었다. 이곳 위로 2~3리에 폭포와 담潭이 더욱 많은데, 수석水石은 매우 맑고 장대하니, 만폭동萬瀑洞과 자웅을 겨룰 만했다.

내원통암內圓通菴이 어디에 있는지 묻고서 만경대萬景臺로 향하려고

유점사를 떠나오며

행장 꾸며 가을 산 걸어 내려오다
안문령 바라보니 얼굴엔 수심 가득
묻노니, 은선대 아래 시냇물은
언제쯤 흘러 인간 세상에 도착하나

束裝步步下秋山
回首雁門怊悵顔
借問隱仙臺下水
潺潺幾日到人間

〈해산도첩〉 은선대에서 바라본 십이폭포, 국립중앙박물관

하였다. 마침 밤부터 내리던 비는 겨우 그쳤지만 바다에 구름이 또 피어나기 시작했다. 승려가 이르기를 "반드시 비가 올 것입니다. 또한 내원통암에는 승려가 없으니 어찌 군색하지 않겠습니까. 다행히 비가 내리진 않지만 멀리 조망할 수 없으니, 부질없이 수고롭게 될 뿐입니다." 라고 하기에, 드디어 길을 멈추고 가지 않았다.

전인의 유기遊記[112]도 이와 같으니 "내원통암에서 자월암紫月菴으로 가자 지세地勢가 대단히 높아, 아래를 보니 수많은 봉우리와 계곡이 높았다 낮았다 겹겹이 굴곡을 이룬 모습이 마치 바다의 파도가 넘실대는 것 같다. 돌길 사이를 따라 구불구불 몇 리를 가니 암자가 나왔는데, 조금 남쪽에 있는 것은 구연암九淵菴이고 조금 북쪽에 있는 것은 진견성암眞見性菴이다. 암자 왼쪽의 작은 대臺에 올라 앞의 거대한 바위를 굽어보니 그다지 가파르지는 않으나 길이가 거의 수백 길에 이르고, 그 불룩한 배를 타고 흘러내리는 물은 마치 한 필의 흰 명주를 끌어 아래로 깊은 냇물 속에 담가 둔 듯했다. 시내 속에는 흰 돌이 수없이 깔려 있었다.

영은암靈隱菴을 지나 6리를 가자 길이 더욱 험해졌고 수백 보를 가서야 비로소 험한 길이 끝났다. 만경대萬景臺에서는 서쪽에서 북쪽까지 죽 이어진 봉우리가 시야를 가려 멀리 볼 수가 없었고, 남쪽에는 뭇 산들이 땅에 모여 마치 작은 흙무더기들처럼 봉긋봉긋 겹쌓여 있으며, 동쪽에는 큰 바다가 하늘에 닿아 끝없이 펼쳐져 있었다. 사방을 조망하는 것은 비로봉과 견줄 만했다. 은선대隱仙臺는 비로봉의 뒤쪽 산기슭에 있다. 층층의 봉우리들이 궤안几案에 빽빽이 모여 있다. 이른바

112 전인의 유기 : 김창협金昌協의 〈동유기東游記〉(《농암집農巖集》 권23)의 내용을 축약하여 옮겨온 것이다.

〈금강산도권〉 내원통암, 국립중앙박물관

십이폭포十二瀑布라는 것은 참으로 한 필의 흰 비단을 병풍 사이에 늘어트린 것만 같았다. 중간 부분은 넓지 않으니 흰빛을 번득이면서 내려가는데, 날리는 물방울은 멀어서 보이지 않았다."라고 했다.

마침내 서둘러 행장을 꾸려 산을 내려와 장항獐項을 넘고 구령狗嶺을 내려가 수고稑庫【유점사의 밭은 산 밖에 있는데, 가을에 수확하여 보관하기에 이를 '수고'라고 한다. 물레방아 일곱 곳을 두어 수확한 벼를 찧고 옮겨온다고 한다.】를 지나 시탄矢灘에 이르렀다. 서쪽으로 금강산【관음봉觀音峯과 개죽봉蓋竹峯 등의 여러 봉우리다.】을 보니, 다시 드높은 하늘 밖으로 솟아나 있어, 흡사 푸른 연蓮이 어지럽게 피어나는 것 같았다. 구름 병풍이 점차 열리면서 기이한 그림이 비로소 펼쳐지는데 남색이 짙고 푸른색이 겹겹이었다. 바라보면 모두 가을날 매처럼 날카롭고, 외롭게 우뚝 솟은 봉우리가 나란한 것은 바다를 떼 지어 나는 기러기 같았다. 가벼운 구름이 끝없이 오가면서 기이한 변화가 끝이 없고 이상한 모양이 거듭해서 드러나니, 헐성루歇惺樓에서는 볼 수 없는 풍경이었다.

만리 길 돛을 올려도	掛席幾萬里
명산을 전혀 만나지 못하였네	名山都未逢
배를 심양의 성곽에 대니	泊舟潯陽郭
비로소 향로봉이 보이는구나	始見香爐峯[113]

이 시에서 노래한 향로봉과 비교하면 어떤 것이 더 나은지 모르겠다. 걸어가며 감상하고 붓을 움직여 글을 쓰고자 하여도 전혀 비슷하지 않

---

113 이 작품은 당나라 맹호연孟浩然의 〈만박심양망여산晚泊潯陽望廬山〉이다.

으니, 어렵도다. 대개 인품이 고상한 자는 하는 말도 남다르니, 산수를 형용하는 것도 또한 매우 뛰어나 미치기 어렵구나.

화양華陽 도홍경陶弘景[114]의 〈심산지尋山志〉에서 "높은 봉우리는 구름에 들어가고 맑은 시내는 바닥이 보이네."라고 했다. 부연하지 않아도 음식을 불에 익혀 먹는 사람은 죽게 되니 갈홍葛洪의 "골짜기 어둑해 차가웁고 바람에 패옥소리 시원해라."[115]라는 작품에는 미치지 못한다. 그렇지만 그도 신선 가운데 호방한 자이다. 동진東晉의 혜원법사慧遠法師가 지은 〈여산제도인석문서廬山諸道人石門序〉에서 "하늘에 안개가 새벽에 피어오르면 만상萬象이 형체를 숨기고, 흘러가는 빛이 돌아와 비추면 온갖 산의 그림자가 거꾸로 보인다."라고 했다. 석호石湖 범성대范成大[116]는 〈계해암동지서桂海巖洞志序〉에서 "계산桂山의 천 봉우리는 옆으로 뻗어나가지 않고 모두 평지에서 우뚝 솟아, 옥으로 된 죽순이나 옥비녀처럼 끝도 없이 빽빽이 늘어서 있다."라고 했다. 이들은 모두 일반적인 문인文人과는 성향이 매우 다른 사람들이다. 애석하도다, 조물주가 작은 해동海東의 먼 시골 생선이 나는 구석진 곳에 이런 산을 두어 이런 사람들로 하여금 올라가 구경하고 마음을 통쾌하게 만들어 크게 자랑하지 못하게 한 것은 무슨 이유인가.

---

114 도홍경(456~536): 중국 남북조시대의 도사道士이자 의학자醫學者로서, 도교道敎 모산파茅山派의 개조開祖다. 자는 통명通明이다. 은거를 할 때는 화양은거華陽隱居라고 자칭했다.

115 골짜기……시원해라: 갈홍葛洪의 〈세약지洗藥池〉에 보이는데, 전문은 다음과 같다. "골짜기 어둑해 차가웁고 바람에 패옥소리 시원해라. 신선의 거처 영원할 테고 꽃과 나무도 길이 무성하리라.[洞陰泠泠, 風珮淸淸, 仙居永劫, 花木長榮.]"

116 범성대(1126~1193): 중국 남송南宋의 정치가이자 시인이다. 자는 치능致能, 호는 석호거사石湖居士이다.

금강산을 떠나 고성으로 가는 길에

세상에서 늙어버린 한 유생	老大乾坤一腐儒
우연히 오늘 금강산에 들어갔네	偶然今日入蓬壺[*]
서리 내린 후 단풍에 붉은 장막 펼쳐졌고	霜後妍妍紅錦障
구름 끝엔 옥 같은 부도가 하나하나 걸려있네	雲端箇箇玉浮圖
돌산을 천년토록 조화옹이 만들었노니	石峀千年參造化
산행하며 오일 밤 신선세계에서 잠을 잤네	山行五夜宿仙區
금단은 적막하고 옷깃은 싸늘하여	金丹寂寞衣衫冷
바다 향해 가면서 저물녘 길에 서 있네	滄海歸筇立暮途

* 蓬壺(봉호) : 삼신산 중의 하나인 봉래산蓬萊山의 별칭이다. 여기에서는 금강
산을 말한다.

해산정海山亭은 고성高城 관사의 뒤쪽에 있다. 정자에는 우암尤菴 송시열宋時烈과 도암陶菴 이재李縡 및 여러 현인들의 시가 걸려 있다. 동귀암東龜巖은 고을 관청의 북쪽에 있고, '배일대拜日臺'라고도 하니 일출을 볼 수 있다. 서쪽에 있는 바위를 서귀암西龜巖이라 한다.

갑오일甲午日(9월 8일), 새벽에 동귀암에 올라 일출을 보았다. 하늘 동쪽에 붉은 기운이 아주 희미하더니, 얼마 뒤에 색이 점점 온통 붉은 색으로 변했다. 구름이 그 빛을 받아 모두 오색五色으로 변하여, 짙거나 옅거나 기이한 형태를 이뤄 짧은 시간에 온갖 변화를 보였다. 해가 점점 바다 속에서 나오니 마치 붉은 구리 쟁반 같은데, 해는 곧 다시 작아지며 파도 속에 빠져 버렸다. 한참 지나 비로소 치솟아 허공으로 오르는데, 바다의 파도는 처음에는 달아오른 쇠처럼 붉은색을 띄었는데, 이때가 되자 온통 일렁거리는 수은水銀 같으니, 만 리가 모두 한 빛깔이었다.

일찍이 들으니 중국의 태산泰山과 대산岱山의 일관봉日觀峯 및 영은산靈隱山의 도광사韜光寺에서 모두 일출을 볼 수 있다고 한다. 그러나 어찌 큰 바다에서 겨우 몇 리 떨어진 이 동귀암만 하겠는가. 바닷가 사람들이 말하기를 "해상에서 해가 뜰 때 항상 안개가 가려서 보기가 매우 어렵다."라고 했다. 이전에 내가 이원利原의 차호遮湖에서 일출을 보았는데, 지금 또 다시 장관을 보게 되었다.

해금강海金剛은 고성의 동쪽 10리에 있다. 뱃사공이 관청의 명령을 받고 배를 대고 기다리고 있었다. 술을 싣고 칠성봉七星峯으로 들어갔

해산정

거북 산마루 좌우에 암석이 있는데	龜峙東西兩石巖
해산정은 그 가운데 자리했어라	海山亭子此中臨
만 리의 바람 이내에 끝없는 심정	萬里風煙無限意
봉래산에서 돌아오는 길손 맘껏 읊조리네	蓬萊歸客一高吟

동귀암에 올라 일출을 바라보다

귀암 있는 산마루에서 층층 바다 바라보니	龜巖蹲峙頫層溟
안개와 이내 걷히자 거울 같은 바다 드러나네	瘴靄初收鏡面平
만 리에 구름 걷혀 하늘이 펼쳐졌고	排雲萬里開黃道
세 면의 넘실대는 파도 불꽃 성 휘감았네	盪海三邊匝火城*
높은 언덕에서 봉황이 날개짓하는 듯	倘致高岡祥鳳翽
헛되어 깊은 굴의 늙은 용 놀라게 하네	謾令幽窟老龍驚
지금의 세계는 긴 밤이러니	如今世界仍長夜
우두커니 허공에 솟는 큰 해를 보노라	佇看中天揭大明

* 火城(화성) : 바다 가운데에서 솟아나는 아침 해를 말한다.

〈신묘년 풍악도첩〉 해산정·동귀암·서귀암, 국립중앙박물관

〈해산도첩〉 해금강, 국립중앙박물관

다. 파도 가운데 나란히 서 있는데, 얼음을 새기고 옥을 쪼아 놓은 것 같다. 물 밑을 굽어보니 수많은 돌들이 기이한 무늬를 내며 일렁이고 있었는데, 푸른 신령이 살아 있는 듯 온갖 변화에 정신이 어릿했다. 작은 봉우리가 날아오르듯 우뚝 서서 가는 이를 전송하고 오는 이에게 절을 하는 듯 했다.

이윽고 해변을 도니 파도가 시끄럽고 어지러운 바위들이 무리지어 서 있어서 배를 빙 돌려 들어갔다. 가지런히 줄지어 층계를 이루고 영롱한 동굴이 마치 봄날 죽순이 다투어 자라고 어린 고사리가 다투어 구부정하게 도는 것과 같았다. 작고 머리가 나란한 것은 나한羅漢과 같고 책상다리하고 앉아 있는 것은 세존世尊과 같았다. 또한 국암麴巖·부암鮒巖·동자암童子巖·금강문金剛門 등도 모두 대단히 기묘하여 어떻게 표현할 수가 없었다. 마침 바람이 불지 않아 실컷 구경할 수 있었다.

뱃사공이 "이곳을 구경할 인연이 있군요."라고 했고 복어를 잡아 술을 마셨다. 듣자니, 세상에서 간혹 말하기를 "해금강은 수중水中에 있다."라고 하는데, 그렇지 않다. 그러나 수중의 기괴함도 또한 양계陽界[117]에 많으므로, 온교溫嶠가 무소뿔을 태워 비춘 것[118] 같이 한다면 수중에 해금강이 반드시 없다고 장담하겠는가. 다만 상전벽해桑田碧海처럼 많은 변화를 기다려야 가능할 것인가.

---

117 양계 : 사람이 살고 있는 현 세상으로 곧 불교에서 말하는 이승이다.

118 온교가……비춘 것 : 온교溫嶠는 동진東晉 사람이다. 온교가 여행을 하다가 무창武昌의 저기渚磯에 당도하니, 물이 아주 깊었는데 사람들이 모두들 물속에 괴물이 산다고 했다. 이에 온교가 무소의 뿔에 불을 붙여서 물속을 비추니, 얼마 뒤에 물속에 있던 기이한 모습의 물고기들이 모두 모습을 드러냈다고 한다. 《진서晉書》〈온교열전溫嶠列傳〉에 보인다.

삼일호三日湖는 고성군의 북쪽 10리에 있다. 둘레가 20~30리로 형국이 대단히 좋으며 송림松林을 안고 있는데, 36개의 봉우리가 그 밖을 싸고 있다. 그 북쪽에 있는 몽천암夢泉菴에는 기이한 바위가 우뚝이 솟아 있다. 호수 가운데 사선정四仙亭이 외로이 서 있고, 정자 북쪽에 무선대舞仙臺가 있다. 무선대의 서쪽 석벽에는 붉은 글씨로 '술랑도남석행述郎徒南石行'이란 여섯 자가 적혀 있는데, 글자의 획이 아직도 마모되지 않았다. 세상에 전해지는 말에 영랑永郎, 술랑述郎, 안상安常, 남석행南石行 네 신선이 이곳에서 삼일을 노닐었기에 호수와 정자를 그렇게 이름 붙였다고 한다.

그러나 네 명의 신선이 어떤 사람인지는 모르겠다. 과연 기운을 단련하고 단약을 복용하여 대낮에 하늘로 올라간 자인가, 아니면 세상에 숨어 몸을 깨끗이 하며 더러운 세상 너머에서 노닐었던 자인가. 단사丹砂를 곱게 갈아 몽당 붓으로 이름을 남긴 것이, 후대 사람이 성명을 알지 못할까 두려워하여 그렇게 한 것이라면 사람 인생을 하루살이처럼 여겨서 어떤 일도 마음에 담아두지 않는 자가 과연 이와 같이 했을까.

우리들이 이름과 자취를 감추고 음풍농월吟風弄月을 하면서 스스로 즐기는 것에 견줘보면 누가 신선이고 누가 신선이 아니란 말인가. 하물며 나와 같은 사람은 세상에 빌붙어 살지만 세상에 빠지지 않고 사물 속에 살지만 사물에 구속되지 않아, 얼굴은 늘 봄빛이고 머리털은 새지 않은 채, 장차 천근天根을 탐색하고 월굴月窟을 밟아[119] 희황羲皇(복

---

119 천근을……밟아 : 소옹邵雍이 〈관물음觀物吟〉에서 "이목 총명한 남자의 몸으로 태어났으니, 천지조화가 부여한 것이 빈약하지 않도다. 월굴月窟을 찾아야만 물을 알게 되는 법, 천근天根을 밟지 않으면 사람을 어떻게 알겠는가. 건괘乾卦가 손괘巽卦를 만난 때에 월굴을 보고, 지괘地卦가 뇌괘雷卦를 만난 때에 천근을 보는도다. 천근과 월굴이 한가히 왕래하는 중에, 삼십육궁三十六宮이 모

삼일호를 지나면서
몽천암 현판 위에 있는 작품의 운자에 화답하다. 2수.

암석 주변 새긴 붉은 글씨 찾아와	來尋巖畔丹書銘
늘그막에 이번 여행에 절로 웃노라	自笑吾行趁暮齡
아득히 신선의 삼일 행적 남아 있노니	滄茫仙跡留三日
드넓은 호수 가운데 하나의 정자 있네	浩蕩波心寄一亭
거북머리 늙은 암석에 구름 들어 푸르고	龜頭老石侵雲碧
거북 등 아득한 봉우리 물에 미쳐 푸르네	鼇背遙岑倒水靑
기이한 곳을 하나하나 손가락으로 가리키며	指點箇中奇絶處
저물녘 우두커니 서서 배가 없음 탄식하네	斜陽佇立歎無舲

신선 유랑으로 호수 이름 삼일호인데	湖名三日以仙遊
아흐레 길을 가다 반나절 머무네	九日行人半日留
암석에 글 새긴 신선은 어디로 가고	丹書巖古仙何去
다만 가을에 그 모습만이 남아 있는고	只有風煙接素秋

〈해산도첩〉 삼일호
국립중앙박물관

희씨伏羲氏) 시절의 무리가 되었으니, 영랑에게도 이러한 것이 있었는지는 모르겠다.

정자 아래의 섬 주변에는 모두 기괴한 바위뿐이다. 바위 위에는 고송古松 몇 그루가 있는데, 모두 바위에 눌려 마르고 작아서 치렁치렁 가지를 늘어뜨리지 못했다. 바람이 불면 성성 소리가 나서 정신과 마음이 맑아져 떠나고 싶지 않지만, 그러나 갈 길이 바빠 삼일 동안 노닐지 못하니 네 신선이 비웃지 않겠는가.

이에 최전崔澱[120]의 〈은해銀海〉 시 한 장章을 낭송했다.

봉래산에 들어간 지 삼천 년 세월	蓬壺一入三千年
은색 바다 아득하고 호수물만 맑고 옅네	銀海茫茫水淸淺
난새 타고 피리 불며 홀연히 날아가니	鸞笙鶴駕倏飛去[121]
벽도화 아래 보이는 사람 하나 없구나	碧桃花下無人見

마음속 깊은 곳에서 상쾌함을 느꼈다.

호수의 남쪽 기슭에 매향비埋香碑가 있었는데, 비문碑文은 고려의 존무사存撫使 김천호金天浩가 지은 것이다. 대개 박달나무를 물에 천 년 동안 담그면 침향沈香이 되므로 옛날에 사람들이 박달나무를 호수

두 봄이로구나.[耳目聰明男子身, 洪鈞賦與不爲貧. 須探月窟方知物, 未躡天根豈識人. 乾遇巽時觀月窟, 地逢雷處見天根. 天根月窟閑往來, 三十六宮都是春.]"라고 읊은 시구에서 추출한 것이다. 월굴은 음陰에 해당하고, 천근은 양陽에 해당하는 것으로, 천지음양의 이치를 말한다.

120 최전(1567~1588) : 본관은 해주海州, 자는 언침彦沈, 호는 양포楊浦이다.

121 鸞笙鶴駕倏飛去: 최전崔澱의 《양포유고楊浦遺藁》〈제경포題鏡浦〉에는 '驂鸞今日獨飛來(오늘 말을 몰아 나는 듯 홀로 찾아오니)'로 되어 있다.

가운데 묻었다.【이 내용을 기록한 비석이 지금 고성의 관청에 있다고 한다.】지금 벌써 천여 년이 되었는데, 어찌 물속에서 들어가 찾아 일시一時에 향기를 휘날려 세상의 수많은 악취를 제거하지 못하는가.[122]

동쪽으로 바라보니, 2~3개의 커다란 바위가 나란히 바다 가운데에 솟아 있는데, 우뚝하니 백옥색白玉色이었다. 이른바 '강물 중류의 지주산砥柱山'[123]이란

삼일포 매향비 탁본, 국립중앙박물관

것인가. 성난 파도와 거센 물결 속에 우뚝 서서 사생死生과 영욕榮辱에 굽히지 않으니, 이 바위에 부끄럽지 않을 자가 지금 세상에 몇 명이나 있을까. 내 마음에 그윽이 감회가 인다. 또한 호수의 남쪽 언덕에 귀암龜巖이 있으니, 머리는 쳐들고 꼬리는 내린 것이 자못 거북 모양과 비슷하다. 저물녘에 고성읍에 이르러 묵었다.

---

122 호수의……못하는가 : 정엽鄭曄(1563~1625)의 〈금강록金剛錄〉(《수몽집守夢集》 권3)에도 보인다.

123 지주산 : 황하의 급류 가운데 솟아 있는 산 이름이다.

09

고성에서
신계사와 구룡연을 지나
만물초에 이르기까지의 기록

9월 9일 ~ 9월 11일

을미일乙未日(9월 9일), 길을 나서 30리를 가 신계사神溪寺에 도착했다.【승려가 말하기를 "처음에는 연어가 시내를 거슬러 산의 어귀까지 올라오자, 고기 잡는 사람들이 와서 잡았었다. 도승道僧이 설법을 하자 연어가 다시는 시내를 거슬러 올라오지 않았다. 그래서 신계사라고 이름을 지었다."라고 했다.】산 어귀에 삼나무와 회나무가 길 양쪽으로 줄지어 있고, 길 오른쪽에는 대응당비大應堂碑가 있다. 상서尙書 백파白坡 신헌구申獻求가 짓고 김구현金九鉉이 글씨를 썼으며 이승오李承五가 제액題額 전서를 썼다. 또한 세 개의 부도浮圖가 있었다.

신계사

계곡 깊고 깊은 곳에 푸른 기와 싸늘하고	洞府深深碧瓦寒
관음산 개죽산 구름 끝에 솟아 있구나	觀音蓋竹挿雲端
물 차고 돌 거칠어 연어 오지 않노니	水冷石麤鰱不到
산사람이여 옛 참선을 말하지 마시게	山人休說舊參禪

신계사 전경, 부산광역시립박물관

절에 이르니 건물이 크고 화려하여 장안사長安寺 및 유점사榆岾寺와 비슷한데 승려들이 절 살림은 가장 부유하다고 한다. 북쪽의 관음봉觀音峯과 남쪽의 동석봉動石峯【동석봉은 집선대集仙臺라고도 한다.】및 동쪽의 개죽봉蓋竹峯과 서쪽의 세존봉世尊峯 등의 봉우리가 빙 둘러 골짜기를 이루었다. 관음봉과 개죽봉 두 봉우리는 위태로운 푸른 봉우리가 하늘 끝에 걸려 있어서 눈이 시려 끝을 쳐다볼 수 없었다. 지나온 산 중에 이 봉우리들과 높이가 비슷한 것이 없었다. 마침 흰 구름이 사방의 골짜기에서 나와 마치 가벼운 생사生絲처럼 하나로 합쳐졌는데, 이쪽저쪽을 오가며 풀어졌다 뭉쳤다 하면서 잠시도 가만히 있지 않는다. 많은 봉우리들이 구름에 가려 간혹 반쯤 드러나기도 하고 혹은 아주 조금 보이기도 하면서 아름다운 자태가 끊임없이 나타나니, 그 전체를 한꺼번에 보는 것보다 도리어 좋았다.

멀리서 동석봉의 동쪽 봉우리를 보니, 구멍이 뒤쪽까지 뚫려 있어서 하늘빛이 환하게 보이니 마치 내금강산의 혈망봉穴望峯과 같았다. 조화옹造化翁의 공교로움이 어찌도 이와 같단 말인가. 승려가 말하기를 "유점사의 용이 효운추曉雲湫에서 하루를 묵고 장차 구룡연九龍淵으로 도망갈 때 지나간 곳이다."라고 하니, 또 어찌 그리 허황된 말인가. 마침 날이 저물어 길을 멈추고 승려의 요사채에서 묵었다. 그릇의 음식은 대단히 깔끔하고 풍성했으니, 내금강산의 여러 사찰에 뒤지지 않았다.

병신일丙申日(9월 10일), 일찍 출발하여 구룡연으로 향했다. 서쪽으로 10여 리를 가서 앙지대仰止臺와 좌정암坐鼎巖을 두루 지나 조금 올라가니 커다란 바위가 갑자기 입을 벌리고 있었다. 숙자叔子 위희魏禧가 말한 "유자遊子의 침묵은 옹기 안에서 나온다."라고 한 것과 같으니, 이것이 바로 금강문金剛門이다. 문을 따라 나와서 고개를 들어 천화대天花臺를 바라보니 천 길 바위 절벽이었다. 위로 해와 달을 우러르고 아래로 구름과 이내를 굽어볼 수 있으니, 견고하고 오래된 푸른 절벽은 그 기세를 거침없이 드러내고 있었다.

천화대 아래 조금 남쪽에 골짜기가 대단히 아름다워 밝은 빛이 시선을 빼앗으니, 이것이 옥류동玉流洞이다. 큰 바위가 구불구불 옆으로 뻗어 있는 것은 와룡담臥龍潭이며, 흰 조약돌이 쌓여 길게 이어진 것은 연주담聯珠潭이다. 못 위쪽에는 여러 봉우리들이 빼어나고 기이하게 솟아 있으니 대개 다하지 않고 남아 있는 금강산의 맑은 기운을 펼쳐

옥류동, 부산광역시립박물관

〈해산도첩〉 구룡폭포, 국립중앙박물관

구룡연

검푸른 빛의 구룡연	黝黝九龍淵
팔담이 여기에서 시작되었다오	八潭是發源
너럭바위 위에 비가 지나면	雨過盤石上
미끄러워 앞으로 가기 가장 어렵다네	滑滑最難前

구룡연^{*)}

금강문 나와 옥류동 거슬러 올라가니	金剛門出玉流沿
계곡 안의 풍경 갈수록 기이하구나	逾入逾奇洞裏天
쌍봉이 날아오르듯 폭포는 걸려 있고	雙鳳翹翔懸瀉瀑
아홉 마리 용 서려 연못을 만들었구나	九龍蟠據截成淵
단풍 숲엔 해가 붉게 기울어 가는데	日邊燁燁楓林晚
구름 사이 층층 돌계단 이어졌어라	雲際層層石棧連
위쪽 팔담 있는데 길이 끊기어	上有八潭中斷路
돌아오며 다 못 본 것 한스러워 하네	歸來却恨未窮源

---

*) 원주: 신계사에서 오른쪽으로 금강문을 나서 옥류동을 차례차례 지나다 보면 아홉 마리 용이 살았다는 연못이 위아래로 있다. 못 아래에는 무봉舞鳳과 비봉飛鳳 두 폭포가 있고 연못 위쪽에는 팔담이 있다.

내어 빙 돌아 못이 되고 떨어져서 폭포가 되고 서려서 바위가 되었으니 그 기상이 변화무쌍하였다. 그런데도 외금강산의 명승은 대체로 이름 나지 않았으니 아쉽다. 그러나 부처의 이름이 더럽혀지는 것보다 차라리 이름이 알려지지 않아 더럽혀지지 않은 것이 나을 듯하다.

이로부터 길은 험하고 바위는 가파르며 절벽 옆으로 묶어 놓은 잔도棧道는 겨우 발꿈치를 디딜 수 있었다. 또한 절벽은 골짜기 쪽으로 넝쿨을 드리우고 있어서 부여잡고 한 발 한 발 내디디며 올라가니, 마치 원숭이가 나무를 부여잡고 오르는 모습과 같았다. 곳곳에서 이런 식으로 길을 나아갔다. 대개 골짜기의 기이한 아름다움과 바위 절벽의 위험함은 비록 내금강의 백탑동白塔洞이나 수미봉須彌峯이라도 오히려 이에 미치지 못했다.

일찍이 들으니, "구화산九華山의 붉고 푸른 여러 봉우리들이 가파르게 솟아 빽빽하게 모여 있으니, 마치 창을 세워놓은 듯, 모자를 옆으로 쓴 듯, 또는 연꽃이 막 피어난 듯한데, 안개나 구름이 끼거나 비가 내리는 등 아침저녁으로 온갖 변화를 보인다."[124]라 했고, 또 "아미산峨嵋山 봉우리의 꼭대기에 있는 광상사光相寺의 칠보암七寶巖은 그 높이가 60~70리나 된다. 그러나 달리 오를 만한 좁은 길도 없기 때문에 나무를 잘라 긴 사다리를 만들어 바위 절벽에 못으로 박아 놓고 이것을 타고 올라간다."[125]라고 했으니, 이것과 어느 것이 더 위험하고 더 기이한지 모르겠다.

---

124 구화산의······보인다 :《삼재도회三才圖會》〈황산도고黃山圖考〉에 보이는데, 다음과 같다. "붉고 푸른 여러 봉우리들이 가파르게 솟아 빽빽하게 모여 있으니, 마치 창을 세워놓은 듯, 모자를 옆으로 쓴 듯, 창을 줄지어 놓은 듯, 연꽃이 막 피어난 듯한데, 구름이 끼고 안개가 피어나며 날이 맑고 비가 내리는 등 아침저녁으로 온갖 변화를 보인다.[蓬峰丹碧, 峭拔攢蹙, 若植戟, 若側弁, 若列戈矛, 若芙蓉菡萏之初開, 雲煙晴雨, 晨夕萬狀.]"

대개 산수의 승경은 짧은 시간 사람의 눈을 즐겁게 하는 데 불과하지만 자기 자신을 위태롭게 하게 하니, 이는 본질을 잃어버린 사람[126]에 가깝지 않겠는가. 그러나 후회하면서도 오히려 이를 좋아하기를 멈추지 않는다. 산수도 음란한 음악이나 아름다운 여색과 같아서 점점 그 속으로 들어가면 돌이킬 줄을 모르게 되는 것인가. 어질고 지혜로운 자가 좋아하는 것도 이와 같은가.

비봉폭포飛鳳瀑布는 옥류동에서 2~3리 정도 떨어져 있다. 구름 같은 물이 깎아지른 듯한 절벽에서 수천 척을 흩날리며 떨어지는데, 살랑 바람이 잠깐 불면 옥 같은 안개가 허공에서 흩어지니, 폭포의 아름다움은 구룡폭포九龍瀑布에 뒤지지 않고 그 길이는 구룡폭포의 열 배나 된다. 더 나아가니 무봉폭포舞鳳瀑布가 나왔다. 멀리서 바라보니, 흰 무지개가 하늘에 드리운 것 같은데, 날리는 하얀 물줄기가 부서지며 바닥으로 쏟아지니, 비봉폭포와 우열을 다툴 만하다. 바위 면에는 '구룡반두九龍蟠斜 쌍봉상무雙鳳翔舞(아홉 용이 서려 있고, 두 봉황이 날아 춤추네.)'라는 글씨가 새겨져 있으니, 이의봉李義鳳의 글씨이다.

---

125 아미산……올라간다 : 송나라 때 범성대范成大의 《오선록吳船錄》에 보이는데, 다음과 같다. "이곳으로부터 봉우리 꼭대기에 있는 광상사의 칠보암에 이르기까지 그 높이가 60리이다. 고을의 평지로부터의 거리가 대략 백리가 되지 않지만, 또 오를 만한 좁은 길이 없기 때문에, 나무를 잘라 긴 사다리를 만들어 바위 절벽에 못으로 박아놓고 이것을 타고 올라간다.[自此至峰頂光相寺七寶巖, 其高六十里. 大略去縣中平地不下百里, 又無復蹊磴, 斫木作長梯, 釘巖壁, 緣之而上.]"

126 본질을……사람 : 《맹자》〈고자告子 상上〉에서 "한 손가락만 기르고 어깨와 등을 잃으면서도 알지 못하면 병든 승냥이와 같은 사람이다.[養其一指而失其肩背, 而不知也, 則爲狼疾人也.]"라고 했다.

무봉폭포, 수원광교박물관

쌍봉폭포^{*)}

봉황이 천 길 높이로 날아오르니   鳳翔千仞上
마치 두 개 폭포가 매달린 듯 해라   彷佛懸雙瀑
나는 물줄기 주렴처럼 걸려 있으니   飛湍掛水簾
강왕곡[*]에 비해 어떠한가   何似康王谷

*) 원주 : 무봉폭포와 비봉폭포이다.

* 강왕곡 : 중국 여산廬山의 골짜기 이름으로, 이곳의 곡렴폭포谷簾瀑布가
  유명하다.

〈해산도첩〉 비봉폭포, 국립중앙박물관

연담교, 국립민속박물관

연담교淵潭橋를 건너 장방호長房壺【모두 그 명칭이 새겨져 있다.】를 두루 지나 잔도棧道를 타고 구불구불 들어가니 비로소 구룡폭포가 나왔다. 두 봉우리가 우뚝 마주 서 있는데, 가운데가 평평하니 문턱을 만들어 놓은 듯 했다. 물이 문턱을 넘어 쏟아져 나오니, 열 아름의 옥기둥이 쉼 없이 곧바로 쏟아지는데 높이는 60~70길이다. 그 아래 두 못이 있으니, 그 깊이를 헤아릴 수 없었다. 못가의 너럭바위는 한쪽으로 기울어져 있는데 빗물에 젖어있어 매우 미끄러웠다. 이곳을 유람하던 자들 가운데 못을 구경하려 한 이들이 이따금 미끄러져 못 속으로 빠져도 구하지 못했다. 너럭바위 위에는 우암尤菴 송시열宋時烈의 큰 글씨가 새겨져 있다.【'노폭중사怒瀑中射 사인현전使人眩轉(성난 폭포에 맞으면 사람이 어지럽다.)'이라는 글씨이다.】

진晉나라 태충太冲 좌사左思의 〈영사시詠史詩〉에 보이는 "천 길 멧부리에서 옷깃을 떨치고 만 리 물결에서 발을 씻는다.[振衣千仞岡, 濯足萬里流.]"라는 구절을 읊조리니, 기분이 또한 상쾌해졌다. 내가 본 천마산의 박연폭포朴淵瀑布와 설악산의 대승폭포大乘瀑布는 모두 우리 동방에서 이름난 폭포인데, 이것과 비교하면 어떤 것이 더 나을까. 고금에 폭포를 읊조린 것으로 청련靑蓮 이백李白이 향로香爐를 읊은 구절[127]이 가장 뛰어나고 당나라 서응徐凝이 〈여산폭포廬山瀑布〉에서 '흰 비단[白練]'이라 읊조린 구절[128]이 그 다음 간다. 오직 명나라 잠계潛溪 송렴宋

127 청련……구절 : 이백李白의 〈망여산폭포望廬山瀑布〉라는 작품을 말한다. 전문은 다음과 같다. "태양 비치자 향로봉에 붉은 연기 피어나고, 멀리 바라보니 폭포수 냇물 앞에 걸렸구나. 날듯이 흘러 곧바로 삼천 척 쏟아지니, 구천에서 은하수가 떨어지는 듯 해라.[日照香爐生紫煙, 遙看瀑布掛前川. 飛流直下三千尺, 疑是銀河落九天.]"

128 서응이……구절 : 서응의 〈여산폭포廬山瀑布〉 전문은 다음과 같다. "허공에서

濂은 〈오설산지五泄山志〉에서 "성난 폭포가 벼랑을 거꾸로 들이받으니 만 섬이 들어갈 정도의 구멍이 났다. 눈처럼 흰 물줄기 하늘에서 흩뿌려 떨어지니 흰빛이 반짝거려 사람의 시선을 앗아간다. 쏟아진 물살은 못 바닥까지 닿았다가 곧바로 거꾸로 올라온다. 폭포수는 천둥치는 소리 같아서 가까이에 있는 사람이 말하는 소리도 알아듣기 어렵다."라고 했다. 명나라 왕사임王思任은 〈석량폭石梁瀑〉에서 "사람들이 서로 마주하여도 다만 입을 벌리고 오므리는 모습만 볼 수 있다."라고 했다. 이 말들은 모두 폭포의 형상을 오묘하게 형용했고 폭포의 기상을 호방하게 드러내었고 또한 폭포의 모습을 실상과 흡사하게 그려냈으니 내가 덧붙일 말이 있겠는가.

팔담八潭은 구룡폭의 근원이다. 연담교를 따라 별도로 길을 찾아가면 이에 도달할 수 있다. 높다란 고개가 우뚝 서 있는데, 굽어보면 여덟 못이 되지만 폭포 아래에 있는 것까지 합치면 아홉이 된다. 두렵고 위험하여 가진 않았다. 신계사로 돌아와 묵었다.

정유일丁酉日(9월 11일), 느지막이 길을 나서 서쪽으로 5리쯤 가니 온정점溫井店이 나왔다.【온정점 뒤에 온천溫泉이 있으니, 세조世祖의 행궁터이다.】육화암六花巖을 지나 곧바로 온정령의 아래에 도착했다.【고개 마루까지는 5리, 고개를 넘어 왼쪽으로 작은 길이 나 있는데, 그 길이 끝나는 곳에 금부동金溥洞이 있으니 물과 바위가 대단히 좋다고 한다.】견고한 절벽이 우뚝 솟아 있으니 명경대明鏡臺보다는 크지만 거칠고 추해서 아름답지

천길의 물줄기 곧바로 떨어져, 우뢰처럼 달려 잠시도 쉬지 않고 강으로 들어가네. 고금에 길이 흰 비단처럼 날리며, 한 물줄기가 푸른 산빛을 갈라놓았네.[虛空落泉千仞直, 雷奔入江不暫息. 今古長如白練飛, 一條界破靑山色.]"

　천하제일명산 금강산 유람기

온정을 지나며

맑은 계곡 흰 돌과 두루두루 다녔는데　　　　淸溪白石踏遍頻
돌아와 몸 씻으니 먼지 없이 깨끗하네　　　　歸來洗髓淨無塵
그래도 내 몸에 때가 있을까 걱정하여　　　　却怕身邊猶有膩
다시 앞길 재촉하여 온천을 찾노라　　　　　更催前路覓泉溫

온정리 온천에서 수정봉의 어스름을 바라본 전경, 수원광교박물관

만물초

개골산의 시작된 곳 절반 쯤 드러나고 　　　　皆骨源頭露半身
하얀 돌기둥이 하늘에 꽂혀 있구나 　　　　皎如石勢挿蒼旻
어찌하여 북극성의 기둥이 되지 않고 　　　　如何不作北辰柱
빈산의 비바람 속에 만년토록 늙어 가는고 　　風雨空山老萬春

만물초, 부산광역시립박물관

는 못했다. 한 채의 주막이 이 절벽을 등지고 건물을 지어 놓았으니,[주막은 지금 그만두었고 사람도 없었다.]만물초점萬物肖店이다. 저녁에 비바람이 불어 무너질까 두려웠다.

만물초萬物肖는 한 채의 주막 뒤쪽으로 지름길을 택하여 조금 나아가니 깎아지르게 가팔라 올라가기 어려웠으나 안간힘을 쏟은 뒤에 올라갔다. 내달리는 봉우리와 어지러운 산등성이가 나란히 달려와 사람에게 덤벼드는 듯한데, 삐쭉삐쭉 구름 위로 솟은 것은 바라보니 모두 바위였다. 이것을 구만물초舊萬物肖라고 부른다. 여기서부터 길은 더욱 험해지고 바위는 더욱 가파르며 온통 흰색으로, 중향봉衆香峯과 은선대隱仙臺에 비해 기궤하고 분방함이 더 심하니, 이른바 조금 기이하면 조금 험하고 많이 기이하면 많이 험하다는 말에 해당한다.

조심조심 길을 살피며 한 발 한 발 나아갔다. 극락문極樂門을 바라보고 절벽을 감싸면서 옆으로 나아가는데, 더부룩한 풀을 헤치고 험준한 바위를 건너면서 12~3리를 가니 문이 나왔다. 문은 입을 벌린 석굴石窟이었다. 우러러보니 하늘빛이 가늘게 투과되는데, 석굴의 좌우 양 옆에 구멍이 나 있어서 겨우 한 사람이 드나들 만했다. 아이들에게 길을 찾게 하니 모두들 "어둡고 캄캄해서 들어갈 수 없습니다."라고 했다. 나 또한 두려워서 그만 두었다.

일찍이 전인들의 유람기를 상고해보니, "문 왼쪽의 구멍을 지나 몸을 빼어내어 올라가면 골짜기가 비로소 활짝 열리며 바위의 기이함은 밖과 같다. 작은 산마루를 넘어 절벽 사이의 좁은 길을 따라 웅크리고 올라가서 굽어보면 마치 항아리 안쪽 같은데, 그 아래 바위의 형세도 위와 같다. 산마루가 다하는 곳에 세두분洗頭盆과 신선들의 바둑판과 희고 검은 돌이 있으니, 매우 기이하다."라고 했다.

일찍이 듣건대, "태산太山 원군사元君祠의 일석지一石池는 가로세로 및 깊이가 모두 2척 정도로, 옥녀세두분玉女洗頭盆이라 불린다."[129]라고 했고, "용호산龍虎山의 24개 바위 가운데 하나는 혁기암奕棊巖인데, 그 안에 바둑판이 있어서 두 사람이 바둑을 둔다."[130]라고 했으니, 이곳 또한 이런 종류이다.

그 만물초라는 것은 마치 노옹老翁이 사자, 호랑이, 매, 개, 선인, 옥녀, 난새, 학 등을 앞에서 이끄는 것 같은데, 대부분 모습이 대단히 흡사한 것에 이름을 붙여 자랑한 것이다. 내가 보건대 비록 모습이 다 이름과 똑같지는 않지만 또한 한두 가지는 대단히 비슷한데, 또한 그 소이연所以然은 알 수가 없었다.

대개 듣건대, "태산에 어룡동魚龍洞이 있으니, 골짜기 입구에 사자獅子, 종고鐘鼓, 선인仙人, 연꽃을 닮은 바위가 있다."라고 했고, "옥양동玉陽洞에 기이한 바위가 어지럽게 널려 있으니, 기울어진 것, 기댄 것, 날카롭게 솟아난 것, 물러나서 뒤로 빠진 것, 넘어져서 누우려고 하는 것, 떨치고 일어나려 하는 것, 끊어졌다가 다시 이어진 것, 죽순처럼 서있는 것, 봉황처럼 나는 것, 사자처럼 내달리는 것 등이 있다."라고 했으며, "광덕주廣德州의 동쪽 큰 동굴은 너비가 2~3척이고 깊이는 헤아

---

129 태산……불린다 : 왕세정王世貞의 〈유태산기遊泰山記〉에 보이는데, 다음과 같다. "뒤편에 삼척 정도의 돌에는 이사의 전서가 두 줄로 새겨져 있다. 일석지는 가로세로 및 깊이가 모두 2척 정도로, '옥녀세두분'이라 불린다.[後一石三尺許, 刻李斯篆二行, 一石池縱廣及深俱二尺許, 曰玉女洗頭盆也.]"

130 용호산의……둔다 : 《용호산지龍虎山志》에 보이는데, 다음과 같다. "혁기암 가운데에는 바둑판이 있는데, 마치 두 사람이 마주하고 바둑을 두는 것 같다.[然奕棊巖, 中設棊枰, 若二人對奕.]"

릴 수 없는데, 유람하는 사람들이 횃불을 들고 들어간다. 석연石燕[131]
이 무리지어 날고 종유석鐘乳石의 물방울이 떨어진다. 선인仙人과 불
상佛像과 종경鍾磬 등을 닮은 것이 있는데, 모두 흰 바위가 천연적으로
형성된 것이다."라고 했고, "금화산金華山의 석양石羊[132]은 수천이다.
동굴의 좌우에 분포되어 있는데 벽도碧桃, 석순石筍, 뱀, 용, 두꺼비,
코끼리, 물고기, 선인, 도사道士, 창의 격자, 벼루, 연적 등을 닮은 바위
가 있다."라고 했다. 또한 "제운산齊雲山에 바위가 있는데, 종고석鍾鼓
石, 관음석觀音石, 나한석羅漢石 등이 있다."라고 했고, "영국현寧國縣
서산西山 석동石洞의 성문에 난간과 들창을 설치했는데, 그 안에 상床
과 대야, 연단의 화로 등을 닮은 바위가 있다."라고 했다. 이것들이 모
두 만물초와 같은 것이니, 어찌 조선이나 중국의 이러한 것들을 하나
하나 따져보겠는가.

이에 금강산 구경은 다했으며 좋고 나쁜 품평도 정했다. 비록 다른
구경거리가 있다고 하더라도 나는 더 이상 보고 싶지 않았으니, 회풍檜
風 이하는 품평하지 않는 격이다.[133] 신만물초新萬物肖라고 할 때 '신新'

---

131 석연 : 작은 돌이 바람에 날려 공중에 높이 나는 것이 마치 제비와 같은 것을 말
  한다.

132 석양 : 황초평黃初平이 15세에 양을 치다가 신선술을 닦으러 도사를 따라 금화
  산金華山 석실石室 속에서 수도했다. 40년 뒤에 형이 찾아와서 양이 어디 있느
  냐고 묻자, 황초평이 형과 함께 그곳에 가서 백석白石을 향해 "양들아, 일어나
  라."라고 소리치니, 그 돌들이 수만 마리의 양으로 변했다는 전설이 진晉 갈홍
  葛洪의 《신선전神仙傳》 〈황초평전黃初平傳〉에 나온다.

133 회풍……격이다 : 논평할 가치도 없을 만큼 하찮은 작품이라는 말이다. 춘추
  시대 오吳나라 계찰季札이 노魯나라에 가서 주周나라의 음악을 차례로 들어 보
  고는 모두 평을 했는데, 회檜나라 이하의 민요에 대해서는 아무런 평도 가하지
  않았다[自檜以下無譏焉]는 고사에서 유래했다. 《춘추좌전春秋左傳》 양공襄公 29
  년조에 보인다.

이란 말은 '구舊'란 말과 상대하여 한 말이다. 대개 이를 찾은 지가 오래되지 않는다고 한다.

처음에 신계사에 추사秋史 김정희金正喜가 시를 지어 현판을 내걸면서 만물초를 조롱했는데, 나는 이에 그 시에 차운하여 반대로 그 조롱에 변명했다. 저물녘에 장항점獐項店에 들어 묵었다.

신만물초 천선대天仙臺, 부산광역시립박물관

천하제일명산 금강산 유람기

만물초를 위해 조롱을 해명하며
추사 김정희의 시에 차운하다

일찍이 신계사에서 추사 김정희가 시를 지어 계판揭板하고 이로써
만물초를 비웃었다. 김정희의 시*는 다음과 같다.

금강산의 만물초를 바라보니	金剛萬物觀
이름이 실상보다 너무도 지나치네	最爲名過實
그 말 본래부터 절로 허황되고	其語本自誕
그 모습도 자못 완전히 어긋났네	面目殊全失
또 호사가들이 있어	又有好事者
새로운 만물초를 뽑아냈다네	拈起新萬物
그 새로운 것과 옛 것은 어떠한가	其新其舊何
이 모습 그 모습 모두 한가지라네	彼境此境一
묻노니, 목숨 걸고 가는 이들이여	試問判命去
얻은 바가 무엇이 별다르던가	所得竟何別
좀 전에 우러러 본 곳을	俄者仰觀處
굽어보면 도리어 알지 못하네	俯看還不悉
만약 진경의 세계가 있어	若有眞境界
적성*이나 단궐*이 있다면	赤城而丹闕
용맹하게 나아가는 게 마땅하니	當勇猛精進
또한 뾰족한 것 꺼릴 필요 없지	亦不憚崒屼
불쌍하다, 저 세상 사람들	憐彼世間人
보기도 전에 황홀함을 상상하네	未到想怳惚
법안도 부질없이 속임을 당하니	法眼空見欺
잎 가린 일* 어리석기 짝이 없어라	遮葉事癡絶

나는 참된 실경을 말하면서	我說眞實義
푸른 솔 곁에서 질정을 하노라	靑松旁參質
아는가, 조화옹이 처음에	知否造化初
어찌 먼저 붓을 들었겠는가	寧有先試筆
바라건대, 밝은 덕을 높이어	願言崇明德
생각 끊고 함부로 믿지 마시게	截念其信勿

내가 지은 작품은 다음과 같다.

예전에 만물초에 대해 들었는데	昔聞萬物肖
이제 보니 명실이 상부하네	及觀名副實
진실로 참된 안목을 얻어	苟得道眼評
진면목이 제대로 전달되기 바라네	庶不眞面失
새로운 것과 옛 것은 같지 않노니	新舊迴不等
공교로운 모습 조물주가 만든 것이네	巧劚參造物
말 하지 마시게, 이 산 뒤편의	莫道此山外
천불동이 제일이라고	千佛擅第一 *)
아침 해가 솟아 환하게 열리니	鴻濛訏許闢
안탕산도 특별한 곳이 아니구나	雁宕定非別
난새와 학, 사자와 코끼리 모습	鸞鶴獅象屬
그 모습 모두 다 거론할 수 없구나	形容還不悉
연화봉은 석가의 사찰이요	蓮花釋迦龕
백옥봉은 하늘의 대궐이라네	白玉廣寒闕
계곡은 어찌 그리도 험한가	洞府何磅礴
바위는 다투듯 뾰족하게 솟아 있네	巖巒競崒屼

가까이 가 보니 자못 기이하고	逼看頗瑰奇
멀리서 보면 도리어 황홀해라	遠望却悅惚
깨끗한 신선의 세계인 듯	灑落仙境疑
아득히 속세 먼저 끊었어라	迢遞塵世絕
돌 기운이 스며들어 차가웁고	冷冷侵石氣
옥을 깎은 것처럼 선명하여라	瑩瑩削玉質
조화옹이 멋대로 노닌 곳이라	化翁戲劇處
용면*도 다 그리기 어려울 듯	難盡龍眠筆
추사의 시는 도량이 좁으니	齷齪秋史詩
후인들이여 절대 믿지 마시게	後人篤信勿

*) 원주 : 천불동은 만물초 뒤에 있는데, 이곳에 선창仙廠이 있다고 한다.

* 이 작품은 김정희金正喜의 《완당전집阮堂全集》 9권에 〈제신계사만세루題神溪寺萬歲樓〉라는 제목으로 실려 있다.

* 적성 : 전설 속에 나오는 선경仙境을 말한다.

* 단궐 : 천제天帝가 거처한다는 붉은 궁궐로, 전하여 대궐 또는 그곳에 거처하는 제왕을 가리킨다. 여기에서는 옥황상제가 거처하는 궁궐을 가리킨다.

* 잎 가린 일 : 고개지顧愷之는 진晉나라 무석無錫 사람이고 자는 장강長康인데, 당시 사람들이 그의 재절才絕·예절藝絕·치절癡絕을 들어 삼절三絕이라 칭했다. 일찍이 버들잎으로 자기 눈을 가리고서 남이 자기를 못 본다고 하기에 환온桓溫이 옆에 가서 그에게 오줌을 누었다고 한다.

* 용면 : 북송北宋의 대표적인 화가인 이공린李公麟을 말한다.

천불동千佛洞은 만물초의 뒤에 있다. 통천通川에서 들어가려면 장전長田【장전은 사진沙津의 남쪽 20리에 있다.】을 지나야 하고, 고성高城에서 들어가려면 육화암六花巖을 지나야 한다. 이틀을 노숙해야 이를 수 있다. 봉래蓬萊 양사언楊士彦 이후로 다시 그곳을 찾으려 한 자가 없지만, 간혹 산삼을 캐는 자가 이르기도 하는데 그 장관은 만물초와 서로 비슷하고 또한 선창仙廠[134]이 있다고 한다. 내가 사진을 지나면서 거주민에게 물으니 모두들 "참으로 있기는 한데, 비록 우연히 가는 사람이 있기는 하지만 또한 다시 찾지는 못합니다."라고 했다.

또한 갈옹葛翁의 일을 대단히 상세하게 말해주었다.【통천에 장씨張氏 성을 가진 사람이 있는데, 평생에 다른 사람과 다투지 않았다. 항상 칡을 캐서 식량을 마련하기에 고을 사람들이 그를 '갈옹'이라 불렀다. 하루는 칡을 캐러 산에 들어갔는데 다시 돌아오지 않았다. 후에 그의 아들이 이 골짜기에 들어가 우연히 어느 곳에 이르러 커다란 바위 집을 보았는데, 집 안에 수많은 기이한 책과 물건을 보관하고 있었다. 배회하고 있던 차에 문득 어떤 사람이 부르기를 "갈랑葛郎은 어찌 이렇게 늦게 오시오."라고 하자, 그 아들은 놀라면서 "나는 본래 장씨인데, 그대는 어찌하여 갈랑이라 부르시오."라고 했다. 그 사람이 웃으면서 "그대는 갈옹의 아들이니, 갈랑이 아니고 누구요."라고 했다. 또 "갈옹은 곧 올 것이다."라고 했다. 잠시 뒤에 노인이 과연 천천히 걸어왔다. 부자父子간에 며칠 동안 이야기를 나누다가, 마침내 갈옹은 다시 표연히 떠나갔는데, 그가 어디서 죽었는지 알 수 없었다고 한다.】

이에 나는 탄식하면서 "만물초 뒤편 산등성이는 바로 온정령溫井嶺이다. 온정령은 손가락으로 가리키는 곳에 있으니, 여기서 만물초까지

---

134 선창 : 신선들이 즐기는 기물器物을 보관하는 창고인데, 전하여 신선들의 거처를 의미한다.

의 거리는 불과 30리 남짓이다. 어찌 선원仙源을 구별하지 못할 이치가 있겠는가. 다만 우연히 이른 자가 도원桃源을 찾아갔던 유자기劉子驥[135]처럼 하지 못했기에, 끝내 천태산天台山의 유신劉晨과 완조阮肇[136]처럼 되고 말았으니 어찌 애석함을 이길 수 있으랴.

일찍이 들으니, 안탕산雁宕山은 송나라 상부祥符 연간에 비로소 옥청궁玉淸宮과 소응궁昭應宮을 짓기 시작했는데, 벌목하는 이들이 비로소 이를 찾았다고 한다. 강락康樂 사령운謝靈運은 여러 승경을 두루 돌아보고서도 백석령白石嶺을 지나 거의 도착할 뻔했는데 그것인지 알지 못했었다. 또한 당나라 차산次山 원결元結과 자후子厚 유종원柳宗元은 영주永州에 대단히 오래 있었지만 기이하고 웅장한 담암澹巖을 찾아가지 못했으니, 산이 세상에 알려지는 여부도 운수가 있는 것인가."라고 했다.

---

135 유자기 : 진晉나라 고사高士로, 도잠陶潛의 〈도화원기桃花源記〉에서 "무릉武陵에 사는 어떤 어부가 도화원桃花源에 갔다가 나와서 그 고을 태수에게 말했는데 태수가 사람을 시켜서 찾아보게 하였으나 길을 찾지 못했다. 고사高士 유자기劉子驥라는 사람이 그 말을 듣고 직접 찾아 나섰다가 결국은 찾지 못하고 병들어 죽었다. 그 뒤로는 나루를 묻는 자가 없었다."라고 언급한 것이 있다.

136 유신과 완조 : 한漢나라 때 유신劉晨과 완조阮肇 두 사람이 천태산에 들어가 약을 캐다가 10여 일이 경과하여 배는 고프나 집은 멀어서 갈 수가 없으므로, 그곳에 있는 익은 복숭아 몇 개씩을 따 먹고 요기를 했다. 그때 시냇가에 아리따운 두 여자가 있어 반갑게 맞이하므로, 그녀들을 따라가서 반 년 동안을 즐겁게 지내고 그곳을 떠나 고향에 돌아와 보니, 벌써 진晉나라 시대였다고 하는데, 옛날 생각이 나서 다시 천태산에 들어가 보니 옛 자취가 묘연하더라는 전설이 있다.《유명록幽明錄》에 보인다.

10

만물초를 떠나
총석을 바라볼 때까지의
기록

9월 12일 ~ 9월 17일

무술일戊戌日(9월 12일), 일찍 장항점獐項店【만물초萬物肖까지 거리는 20리이다.】을 출발하여 통천通川으로 향했다. 이곳부터 길은 모두 바다에 닿아 있어서 파도가 밀려오는데, 마치 만 마리의 말이 내달려 적에게 돌격하는 형상으로 높다랗게 뛰어올라 희롱하듯 밀려왔다. 그 여력餘力은 오히려 해안의 모래를 수십 보 밖으로 밀어냈다. 또 막힌 호수가 많으니, 모두 바닷물이 범람했다가 물이 고인 것이다. 갈매기와 해오라기 등이 날아 울면서 오가는데 사람에게서 한 길 정도밖에 떨어지지 않고 놀라지도 피하려고도 하지 않으니 그 모습이 대단히 편안했다. 저물녘에 사진沙津에 도착하여 묵었다.

기해일己亥日(9월 13일), 길을 나서 30리를 가니 남쪽으로 백정봉百鼎峯이 보였다. 백정봉에 가고 싶어서 길을 물으니 모두들 "길이 험하고 타고 갈 것이 없으니 갈 수가 없습니다."라고 하기에 다만 손가락으로 가리켜보기만 하고 지나갔다. 거주민들이 말하기를 "봉우리와 고개가 모두 너럭바위로 되어 있습니다. 천연적으로 움푹 패여 있는데 솥처럼 교묘한 것이 백여 개나 됩니다. 그러므로 백정봉이라고 이름을 붙인 것입니다."라고 했다. 일찍이 들으니, "요주饒州에 선암仙巖이 있는데, 선암 옆에 24개의 구멍이 나 있다. 구멍을 올려다보면 돌절구, 베틀, 물레, 물통 등의 모양을 지닌 바위가 있다."[137]라고 했으니, 대개 또한 백정봉과 같은 부류이다.

옹천甕遷을 지나니,【옹천은 우리나라에서는 잔도棧道를 천遷이라 부르는 까닭에 붙여진 이름이다.】겨우 말 한 마리 지날 정도로 산의 바위를 깎았는데, 그 길이가 수백 걸음이었다. 바람에 일렁이는 파도가 쳐대는데 천둥소리가 크게 치는 것 같았다. 왼쪽으로 길을 들어 10리 정도를 가니 와룡폭포臥龍瀑布가 나왔다. 대단히 기이하고 장엄하여 볼 만하다고 하는데 애당초 그것을 알지 못했기에 급히 지나쳤으니 또한 아쉽다.

조진역朝珍驛을 지나 2~3리쯤 가니 문암門巖이 나왔다. 두 바위가 마주 서 있는데, 사람들이 마치 문처럼 그 사이를 오갔다. 색은 희고 모양은 자못 기이하며 화초는 비단처럼 화려했다. 이곳부터 2~3리는

---

137 요주에……있다 : 명나라 장황章潢이 찬撰한 《여산총서廬山總敍》에 보이는데, 다음과 같다. "선암 가운데 구멍이 24개 있는데, 사람들은 여기에 갈 수 없으며 아래로는 계곡물이 흐른다. 배를 탄 어부가 그 구멍을 올려다보았는데, 각각 돌절구, 베틀, 물레, 책상, 물통, 창고시렁 등의 모양을 지닌 바위가 있었다.[巖中有穴二十四, 人不能到, 下有溪流, 漁舟人仰視穴中, 各有杵臼織機紡車床具水桶倉板之類.]"

백정봉을 지나며

하늘이 돌을 둥글둥글하게 파 놓았으니   石竇天成箇箇圓

백정봉이란 이름 예전부터 전해져 왔네   峯名百鼎古來傳

집집마다 이렇게 솥이 있어서   家家有鼎能如許

태평시절 배 두드리는 사람이면 좋겠네   好是康衢皷腹人

〈신묘년 풍악도첩〉 옹천, 국립중앙박물관

기이한 바위가 바둑판처럼 널려 있으며 흰 모래가 눈 같았다. 큰 소나무는 길에 그늘을 드리웠으니, 푸른빛은 바다의 색과 서로 이어져 있었다. 천천히 걸으며 사방을 둘러보면 여행의 피곤함을 잊게 하는데, 나도 모르는 사이에 서산의 해가 산 밑으로 졌다. 저물녘에 계곡桂谷에 도착해 묵었다.【계곡은 서쪽으로 통천읍과 10리 거리이고 동쪽으로 만물초와는 90리 거리이다.】

경자일庚子日(9월 14일), 오후에 통천읍에 도착했다. 고을 수령인 박시병朴時秉 형이 내가 왔다는 말을 듣고 헐레벌떡 뛰어나와 보고서는 나를 만류하여 관아로 들어가 쉬었다. 다음날 신축일辛丑日(9월 15일), 가랑비가 내려 날이 개지 않았다. 임인일壬寅日(9월 16일), 비가 그치고 바람이 가볍게 불자, 수령과 더불어 말을 나란히 타고 고저촌庫底村에 이르렀는데, 총석과의 거리는 2~3리 정도였다. 오후에 총석정叢石亭에 올랐다. 바람이 심하게 불어 배를 띄울 수 없어서 대략 구경하며 다니다가 총석동叢石洞에서 묵었다. 저녁에 달이 뜨는 것을 구경했는데, 하늘과 물이 같은 빛으로 당시 마침 16일이라 수레바퀴처럼 둥글고 밝은 달이 유리 같은 만경창파萬頃蒼波에서 솟아오르니 또한 대단한 장관이었다.

총석정叢石亭【읍에서 20리 떨어져 있다.】의 주변 경치를 보면, 긴 산등성이가 갑자기 꺼져서 바다로 들어갔다가 둥글게 우뚝 솟아 있으며 정자는 그 위에 있다. 그러므로 총석에 다가가지 않아도 어지러운 바위가 바닷가에 쌓여 있는 것을 볼 수 있으니, 모두 모서리가 각이 져서 반듯반듯하다. 북쪽에서 해안을 따라 남쪽으로 누운 언덕이 수십 개인데, 정수리는 쳐들고 꽁무니는 낮다. 언덕 앞의 한 떨기는 나란히 누운 것

총석

귀신 같은 솜씨로 쪼개고 깎아 내어　　　劈來鬼斧斲神斤
물가 이곳저곳에 곧게곧게 세웠네　　　　廉直縱橫亂澁邊
조만간 상제가 멋진 주춧돌 구할 것이니　早晚帝京求繡礎
비바람에 늙어가지 않았으면　　　　　　令渠未必老風煙

총석정에 올라 바다를 바라보다

바다 옆의 외로운 총석정 기이하고　　　　壓海孤亭叢石奇
난간 기대 동쪽 보니 망망대해로구나　　　倚欄東望蕩無涯
만 리의 잔잔한 물결은 지축을 담았고　　　萬里平鋪函地軸
모든 강물 받아들여 하늘 못이 되었구나　百川容受作天池
세 번의 상전벽해 종내 허망한 말이로니　浩劫三桑終是誕
곡식 한 알 같은 뜬 인생 정말로 서글퍼라　浮生一粟正堪悲
봉래 선자를 마치 기다리고 있는 듯　　　　蓬萊仙子如相待
물가 난초 잡으니 그리움이 일어나네　　　手把汀蘭有所思

상) 〈해산도첩〉 총석, 국립중앙박물관
하) 총석정에서 바라본 사선봉, 수원광교박물관

이 10여 길로 약간 머리를 들어 일어나려는 모습이다. 그 다음 누운 것은 떨쳐 일어나지 못했는데 조금씩 정자 아래에 이르면 우뚝 서서 우열을 가릴 수 없으니, 이것이 사선봉四仙峯이다.

봉우리는 모두 수십 개의 바위가 묶인 형상인데, 기둥은 네모져서 반듯하니 어떤 것은 6면이며 어떤 것은 4면으로 먹줄을 먹여 도끼로 잘라낸 것 같았다. 길고 짧은 것, 두껍고 얇은 것, 크고 가는 것들이 서로 무리지어 정돈되어 있으니 마치 대쪽을 엮어 놓은 것만 같았다. 사선봉만 그런 것이 아니라 총석정 주변 2~3리는 사방으로 쭉 펼쳐져 있는 것은 모두 이러한 모습을 띠고 있으니, 이는 귀신이 깎아 그렇게 만든 것인가. 아니면 풍월風月의 도끼가 만든 것인가.

어떤 이가 말하기를 "옛날 여와씨女媧氏가 하늘의 구멍을 기울 때에, 대황산大荒山에서 바위를 캐면서 오색五色을 골고루 갖췄으니, 축융祝融이 도끼를 잡고 끌을 잡아 하늘을 쪼갰기 때문이다.[138] 온갖 신령들이 그 일을 마쳤다고 보고하자, 나머지 바위는 산처럼 쌓였는데 검은 것들만 남았다. 동왕공東王公이 장차 별전別殿을 지으려고 했는데, 여와씨의 궁宮에 돌이 많다는 것을 듣고 요청했다. 수레를 끌고 바닷가에 이르니 돌이 쓰기에 적당하지 않아서 그대로 놔뒀다. 그것이 총석이다."라고 했다.

어떤 이는 말하기를 "한漢 무제武帝가 방사方士를 바다로 보내 신선을 찾아오게 했는데, 오래 지나도 돌아오지 않았다. 공손경公孫卿이

---

138 옛날……때문이다 : 상고上古 때 공공씨共工氏라는 제후가 축융祝融과 싸우고 이기지 못하자 노하여 머리로 부주산不周山을 들이받아 하늘을 받치는 기둥이 부러지고 땅을 묶어 둔 밧줄이 이지러졌는데, 여선女仙인 여와씨가 오색의 돌을 갈아서 하늘을 깁고 자라의 발을 잘라서 사극四極을 세우자 땅이 평정되고 하늘이 완전하게 되었다 한다. 《회남자淮南子》〈남명훈覽冥訓〉에 보인다.

'신선이 사는 곳은 백옥白玉으로 집을 만듭니다. 아름다운 돌이나 차옥 次玉을 사용하여 지을 수도 있습니다. 만약 동해에 누대를 지어 기다린다면 신선을 볼 수 있을 것입니다.'라고 했다. 이에 한 무제가 그 말에 따라 죄수와 발해渤海의 장사壯士를 보내 남전藍田의 바위를 캐서 바닷가로 옮기고 망치와 끌을 잡고 반듯하게 쪼개니 한 자만한 것이 수만 개나 되었다. 밤낮으로 힘써 만들어 쉬지 않으니 석공들이 매우 고생했었다. 그래서 석공들이 서로 해신海神에게 기도를 올렸는데, 어느 날 밤 우레가 크게 치더니 바람이 돌을 휩쓸어 바다에 빠트렸다. 남아 있는 돌은 모두 검은색으로, 이것이 총석이다. 그러므로 그 돌에 꺾여서 부러진 것, 깎다가 완성하지 못하고 그만 둔 것 등이 있다."라고 했다. 이런 말들은 모두 터무니없는 말[139]이다. 땅속에 묻혀 있는 것까지 헤아려 보면 이 넓은 지대가 다 그러할 것이니, 파도를 끌어다 해안의 흙을 깨끗이 씻어 내고 다 드러낸다면 몇 천, 몇 백 개의 총석이 될지 모를 일이었다.

또한 안변安邊 국도國島[140]의 바위도 이와 비슷한데 더욱 기이하고 장대하니, 이 또한 여와씨나 한 무제가 만든 것인가. 전당錢塘의 천목산天目山에 신선이 바위를 해체한 판板이 있으니, 얇기는 한 치가 되지 않고 길이는 한 길 정도이다. 바윗돌을 해체한 선線을 보면, 온전히 해체한

---

139 터무니없는 말 : 원문은 '齊東之說'이니, 제동야인지어齊東野人之語의 준말이다. 제나라 동쪽 지방의 어리석은 야인野人들의 말이라는 뜻으로 믿을 수 없는 망언妄言에 비유한다. 《맹자孟子》〈만장萬章〉에 "이는 군자의 말이 아니다. 제나라 동쪽 시골 사람의 말이다.[此非君子之言, 齊東野人之語也.]"라는 말이 나온다.

140 안변 국도 : 함경도 안변도호부에 있는 섬으로, 안변 해안에서 약 10리 쯤 떨어져 있다. 기암괴석과 동굴로 유명하다.

것도 있고 해체하다가 반쯤만 한 것도 있고 거꾸로 해체한 것도 있는데, 모서리의 각이 모두 분명하다. 이 모두 총석과 비슷한 것인데 다만 오묘하면서 작을 뿐이다. 조물주가 이런 솜씨를 통해 한 모퉁이에만 베풀어 그 승경勝景을 돋보이게 한 것은 어째서인가.

봉우리를 사선四仙으로 이름 붙인 것은 또한 영랑永郎의 옛 흔적이 있기 때문이니, 포浦를 삼일三日로 이름 붙이고 정자亭子를 사선四仙으로 이름 붙인 것과 같다.

계묘일癸卯日(9월 17일), 일찍 출발하여 다시 일출을 보았다. 큰 바다를 마주하니, 구름에 낀 광채는 어제 본 일출보다 더욱 기이했다. 마침내 배를 타고 거슬러 올라가 총석을 보았다. 이날 하늘이 매우 맑아 동쪽으로 시력이 미치는 곳까지 바라보아도 거리끼는 것 없이 오직 바다만 보일 뿐이니, 가슴속에 어떤 것도 막힘이 없어 뒤도 돌아보지 않고 배를 저어 봉래산으로 가고픈 생각이 일었다.

마침 바람이 거세게 불고 눈이 내리며 파도는 허공까지 쳐대어 총석기둥의 거의 반까지 올라왔다. 세차게 밀려오면서 사납게 울어대니 그 기세가 자못 두려워 배를 돌려 포구로 돌아왔다. 이전에 나는 금강산을 보고서 반평생 본 것이 모두 흙덩이나 돌덩이일 뿐이라고 여겼는데, 지금 또 반평생 본 것은 모두 도랑이나 짐승 발자국에 괸 물일 뿐임을 깨달았다.

금란굴金蘭窟은 총석에서 물길로 20~30리 떨어져 있다. 고을의 동쪽에 연대봉蓮臺峯이 춤을 추며 날아올라 바다로 들어가고, 우뚝 솟은 석벽에 입을 벌린 듯 굴이 나 있는데 깊이를 헤아릴 수 없었다. 배를 가

길을 가다 금강산이 생각나서. 2수.

꿈에 매월당과 끝없이 곡을 했고	夢與梅月哭無窮
영랑과 함께 하니 하늘 바람 불어왔네	偶伴永郎下天風
만이천 봉우리를 대략 다 보고서	萬二千峯領略盡
흰 구름 단풍잎에 돌아가는 발길 재촉했네	白雲紅葉催歸笻*)

절벽에 구름 끼었고 잔도는 매달려 있노니	絕壁侵雲棧道懸
선암과 백탑, 구룡연이었지	船菴百塔九龍淵
이보다 더 험한 산길은 없노니	山中危險無踰此
오는 사람 길 조심히 가시게나	寄語來人愼莫前

*) 원주 : 만폭동萬瀑洞의 석벽에 매월당 김시습이 〈곡무궁哭無窮〉이라는 시를 새
겨놓았으니, 원록源錄에 보인다.(이 책 104~105쪽 참조. ‒ 역자)

금난굴^{*)}

통주의 구월에 가을바람은 높다랗고	通州九月秋風高
신선의 굴인 금난굴 진정 멀지 않아라	仙窟金蘭定未遙
저물녘에 와서 파도가 사나운 것 애석하니	晚來可惜波濤惡
개인 날에 노 저어 가기를 기다릴 수밖에	擬待天晴一撑篙

*) 원주 : 금난굴은 총석정 동쪽 바다 가운데 수십 리의 거리에 있다. 큰 석벽이 수천 길이나 솟아 있는데, 바다를 향한 쪽에 구멍이 뚫려 굴이 되었다. 굴 가운데는 바닷물과 통하여, 파도가 칠 때마다 그 소리가 마치 큰 종이 울리는 것 같았다. 세상 사람들은 서불徐市이 이곳을 지났다고 한다.

〈금강산도권〉 금난석굴, 국립중앙박물관

까이 대고 들어가서 우러러 보니 이끼가 절벽을 뒤덮었으며 대낮처럼 환했다. 굴의 꼭대기에는 풀이 아름다운데 사시사철 푸르렀다. 옛날부터 전해오는 말에 '불로초不老草'라고 한다. 세상에 전해지는 말에, 옛날에 기이함을 좋아하는 자가 긴 삽으로 캐려고 했는데 바람이 불고 번개가 쳐서 그만두었다고 한다. 나도 장차 바람을 타고 만 리 바다의 파도를 헤치고 금란굴로 가서 불로초를 캐려고 했으나, 도리어 풍랑의 희롱을 당하여 끝내 뜻을 이루지 못했다. 앞서 말한 기이한 것을 좋아하는 사람에게 어찌 조롱을 당하지 않겠는가. 《열선전列仙傳》에 이르기를 "배가 삼신산三神山 아래에 도달하면 바람이 붙잡아 가까이 가지 못하게 한다."라고 했는데, 이제 그 말을 믿겠다.

낮에 고을로 돌아와 수령과 이별하고 길을 떠났다. 수령이 노자를 넉넉하게 주었다. 저녁에 계곡桂谷에 도착하여 묵었다.

11

총석에서 안성으로 돌아오기까지의 기록

9월 18일 ~ 10월 8일

갑진일甲辰日(9월 18일), 일찍 출발하여 추지령楸池嶺을 넘었다. 돌 비탈길이 마치 양의 창자처럼 구불구불했는데, 십여 리를 올라갔다. 추지령 서쪽은 곧 회양淮陽 땅이다. 이곳부터 다시는 내려가지 않았다. 세상에서 회양은 산등성이에 있다고 하는데 참으로 그렇다.

금성읍金城邑에 도착하여 큰 길을 놔두고 초파령椒坡嶺을 건너 춘천의 우두리牛頭里 친척 집에 도착하여 묵었다. 그 위쪽은 즉 세속에서 말하는 청나라 황제 먼 조상의 무덤이라고 한다. 많은 산들이 50~60리를 멀리서 감싸고 있는데, 커다랗게 성곽과 돈대墩臺를 만들었으며, 20~30리가 평평하게 펼쳐져 있어 명당明堂이었다. 좌우에서 큰 강이

모진 금병산 박씨 강가 집에서 자며

굽이굽이 맑은 강이 금병산 감싸 돌고	曲曲澄江繞錦屏
금병산 머리 붉은 잎이 사람 밝게 비추네	屏頭紅葉照人明
저녁 밤에 물고기와 과일도 곁들였으니	盤飧況復兼魚果
하룻밤 묵는 좋은 밤에 꿈도 맑기만 해라	良宵一宿夢魂淸

춘천의 골짜기를 안개 속에 걷다

안개에 뒤덮인 골짜기 가고 가니	峽裏行行大霧籠
높낮이와 동서를 구분할 수 없구나	不分高下與西東
안개 걷히자 산 해는 한낮인데	霧罷須臾山日午
저 멀리 한 줄기 길이 보이네	一條平路瞭然中

합쳐지는 형국이었으며, 봉의산鳳儀山이 우뚝 서서 안산案山이 되었다. 세속에 전하는 말에 "무덤 옆을 사람이 간혹 뚫으려고 했는데, 많은 소와 말이 밟아 몇 백 년이 지났음에도 조금도 흙이 무너지지 않고 풀들도 무성하다."라고 한다. 지금 보는데 참으로 그러하니, 기이하다.

양근읍楊根邑에 이르러 외고外姑에게 인사를 드리고 이틀을 묵었다. 이천과 죽산을 거쳐 안성에 도착하니, 10월 8일 계해일癸亥日이었다. 집안이 다행히 태평하고 나도 여독旅毒이 심하지 않았다. 오가는 데 51일이 걸렸으며 거리는 모두 1,700리 남짓이었다.

총론總論

우리 동방의 산은 모두 불함산不咸山에서 시작한다.【불함산은 백두산이다.】불함산의 한 갈래가 남쪽으로 달려 회령會寧의 오라한현迂羅漢峴이 되었고 갑산甲山에 이르러 동쪽으로 두리산頭里山이 되었으며, 영흥永興에 이르러 서북쪽으로 검산劍山이 되었다. 영흥부永興府의 서남쪽은 분수령分水嶺이 되고 서북쪽은 철령鐵嶺이 된다. 통천通川에 이르러 서남쪽으로 추지령楸池嶺이 있고 장양長楊【장양은 회양부 동쪽 40리이다.】에 웅거하며 동쪽은 고성高城, 서쪽은 내·외금강산이다.【분수령에서 이곳까지 830리이다.】산은 모두 일만 이천 봉으로 바위가 뼈대를 드러낸 채 서 있고 동쪽으로 푸른 바다를 마주하고 있다. 삼나무와 회나무가 하늘에 닿으니 바라보면 그림 같다.

내·외금강산에 모두 108개의 절이 있는데, 장안사長安寺·정양사正陽寺·유점사榆岾寺·신계사神溪寺 등이 가장 큰 사찰이며 표훈사表訓寺는 경치가 뛰어나다. 마하연摩訶衍·보덕굴普德窟·수미암須彌菴·선암船菴 등은 또한 암자 가운데 경치가 좋은 곳이다. 산의 이름은 다섯 가지인데, 첫 번째는 금강金剛이요, 두 번째는 개골皆骨이요, 세 번째는 열반涅槃이요, 네 번째는 풍악楓嶽이요, 다섯 번째는 기달忔怛이다. 《화엄경華嚴經》에서는 "산의 이름이 여섯 가지이니, 열반涅槃·풍악楓嶽·금강金剛·기달忔怛·중향衆香·봉래蓬萊이다."라고 했다. 금강은 그 뼈대를 말한 것이요, 기달은 그 이름을 말한 것이다.

추지령楸池嶺의 한 줄기가 남쪽으로 달려 만물초萬物肖가 되었고 협곡을 넘어 온정령溫井嶺이 되었으며 우뚝 솟은 것이 비로봉毗盧峯이니, 내·외금강산에서 가장 높다. 비로봉의 서북쪽에는 관음봉觀音峯과 개죽봉蓋竹峯이 있으니, 신계사의 주산主山이다. 신계사의 오른쪽 골짜기에는 구룡연九龍淵과 팔담八潭이 있다. 비로봉의 정맥이 남쪽으로 달려 일출봉日出峯과 월출봉月出峯이 되었고 동쪽으로 은선대隱仙臺가 되었으며, 또 비스듬하게 있는 것이 유점楡岾이다. 월출봉은 끊어져 안문령雁門嶺이 되고, 안문령이 솟아 혈망봉穴望峯이 되었다. 혈망봉의 정맥이 남쪽으로 내달려 미륵봉彌勒峯이 되었으며, 그 아래에는 중간쯤에 내원통암內圓通菴과 만경대萬景臺가 있다. 만경대의 물이 흘러서 외선담外船潭이 되었으니, 유점의 오른쪽 골짜기이다.

미륵봉彌勒峯의 한 줄기가 비스듬히 남쪽으로 가다가 서쪽으로 내려간 것이 차일봉遮日峯·마면봉馬面峯·우두봉牛頭峯·백마봉白馬峯·십왕봉十王峯·사자봉使者峯·죄인봉罪人峯 등이다. 또 상관음봉上觀音峯·중관음봉中觀音峯·하관음봉下觀音峯·지장봉地藏峯·장경봉長慶峯이 되었으니, 빙 둘러 장안사의 안산案山이다. 혈망봉의 서남쪽에는 동자봉童子峯·석응봉石鷹峯·망군대望軍臺가 있으며, 망군대의 서남쪽이 석가봉釋迦峯이며 명경대明鏡臺에서 그친다. 망군대가 또 서쪽으로 달려 송라봉松羅峯과 돈도봉頓道峯이 되었으니, 표훈사의 안산이다. 혈망봉에는 또 오현봉五賢峯이 있고 서북쪽으로 법당봉法堂峯·법기봉法起峯·파륜봉波輪峯이 있으니, 이것이 보덕암普德菴의 주산이다. 혈망봉이 또 북으로 달려 관음봉觀音峯이 되었으니, 마하연摩訶衍의 안산이다.

비로봉毗盧峯의 한 줄기가 서북쪽으로 달려 영랑점永郞岾과 가섭봉迦葉峯이 되었다. 가섭봉이 남쪽으로 비스듬히 달려 중향봉衆香峯과 묘길상妙吉祥이 되었다. 그 산기슭의 가섭봉이 또 남쪽으로 달려 관음봉觀音峯이 되었으니, 만회암萬灰菴의 주산이다. 또 동남쪽으로 달려 백운대白雲臺와 불지암佛地菴이 되었다. 그 산기슭의 가섭봉이 또 서쪽으로 비스듬히 내달리다 남쪽으로 떨어진 것이 칠성봉七星峯·용왕봉龍王峯·사자봉獅子峯·대향로봉大香爐峯·소향로봉小香爐峯이며, 학소대鶴巢臺에서 끝난다. 칠성봉의 아래에는 칠보대七寶臺가 있으니, 마하연의 뒤쪽이다. 가섭봉이 또 동쪽으로 비스듬히 달리다가 남쪽으로 내려간 것이 남순봉南巡峯과 동자봉童子峯이다. 또 서쪽으로 떨어진 것이 수미봉須彌峯과 능인봉能仁峯이며, 청학대靑鶴臺에서 끝난다. 수미봉의 물이 마하연및 팔담의 물과 학소대 아래에서 합쳐지니, 만폭동萬瀑洞이다.

수미봉의 한 줄기가 서쪽으로 비스듬히 달리다가 남쪽으로 방향을 튼 것이 방광대放光臺이니, 정양사의 주산이다. 그 아래에 천일대天一臺가 있으니, 표훈사의 주산이다. 방광대가 남쪽으로 내려가 배점拜岾이 되었는데, 장안사의 주산이다. 수미동須彌洞은 학소대와 청학봉靑鶴峯으로 문호를 삼고 만폭동은 오현봉과 학소대로 문호를 삼았으며, 영원동靈源洞은 석가봉釋迦峯과 지장봉地藏峯으로 문호를 삼았다. 영원동에서 별도로 통하는 한 골짜기가 백탑동白塔洞이다.

백마봉白馬峯의 한 줄기와 배점의 한 줄기가 합쳐져서 내금강산의 모든 시내가 나가는 입구가 되고, 안문령雁門嶺은 내금강산과 외금강산의 경계가 된다. 대개 내금강산은 바위가 많고 흙이 적으며, 외금강산은 흙이 많고 바위가 적다. 바위가 많으므로 희고 깎아지르며, 흙이 많으므로 검푸르고 웅장하니, 이것이 내·외금강산의 구별이다. 이른바 일만 이천 봉우리를 누가 하나하나 기록할 수 있겠는가. 대개《화엄경》의 "일만 이천 담무갈曇無竭이 항상 그 안에 거처한다."는 말에다가 부회하여 각기 이름을 붙인 것일 뿐이다.

산의 모습은 하나하나가 뾰쪽뾰쪽 솟아 마치 연꽃이 막 핀 것 같은데, 그 색을 형용하려면 10월에 첫눈이 내리다가 새벽에 개어 온천지가 하얗게 뒤덮은 것과 같으니, 바라보면 정신이 상쾌해진다. 서파西坡 오도일吳道一의 "층층이 솟은 봉우리는 언제나 하얀 눈 빛, 낱낱이 공중에 매달려 떨어지지 않는 연꽃.[層層浩刼長留雪, 箇箇遙空不墮蓮.]"이란 구절[141]이 그나마 만분의 일이라도 비슷한데, 오정간吳挺簡의〈황산기黃山記〉에서 "찌꺼기가 깨끗이 사라지고 다만 굳센 뼈대만 남았다."라는 말로 금강산을 품평해도 괜찮을까.

천하의 명산에 대해 전인들이 기록을 남겼는데, 명나라 진경振卿 하당何鏜이 '고금유명산기古今游名山記'라는 제목으로 그 기록을 모은 것이 40권이나 되니 낱낱이 살펴볼 수 있다. 어떤 이는 금강산이 빼어나게 아름답다고 하고 어떤 이는 기이하게 가파르다고 하고 어떤 이는 신이하고 기궤하다고 하니, 모두 8~9할 정도는 모사摹寫했다. 그러나 특별한 모습의 자태에 어울리는 말을 찾아본다면 "신운神韻은 하늘이 만

---

141 서파……구절 : 오도일吳道一의《서파집西坡集》권6에 실린〈헐성루대만이천봉歇惺樓對萬二千峯〉이란 작품의 한 구절이다. 자세한 내용은 이 책 126쪽 역주 84)를 참고하기 바란다.

들어 크고 이처럼 넓다."라고 할 수 있으니, 잘 모르겠지만 천지간에 어찌 다시 이와 같은 산이 있겠는가.

더구나 가을에 하늘이 높아 기상이 맑고 단풍까지 들 때, 바위산의 뼈대가 더욱 가팔라 보이며 석양이 거꾸로 비춰 붉고 푸른색이 온갖 변화를 일으키기도 한다. 또한 봄과 여름 사이에는 아지랑이가 그림처럼 뒤덮고 있고 오래된 푸른 절벽이 이따금 졸렬함을 감추지 못하고 문득 꽃으로 꾸미기도 하는데, 이렇다면 과연 그 경치는 어떻겠는가. 옛 사람이 이르기를 "봄에는 천태산天台山에서 노닐고 가을에는 안탕산雁宕山에서 노닌다."고 했으니, 저들은 각각 그 한 때만을 즐기지만, 이 산의 경우는 모든 것을 겸했다고 할 수 있다.

옛사람 중에 금강산을 일컫는 자는 반드시 "세상에 어떤 사물이, 명성이 그 실상을 넘지 않는 것이 있겠는가. 그러나 금강산은 실상이 명성보다 훨씬 낫다."라고 했다. 어떤 사람은 금강을 공자孔子에 견주어 "공자 이후에 사람들 중에 공자를 비난하는 자가 없었고 금강을 유람한 후에 금강을 싫어하는 자가 없었다."라고 했는데, 참으로 옳은 말이다.

내가 이미 바깥에서 안으로, 아래에서 높은 곳으로, 얕은 곳에서 깊은 곳까지 외진 곳도 모두 찾아가고 먼 곳도 모두 이르러서 마음먹은 대로 실컷 구경하며 느긋하게 자연의 큰 기운과 함께 했다. 그러면서도 그 다할 줄을 알지 못했으니, 잘 모르겠지만 옛날 사람 가운데 이런 것을 즐기는 자가 있었던가. 후대 사람 가운데 내가 갔던 길을 뒤따를 자가 있겠는가. 만일 비로봉에 올라 동해를 바라보고서, 우뚝 솟은 봉우리와 흘러가는 냇물이 사방에 흩어져서 만 가지로 변화한 것을 모두 한 가지 이치로서 꿰뚫을 수 있다면 우리 공자께서 천하를 작다고 여긴 의미는 천년이 지났어도 마치 오늘처럼 새로울 것이다. 애석하도다,

그러지 못함이여.

　대저 사물의 큰 것으로는 해와 달, 산과 내가 있고 작은 것으로는 새와 짐승, 풀과 나무가 있으며, 그윽한 것으로 귀신鬼神과 도가道家와 불가佛家가 있고 드러난 것으로는 민속의 풍요風謠가 있다. 눈에 보이고 귀에 들어온 것이 흉금을 트이게 하고 더러운 기운을 씻어내며 표리가 서로 발하고, 크고 작은 공부가 서로 갖추어져, 밝고 드넓은 근원에 홀로 서며 조화의 깊은 이치에 묵묵히 부합하지 않음이 없어 마침내 태산이 개미 둑에 비견되고 황하와 바다가 길바닥 물웅덩이에 비견될 정도로 그 무리에서 뛰어나게 된다면 이 금강산을 유람하는 것에서 출발함이 어떠하겠는가. 아아, 나는 너무 늦었구나.

부록

부록 1

시편詩篇

고금에 풍악산을 유람했던 문인들이 이따금 훌륭한 작품을 지었다. 그러나 나는 본래 문학적 능력이 풍부하지 못한데다 갑자기 멋진 풍경을 만났고 더구나 길을 가며 빠르게 생각을 엮으면서 어찌 훌륭한 작품을 지을 수 있겠는가. 그러니 비록 한두 작품 정도 읊조린 것이 있지만 제목에 부합하지 못하리라는 것은 너무나도 자명한 일이다. 그러나 또한 어찌 이름난 산의 명성을 덜어내겠는가. 작품을 지은 본래의 뜻은 이미 원래 기록에 자세히 갖추어 놓았기에 덧붙이지는 않겠다.

* 이 〈시편〉의 시는 본문의 해당 부분에 삽입하였다. 그 시편은 다음과 같다.

연번	시 제목	삽입 쪽수	연번	시 제목	삽입 쪽수
1	영평 옥병의 배견와를 지나다가 사암 박순의 영정을 배알하며, 감회가 일다[過永平玉屛之拜鵑窩, 謁思菴影幀, 有感.]	64	15	유점사楡岾寺	142
2	금수정을 지나며[過金水亭]	66	16	금강산을 떠나 고성으로 가는 길에[別金剛, 將向高城.]	152
3	화적연禾積淵	68	17	삼일호를 지나면서 몽천암 현판 위에 있는 작품의 운자에 화답하다. 2수.[過三日湖, 和夢泉菴板上韻. 二首.]	159
4	삼부연三釜淵	70	18	해산정海山亭	154
5	단발령에 오르다[登斷髮嶺]	75	19	동귀암에 올라 일출을 바라보다[登東龜巖, 觀日出.]	154
6	만폭동萬瀑洞	106	20	쌍봉폭포[雙鳳瀑]	171
7	헐성루歇惺樓	100	21	구룡연九龍淵	167
8	보덕굴普德窟	112	22	백정봉을 지나며[過百鼎峯]	188
9	백운대白雲臺	116	23	만물초萬物肖	176
10	금강수를 마시다[飮金剛水]	116	24	만물초를 위해 조롱을 해명하며, 추사 김정희의 시에 차운하다[爲萬物肖解嘲, 次金秋史韻.]	181
11	비로봉은 길이 멀고 해도 짧아 오르지 못했다[毘盧峯, 路遠日短, 未果登.]	131	25	길을 가다 금강산이 생각나서. 2수.[道中懷金剛, 二首.]	195
12	수미탑須彌塔	121	26	온정을 지나며[過溫井]	175
13	안문령에 오르다[登雁門嶺]	134	27	총석叢石	190
14	효운동을 지나며[過曉雲洞]	139	28	총석정에 올라 바다를 바라보다[登叢石亭觀海]	190

* 이 〈시편〉에 수록된 시작품 이외에 정윤영이 금강산 유람을 하는 과정에서 지은 작품으로 《후산문집后山文集》 권4에 실린 것을 추가로 보충하여 해당 부분에 삽입하였다. 그 시편은 다음과 같다.

연번	시 제목	삽입 쪽수	연번	시 제목	삽입 쪽수
1	유점사를 떠나오며[發楡岾寺]	147	4	금난굴金蘭窟	196
2	신계사神溪寺	163	5	모진 금병산 박씨 강가 집에서 자며[宿毛津錦屏山朴氏江榭]	199
3	구룡연九龍淵	167	6	춘천의 골짜기를 안개 속에 걷다[春川峽霧中行]	199

내금강산과 외금강산의 유람 노정路程

금성金城으로부터 들어가면 단발령斷髮嶺을 넘어야 되고, 회양淮陽으로부터 들어가면 묵희봉墨喜峯과 철이봉鐵伊峯 두 봉우리를 넘어야 모두 금강산에 이를 수 있다. 장안사長安寺의 관음암觀音菴과 극락암極樂菴 두 암자가 그 근처에 있다. 암자로부터 백천동百川洞으로 들어가 2~3리 정도 가면 석성石城이 있으니, 신라의 태자太子가 숨어살던 곳이다. 석성으로부터 10여 리 정도 가면 영원암靈源菴이 있다. 영원암에서 따로 통하는 하나의 길이 있으니, 그곳은 백탑동百塔洞이다. 백탑동 위에는 망군대望軍臺가 있는데, 쇠로 만든 줄이 늘어져 있고 백탑동 아래는 수렴동水簾洞이다. 삼일암三日菴과 안양암安養菴 두 암자가 그 근처에 있다.

다시 장안사로 돌아오면서 동쪽으로 울연鬱淵을 지나고 백화암白華菴에 도착했는데, 그 위가 표훈사表訓寺이다.【배점拜岾이 표훈사의 안산案山으로, 대단히 조망이 좋다.】 또 그 위가 정양사正陽寺이다. 정양사에서 앞으로 수백 걸음 가면 천일대天一臺가 있다. 표훈사와 정양사 사이에 개심대開心臺·묘덕암妙德菴·천덕암天德菴·진불암眞佛菴이 있는데, 암자는 무너지고 터만 남아 있다.

표훈사의 금강문金剛門에서 나와 만폭동萬瀑洞을 지나 청학대靑鶴臺를 따라 아래로 내려가다가 왼쪽으로 길을 들어 위로 오르면 청호연靑壺淵과 용곡담龍曲潭이 있고 그 위가 원통암圓通菴이다. 원통암에서 북쪽으로 가서 만절담萬折潭, 태상동太上洞, 자운담慈雲潭, 적룡담赤龍潭, 우화동羽化洞, 청룡담靑龍潭을 두루 지나【모두 바위에 그 이름이 새겨져 있었다.】선암船菴에 도착했다. 절벽과 하나의 산등성이를 넘어가면 수미암須彌菴이 있다.【만약 험한 것이 두려워 산등성이를 넘을 수 없다면 다시 원통암으로 돌아와야 하는데 멀리까지 길을 돌지 않아도 암자에 이를 수 있다.】원통암에서 한 산등성이를 넘으면 수미탑須彌塔이다.【수미탑 뒤편의 계곡은 가섭동迦葉洞으로 마하연摩訶衍에서 뻗어나온 산줄기이다.】

다시 왔던 곳을 따라 길을 가니 만폭동에 이르렀다. 만폭동을 거슬러 올라가니 팔담八潭이 나왔고 다시 올라가니 보덕암普德菴이 있었다. 보덕암으로부터 북쪽으로 2~3리 정도 가니 마하연이었다.【마하연은 비로봉에서 30리이다.】그 위가 만회암萬灰菴이고, 만회암 위쪽에는 백운대白雲臺가 있고 백운대에는 쇠줄이 늘어져 있었다.【백운대의 주변에 금강수金剛水·안문령雁門嶺·일출봉日出峯·월출봉月出峯·향로봉香爐峯·중향봉衆香峯이 있는데, 모두 시야에 들어온다.】

마하연으로부터 동쪽으로 길을 가서 불지암佛地巖【불지암에는 감로수甘露水가 있다.】을 지났다. 불지암으로부터 길이 나누어져 비로봉에 올랐다. 비로봉은 마하연과의 거리가 40리이다. 묘길상妙吉祥을 지나, 안문령雁門嶺을 넘었다.【백화암白華巖·사선대四仙臺·선천담先天潭·후천대後天臺가 모두 길 옆에 있었고 비로봉에 오르려고 이곳에서 북쪽으로 길을 나섰다.】안문령

아래로 내려오면 효운동曉雲洞이 있고 효운동 아래로 3~4리 정도 내려
오면 유점사楡岾寺가 있다.【유점사에는 오탁수烏啄水가 있다.】

　유점사에서 동쪽으로 2~3리 가니 외선담外船潭이 있었고 다시 동쪽
으로 수십 리 가니 내원통암內圓通菴의 만경대萬景臺가 있었다. 다시 유
점사로 돌아오면서 장항獐項과 구령狗嶺을 넘어 고성읍高城邑에 도착했
다. 해금강海金剛은 고성읍 동쪽에 있고 해산정海山亭은 고성읍 뒤쪽
에 있었으며, 삼일포三日浦는 고성읍 서쪽에 있었다. 고성읍 서쪽으로
30리의 거리에 신계사神溪寺가 있고 신계사의 오른쪽 골짜기가 구룡동
九龍洞이다.【구룡동 가운데에 금강문金剛門·천화대天花臺·옥류동玉流洞·와
룡담臥龍潭·연주담聯珠潭·비봉폭포飛鳳瀑布·와룡폭포臥龍瀑布가 있다.】

　다시 신계사로 돌아오면서 서쪽으로 5리를 가니 온정점溫井店이 있
었는데, 만물초萬物肖와의 거리는 30리이다.【만물초의 뒤쪽 골짜기는 천
불동千佛洞인데, 이틀을 노숙하고서야 갈 수 있었다.】만물초와 온정령溫井
嶺【온정령의 왼쪽이 금부동金傅洞인데, 물과 돌이 대단히 좋다.】으로 부터
서쪽으로 수십 리를 가고 다시 왼쪽 길로 30리는 가니 백정봉百鼎峯이
있었다. 다시 서쪽으로 40~50리를 가서 통천읍通川邑에 도착했다. 통
천읍 동쪽 20리에 총석叢石이 있었고 총석에서 동쪽으로 물길로 20리
가니 금란굴金蘭窟이 있었다. 통천읍 서쪽 20리에는 용운사龍雲寺가
있다. 용운사로부터 또 20리를 가면 추지령楸池嶺이 있다.

　이것으로 내가 유람했던 길이 대략 갖추어졌다. 만약 다시 근원까지
다 찾게 된다면 멋진 풍경이 또한 여기에 그치지 않을 것이다. 그러나
내가 어찌 다시 다 돌아볼 수 있겠는가. 그러니 나보다 뒤에 이 금강산
을 유람하는 사람이 이 글을 먼저 보고 길을 간다면 또한 길을 잃어버
리거나 멋진 풍경을 놓치는 탄식은 없을 것이다.

《영악록》
탈초 원문

瀛嶽錄序[1]

余雅好佳山水異甚, 自中年來, 掣肘貧病, 未克逞志於四方. 僅得東至于雉岳, 北至于七寶, 南至于俗離鷄龍, 西至于天磨首陽, 方數千里內以名區聞者足跡殆半之. 惟關東之楓嶽, 願見而未果行, 留作生前債, 久矣.

乃於今年秋約二三子, 舂糧結轍, 履巉巖涉棧道, 歷徧內外楓嶽. 瞰滄溟之浴日, 襲天壤之灝氣, 浩浩然自得以蕩滌胸中滓穢, 旣又略約抄錄, 而返復繕寫一通, 名之曰瀛嶽錄.

齋居事簡時, 就是錄中形容山水處, 會之以精神, 參之以道妙, 紆餘游意於流峙動靜, 自不覺萬二千峯, 宛轉森羅於銀海靈臺之際, 而窓壁几案彷彿乎煙霞窟中, 使人儼儼有遐擧想, 而幾復問劉阮郞天台道徑矣.

然余癃病時至, 路又豺虎縱橫, 其不能復徜徉於萬瀑衆香之間則已決然矣. 然則是錄也, 庶幾爲暮境臥遊之資耳. 嘗記農巖謂楓嶽聖於山, 以比仲尼, 而曰世或有老死, 不得一見, 此何異於身生東魯, 而不識仲尼面目. 余始以爲過言矣, 及其旣觀, 愛慕傾倒, 而不忍去, 去又思之, 愈久愈不忘, 而欲其復見也, 乃甚於未見時. 余然後認其言之不過詡也.

噫, 余今年加一於大易卦數矣, 尙幸有志竟成, 而得免於農巖老子所笑也. 若夫瑰奇峻極之勢, 春秋異態之觀, 則雖使馬遷一部之史, 柳州桂零之記, 道子嘉陵之畫, 猝當是嶽, 尙未必八九逼眞. 矧余區區所抄錄, 奚

---

1 《후산문집后山文集》 권9에도 〈영악록서瀛嶽錄序〉라는 제목으로 실려 있다. 자구字句의 출입이 있다.

足以模寫萬一哉. 然玩是錄而會心焉, 則亦可得其境象之糟粕云爾.

彊圉作噩之陽月中浣, 八溪鄭胤永序.

是錄所載, 雖以楓嶽爲宗, 而如永平之玉屛金水, 鐵原之禾積三釜, 高城之
海金剛三日湖, 通川之叢石金蘭窟, 俱收幷入, 而序中獨擧楓嶽, 以大包小
也. 覽者, 不可以不知此意也. 是日並書.

瀛嶽錄

山水, 仁智者所樂. 故凡登臨游觀, 聖賢亦嘗爲之. 自吾夫子登泰山, 以至晦菴南軒遊衡嶽, 其於流峙動靜, 神會心融, 怡然有自得之妙, 而序次其塗道所經淸泉奇石茂林幽谷, 往往咏而記之, 又何其粲然可觀也.

余學未知方, 雖於仁智, 不敢有所云云, 而獨其樂山水則有, 若所性然, 豈亦朱子所謂我慙仁智德, 偶自愛山水者歟.

關東之楓嶽, 世所稱秦漢帝所訪, 三神山之一, 卽所謂蓬萊也. 是雖誕漫無稽, 然其瑰奇峻極, 環以大瀛海, 則山水之勝, 固已甲於大東, 而聞于天下矣.

蓋自永郎去後, 偉人逸士名卿鉅工, 擧皆春糧躡蹻, 歷嶔嚴嗽沆瀣而不知止, 至於中國人, 亦云願生高麗國, 一見金剛山. 又如仙人釋子, 鍊丹修眞, 斷却烟火食者, 罔不窟宅于玆. 無古今賢愚貴賤, 惟恐賞之不盡, 言之不足, 而咏於詩什, 載之史册, 金剛之擅天下名而顚倒人, 若是其至矣.

余自少準擬一覽, 而迄未能脫屣塵臼, 輒到六十五光陰矣. 幸今筋力不甚漸頓, 而江山無古今之殊, 於是約二三子, 拂衣方外, 出門登道. 秋高氣淸, 原野寥廓, 此心飄飄然已在海山之麓矣. 時丁酉秋八月旣望癸酉, 崔君棟宇, 長子秀容, 從焉.

自安城, 至永平錄.

三宿而到廣州竹院宋姊家, 留二日而發. 又一宿到抱川佳蒞里. 勉菴崔尙書【益鉉】聞余至, 倒屣迎接, 傾蓋如舊, 相與談討經歷, 噓唏不自勝.

翌日辛巳, 晚發到永平玉屛里李德秀家, 宿焉. 玉屛故宣廟名臣朴思菴舊基, 而德秀其彌甥也. 舊基, 嘗設書院而見撤, 今影堂在焉, 卽所謂拜鵑窩也. 窩下巖石上下, 有多少石刻.

宣廟題品松筠節操水月精神八字, 尤菴筆也. 思菴詩七絶【谷鳥時時聞一箇, 匡床寂寂散群書. 每憐白鶴臺前水, 纔出山門便帶淤.】, 石峯筆也. 陶菴詩一篇【相別玉屛士, 偶來川上時. 秋水淡無累, 野日淨輝輝. 遙樹一蟬鳴, 興至便爲詩.】, 夢村金相國筆也. 如散襟臺水鏡臺白雲溪吐雲床白鶴臺淸冷潭蒼玉屛, 并石峯筆也.

洞陰不改, 風珮嘗新, 巖壑林泉, 皆嘗遇相國藻繪. 不識相國英靈, 百世後猶復樂此徜徉否乎. 余乃彷徨周覽, 惟蒼玉屛石壁臨流而已, 特遇思菴名爾. 王惲東山記曰, 赤壁, 斷岸也, 子瞻再賦, 秀發江山. 峴山, 瘴嶺也, 羊公一登, 名垂宇宙.[2] 彼亦不能不待於附驥歟.

壬午, 溯玉屛而東數里, 環山彎水, 映帶秀朗, 是金水亭也.【金水亭三字, 蓬萊筆.】石壁據川口, 上爲小山, 窪而受亭, 天作巧妙, 曠觀幽眺, 實副所聞.

左有浮雲壁【石峯筆】回瀾石【明學士許國書】, 右回澄潭. 其傍樽巖蓮花

---

2 赤壁……名垂宇宙 : 인용한 부분은 〈유동산기遊東山記〉와 글자의 출입이 있다.
원문은 다음과 같다. "如赤壁, 斷岸也, 蘇子再賦, 而秀發江山. 峴首, 瘴嶺也, 羊公一登, 而名垂宇宙."

巖, 並刻其名焉, 又有楊蓬萊刻詩, 草聖夭矯, 黯然可辨.【詩曰, 綠綺琴, 伯牙心. 鍾子是知音, 一彈復一吟. 冷冷虛籟起遙岑, 江月涓涓江水深.】亭舊 爲蓬萊所有, 傳之金氏, 今都事相元十世相傳云. 大凡天下樂地, 有者 不能知, 知者不能有矣.

癸未, 朝發, 到松境店, 二十里由路, 左行七里許, 到禾積淵. 始聞石 形象堆稻秸, 故名焉. 巨石自山, 蜿蜒下曳入水, 忽然仰首高驤, 若渡水 然, 頂歧如鹿頭茸. 初出背脇, 平曠盤陀, 一線白, 自尻循脊而上. 左右 脇下, 潭深不可測, 疑龍所. 爲强肖之, 則類物形以爲禾積不近也. 意其 上似有詭觀, 而非猱狙, 莫可奈何.

自此遵大路, 行數里, 到境墟店, 舍路而東十餘里, 是爲三釜淵. 始入 水石雄壯, 作瀑下注, 身未極長. 水自龍華洞口, 西走十數里, 却遇石爲 二層湫, 黝黑可怖, 並下湫爲三釜淵, 若使置之衆香須彌之間, 則又必 大噪於世, 而乃在窮峽僻塢, 猶能使三淵翁卜築於斯, 而取以爲號, 豈 非其幸歟. 其上有三淵舊基云.

蓋山水木石, 嘗有病然後始奇. 山斷而嵬, 水激而折, 木瘤而盤紐, 石危而礧磈, 於是以奇稱. 不知山水木石, 皆其病也, 不病, 亦奚稱於 人哉.

逐水而東十數里, 忽然山開而平陸, 桑麻成阡, 豁然, 是物外桃源. 鄭 湖陰後孫基夏居焉, 見余款接, 苦挽一宿.

自永平, 至長安寺錄.

甲申, 發龍華, 至金化邑店, 宿焉. 嘗聞郭有道, 逆旅灑掃, 斯道也最好. 人生一世, 嘗作如是. 寓形宇內, 奄忽歸化, 視夫一宿逆旅, 但有遲速而已. 如有當爲之事, 則吾且俛焉不敢惰, 安問其歸之遲速耶.

邑之衆峯, 最爲秀美. 山日始高, 雲霾漸散, 出沒隱映, 姿態橫生, 宛然如山陰行, 使人應接不暇.

金城縣治, 山勢尤奇, 如花始葩, 如女初髻, 縈靑點黛, 窈窕媚人. 蓋山未有不峯者, 俗言士大夫作宰是邑者, 生男必貴. 此言可發一笑. 居人自父祖來, 服習水土, 漸染山氣, 於是生子, 獨無貴人, 此曷故焉.

往余見洪原諸山, 濃淡綽約率爲畵眉筆, 輕模略點, 令人魂消, 亦此山之類也. 柳子厚曰, 桂州多靈山, 拔地峭堅, 林立. 昌黎曰, 水作靑羅帶, 山如碧玉簪. 嘗讀此窅然神遊, 纔至此, 心目稍開矣. 午抵倉頭店, 舍大路, 而東至芝城里宿焉.

九月初一日丁亥, 早發芝城, 屢渡大川, 行四十里, 有嶺當前. 谷峻石麤, 縈紆盤折而上幾二十里, 穹林大木, 上不見天. 力而後登, 所謂斷髮嶺也. 望見雪峯森立, 知其爲金剛, 令人神思飛越. 世人登此者, 卽欲斷髮, 故名焉.

踰嶺行三十里, 溪水激激, 與路相終始, 老杜云, 山行只一溪, 曲折方屢渡, 正謂此也.

入長安寺洞口, 路忽闢若馳道. 檜栢交蔭, 巖壑奇峭, 已非凡境. 至寺, 結搆宏麗, 金碧粲爛, 蓋亦世間所未有也. 寺故新羅律師眞表所創, 後四百餘年, 僧懷正修之. 至高麗, 比邱宏卞再修之, 力不給, 遊上國, 中(官)[宮]³高資(正)[政]⁴力主成之, 牧隱撰碑, 是也. 佛前有古銅器數枚, 欵識有至正年號, 元順帝所舍也. 又有銀字經四部, 金字經三部, 皆奇皇后所舍也.

按秋江所錄, 有大藏經函, 刻木爲三層屋, 屋中有鐵臼, 置鐵柱其上, 上屬屋梁, 執屋一隅搖之, 三層自回, 皆中國人所造, 屢經回祿, 今無存焉.

寺前萬川橋, 受萬瀑之流, 百斛雪滾滾馳去, 是爲漢江三源之一, 而正爲中心, 味最上, 故用供御水. 釋迦地藏三觀音長慶諸峯, 拱揖相對, 如大將升帳, 旗旄翳日, 衆眞朝元, 幢蓋翔空. 惟釋迦最峻雄視隣比. 極樂菴地藏菴, 皆其傍近也.

---

3 (官)[宮] : 저본에는 '官'으로 되어 있으나, 이곡李穀의 〈금강산장안사중흥비金剛山長安寺重興碑〉에 의거하여 '宮'으로 바로잡았다.

4 (正)[政] : 저본에는 '正'으로 되어 있으나, 고용보高龍普가 자정원사資政院使였으므로 '政'으로 바로잡았다.

歷百川洞, 憩靈源菴, 復還長安寺錄.

戊子, 早發向靈源洞. 自此沿路, 淸溪素石, 奇巖峭壁, 袞袞不絶, 滿山酣楓, 宛然是紅錦步幛也. 明鏡臺, 在長安寺東數里, 繞地藏一轉卒然遇之, 駭歎奇壯大石特立, 塞滿虛空, 高可六七十丈, 廣四之一. 腰下屬釋迦餘麓, 亭亭類雲, 帆其下.

澄潭泓渟, 水皆鬱金色, 是名黃流潭.【舊名黃泉坑.】明鏡後壁間, 上下穴曰金蛇窟黑蛇窟. 僧言明學所拘也.【僧靈源師明學貪饕敗行, 罰爲大蛇, 囚于此, 源爲薦祓, 生還云.】北望山脊小石爲鳧峯, 頂上尖曲者乃鷹峯, 前有微俯, 卽文佛也. 僧言鷹搏鳧, 佛止云, 寧食我. 故俛首受啄, 語甚不經矣. 潭傍巨石平廣, 可坐數十百人, 是名業鏡臺.

百川洞, 在明鏡臺右, 有石築廢城, 石上刻東京義烈北地英風八字, 新羅敬順王太子避地處. 王子史失其名,【金氏譜名鎰.】見父王納款高麗諫, 王不聽, 哭拜辭王, 入皆骨山, 依巖爲屋, 麻衣草食, 以終其身.

王子有弟, 亦失名,【金氏譜名鋼.】當時率妻子, 入海印寺爲山人, 釋名梵空. 子雲發後爲羅州金氏. 東史只載王子, 而不言有弟如此, 故余竝論列焉.

昔賈生道長沙而誄三閭, 昌黎過洛陽而弔田橫, 彼二子者, 生於千載下, 而若是曠感, 何哉. 特以其景仰貞忠高義, 有不能自已者矣.

余嘗讀東史, 至王子自靖, 不覺掩卷而太息曰, 三韓一千年正氣, 萃于王子一人矣. 重歎史逸其名, 而文獻無徵, 世級綿邈, 而廟食靡所矣. 余今入此洞, 彷徨乎遺墟, 安得不汪然而興感乎. 敢依賈韓二子之例, 山果漬綿爲文, 以弔之. 文曰,

於戲王子之烈烈兮

克全衷於帝畀

毓正氣於東京兮

踵英風於北地

痛宗國之淪喪兮

哭拜辭乎父王

依巖屋而沒身兮

卓彼節於金剛

遵海印而長往兮

並韄萼而流芳

慨前史之逸名兮

尙餘芬之立懦

石門呀而洞邃兮

草樹深於遺墟

邅吾道夫百川兮

獨旁搜乎遐躅

剔苔蘚而敬讀兮

石留字而不泐

胡梵宇之宏麗兮

惕靡所乎廟食

山鬼啾啾而山日昏兮

顗余心之傷悲

靈偃蹇而旣留兮

桂旗飄飄而來思

荔子丹而蕉黃兮

敬余酹而陳辭

自百川洞溯而上數十里, 境益幽夐, 溪流兩傍, 皆敧石斷岸, 往往無所取道, 至攀援樹枝, 寄足巖罅, 乃得度, 顧亦忘其危也.

至靈源洞, 有菴縹渺孤絕, 亦名靈源, 新羅僧靈源所創也. 東有拜石臺, 西有玉峭臺, 彌勒峯, 雄特其北. 拜石正南, 緣山脊衆石峯森立曰十王. 十王後戴帽者曰判官. 前矮而俯者曰童子. 童子後反縛曲身者曰罪人. 罪人後植立挺劍者曰使者. 僧指僧口所指道, 蓋如是.

噫, 峯之得名, 亦有幸不幸耶. 石之奇, 等爾. 或稱彌勒, 或爲罪人, 以號橫加榮辱, 而石無增損. 世間亦不無此法, 君子不苟避也. 然不飮盜泉, 不食邪薰, 亦智士之所惡也.

百塔洞過明鏡臺數里, 路丫由左入七里許, 得水簾洞. 洞皆盤石數十丈, 水散流被之如織紋, 故名焉. 其上爲望(君)[軍]⁵臺, 又行爲多寶塔如來塔門塔溫塔多眞塔證明塔, 率皆巨石層累餖飣如書册階砌, 殊狀詭貌, 無有窮已. 翔舞軒鶱, 爭先上天, 或相倚如密, 或相背欲離, 傍睨側窺, 怳惚不可思議.

北崖小刻明鏡塔, 南崖石片片曰象甃. 又行六七里, 忽有浮圖突起, 刻曰多寶塔. 象甃下石上刻百塔洞三字.【余旣百顚到水簾洞, 而望君百塔路尤險, 止不往. 考於前輩遊記, 而錄其大略如此.】抵暮復投長安寺, 宿焉.

---

5 (君)[軍] : 저본에는 '君'으로 되어 있으나, 이 책의 〈총론總論〉에 의거하여 '軍'으로 바로 잡았다.

自長安寺, 歷白華菴表訓正陽寺, 復還表訓錄.

已丑, 發行數里, 奇峯迭出, 直當人面, 拔地釖立, 崒凡可怕. 蓋峯不勝其迭出, 洞不勝其闛闝, 而溪水之縈回曲折, 側行詭出者, 又不能窮其變矣.

忽有一潭, 廣可數畝, 沉沉黛黑, 不可狎玩. 迅湍下注, 雷吼雪噴, 是謂鬱淵, 亦稱鳴淵, 金同之所沈也. 僧言高麗時, 同奉佛率妻子, 結菴此山中. 與懶翁爭道, 爲雷雨破其家, 爲淵. 長石在其側, 是同之棺也. 又三石在前, 其狀俛伏, 是同之三子也. 語尤無理.

潭左峭壁, 高可千仞, 下揷潭底, 線路懸崖, 崖傾以木接之, 劣容人足, 過者掉栗.

三佛巖, 在鳴淵北一里, 巨石西向, 面刻三佛, 莊嚴端妙, 懶翁所作也. 背刻六十佛, 金同所作也. 又其傍二像, 同之夫妻云.【僧言翁作妙吉祥, 同欲以鐵杖倒之不得, 乃爲六十佛及自己夫妻像于此, 翁卽其面作三佛云.】

白華菴, 在三佛巖北. 菴空無僧, 虛白炯然之趣, 益不似人間矣. 菴後有四碑【清虛碑, 月沙文, 東陽尉書. 鞭羊碑, 白洲文, 義昌公子書. 楓潭碑, 靜觀齋文, 朗善公子書. 虛白碑, 白軒文, 竹南書. 自高麗普(惠)[愚][6]六傳至清虛, 虛傳松雲惟(靜)[政][7]鞭羊彦機, 雲傳虛白明照, 羊傳楓潭義諶.】五師像【指空

---

6 (惠)[愚] : 저본에는 ‘惠’로 되어 있으나, 《서역중화해동불조원류西域中華海東佛祖源流》에 청허清虛 휴정休靜이 태고太古 보우普愚의 제6세 법손法孫으로 되어 있는 것에 의거하여 ‘愚’로 바로잡았다.

7 (靜)[政] : 저본에는 ‘靜’으로 되어 있으나, 《사명대사집四溟大師集》에 의거하여 ‘政’으로 바로잡았다.

懶翁無學西山(泗)[四]⁸溟, 空貌美如婦人, 翁學亦甚端麗, 溟奇偉丈夫, 髯甚長矣.】七浮圖.

表訓寺, 在白華菴上天一臺下, 新羅僧表訓所創也. 寺右設御香閣, 奉安世祖睿宗成宗位牌, 香爐燭臺巧妙, 皆非我國所造也. 法堂奉法起佛畫幢, 古色蒼然, 望之知其爲妙品.【元時摹吳道子畫, 施采處皆若墳起, 勃勃如生者, 是也. 本在正陽寺, 今移于此.】

有烏銅爐【銘云, 至正十二年. 李稼亭拜岾記, 至正丁亥, 姜金剛奉天子命, 鑄爐與鍾, 鍾今亡矣.】小鐵浮圖【凡六層, 中有五十三佛.】, 皆元時物也. 大鍮甄, 受米百餘斗, 與楡岾所存者, 同時鑄【刻文曰, 嘉靖大夫鄭蘭宗奉敎書, 末云, 憲德五年.】金龍胸背, 雕木倭扇【皆世祖所賜.】, 藍色琉璃瓶, 是三者, 本長安寺物, 所謂長安三寶者, 是也.

又有元帝與太皇太后施舍金帛文, 及英宗施舍碑, 奉玩世祖御押【天順三年, 圓通雜役勿侵敎旨, 書曰國王, 卽世祖, 手筆下有御押.】仁祖賜僧敎旨.【賜寺僧性修敎旨三本, 又摠攝差帖一本, 崇德五年.】懶翁袈裟三領銅叵羅及舍利, 並皆興覽及前人所記, 雖間有弊破者, 而今皆宛然.

惟含影橋山映樓, 面目都變矣.【陶谷記, 橋以石, 樓名山映. 今改以凌波. 僧言古昔丁酉, 水破全寺, 無有存者, 多是重修云.】殿閣之宏偉, 似不及長安寺, 而洞壑之幽敞, 峯巒之奇峭, 又十倍於長安寺矣.

自表訓北上五里許, 有正陽寺, 卽此山正脈, 故名焉. 麗太祖所創, 而放光臺, 其主峯也.【諺傳麗太祖創業時, 入山至文藏菴下發願, 曇無竭現身

8 (泗)[四] : 저본에는 '泗'로 되어 있으나, 《사명대사집四溟大師集》에 의거하여 '四'로 바로잡았다.

石上放光, 太祖率臣僚頂禮, 仍創此寺. 造無竭小像, 今不存焉. 寺後岡曰放光臺, 前嶺曰拜岾矣.】

懶翁浮圖, 立焉. 般若殿藏佛經, 僧重之不敢啓.【天板上藏三百三十三櫃, 乃陜川海印寺印經, 褙帖千餘卷, 本藏表訓海藏殿, 今移于此.】

六稜閣, 無梁制, 甚巧妙, 成化初創於中官. 顯聖閣, 安毘盧像. 正堂有純金小佛. 寺之右麓天一臺, 登之可眺望, 而不如歇惺樓.

歇惺者, 正陽寺樓也. 坐久白雲淨盡, 世所稱萬二千峯玉立嬋娟者, 靡不森羅眼前, 奇形異態, 呈露無餘, 此山衆美之摠會處. 以道言, 則吾家所謂集大成, 禪門所謂一朝頓悟豁然大通底地位也. 大都皎潔如霜華, 奇巧如金鏤, 絶無塵土氣, 亦無癡頑態. 昔吳廷簡見黃山, 以爲半生所見, 皆土堆石塊耳, 今見是山, 良然.

正陽表訓之間曰, 開心臺妙德菴天德菴眞佛菴須彌峯永郎岾, 而菴或今頹廢遺墟而已. 僧言內山惟眞佛靈源最幽絶, 人迹最罕到. 且云永郎岾上時, 聞笙簫聲隱隱往來. 其言雖誕, 然若曰世間無仙則已, 果有如丁令威呂洞賓之流, 其不徜徉躑躅乎此, 而更何有眞境界耶.

暮還表訓之延賓館, 宿焉. 枕席下水聲如雷, 怳若艤船於急灘之下, 而不知此身在萬山中也.

自表訓寺, 歷八潭普德菴, 至摩訶衍菴錄.

庚寅, 自表訓出金剛門【大石東西相倚, 其頂駕合, 人從其下行.】, 北望衆石峯挿天千百丈, 英特雄猛, 動人魂魄. 大小香爐五賢, 却立相視, 凌空削壁, 險峻無極, 皆石也. 偉哉, 造化之力也. 往往嘉木出石罅, 挺特聳峙, 與石爭秀.

其上曰, 靑鶴臺.【亦名金剛臺.】鶴巢臺, 在水北, 與之相對, 是香爐盡處. 摩訶八潭, 與須彌之水, 會于鶴巢下, 奔注激射, 水益駛, 石亦益奇. 夭矯如虯蟠龍跳, 飛流噴薄, 濺沫成輪, 震盪駭人, 是爲萬瀑洞也.【輿地勝覽曰, 百道流泉, 瀉出谷中, 其狀不一, 故名焉.】中有巨石, 盤陀可坐數百人.

楊蓬萊所書, 蓬萊楓嶽元化洞天八大字, 刻在石面. 草聖夭矯, 氣象雄豪, 洶是龍拏猊攫, 與靑鶴萬瀑, 爭其雄【一字長四尺餘.】僧言蓬萊刻此, 而鶴飛去洞, 鳴三日云. 又有萬瀑洞三字, 亦云蓬萊筆也. 稍上刻天下第一名山六大字, 谷雲筆也.

水北石壁, 有梅月堂刻字,【樂山樂水, 人之常情, 我則登山而哭, 臨水而哭, 豈不知樂山樂水之興, 而有此哭無窮, 何哉. 悲夫. 四十三歲翁, 八入金剛書.】

石上畫棊局. 有仙人洗頭盆, 又有一泓曰觀音潭. 潭畔石崖, 苔蘚滑足, 人皆挽藤蔓乃得至, 其名手巾崖. 石心正凹如杵臼, 諺傳觀音浣帨處, 石面上下, 又多鐫人姓名, 一片不得閒, 亦足當壯觀.

袁中郎云, 律中盜山伐礦, 皆有常刑, 而俗士毀汚名山, 律不禁, 何哉.

靑山白石, 有何罪過, 而無故黶其面裂其膚. 吁! 亦不仁.[9] 豈中國人士,
亦愛此歟.

八潭者, 溯萬瀑行, 經普德菴, 至摩訶衍, 其間爲潭者十餘, 而稱爲
八, 闕其宜名者尙多, 名者未必勝, 勝者未必皆名也.

蓋是洞, 全以大盤石爲底, 石皆白色如玉, 水自毗盧峯而下, 衆壑交
流, 奔趨爭先, 都會于是洞. 石之嶔崎磊落, 槎牙齴齶者, 又離列錯置,
以與水相爭. 水遇石必奔騰擊搏, 以盡其變, 然後始拗怒徐行, 爲平川
爲淺瀨, 間遇懸崖絶壁, 又落而爲瀑, 匯而爲潭.

瀑長自一二丈, 至四五丈, 潭廣自數三畝, 至八九畝, 其名爲龜爲船爲
黑龍爲琵琶爲噴雪爲眞珠爲碧霞爲火龍, 皆因形似名之, 且有刻. 眞珠
最奇壯, 而噴雪亞之. 石之若囷若廩尖者方者, 旁午立, 待水以當其鋒,
力鬪不下, 盡其奇乃退. 溪毛澗葉, 咸作怒態, 崖脅縛棧爲閣道, 屈折相
屬, 或飛架以渡, 仰貪絶壁, 俯愛跳流, 足循循勤乎登頓, 目紛紛不暇
顧瞻, 心志役役乎思量, 口舌滔滔乎品評, 不覺山日之亭午矣.

眞珠有尤菴刻詩【淸溪白石聊同趣, 霽月光風更別傳. 物外至今成跌宕, 人
間何處不啾喧.】

碧霞巨石, 爲大水所斥倒, 退數十步, 刻姓名者, 皆倒書. 火龍東法起,
對西獅子, 足下支小石. 僧言獅謂龍曰, 我高危欲墮, 謂有以支之. 龍乃
拔法起小石支焉. 法起髻有小穴空處故云. 八潭之稱, 考於前記互有異

同焉.

普德菴, 自眞珠望之, 若胡燕巢壁, 孤懸縹渺. 舍摩訶路而東, 石磴甚急繚繞, 如螻蝸行, 乃得達. 磴盡復有階, 階四十餘級, 級窮始得窟. 窟口搆小菴如懸磬, 前楹揷空十餘丈, 直以十九節銅杳, 冒擎之. 復用兩鐵索, 經緯之. 乍登其上, 身搖搖如在半空, 孤絕非人居也. 香爐缺中, 西見正陽菴. 本高麗僧普德所刱. 闍梨懷正說, 普德處女事, 相傳至今.

摩訶衍菴, 在普德北數里, 是爲金剛之胸腹, 道詵所謂頷下一區, 是也. ◙[10]道詵統論三韓山川曰, 金剛, 沿海聳雲, 黃龍頭在坤, 尾在艮, 谷中三區, 頷下一區爲佛國. 義相元曉之所止焉. 背迦葉, 面法起穴望衆香城白雲臺, 諸峯環列如屛幛, 信名藍也. 考於前人記, 摩訶庭畔, 杉檜鬱然, 中有一樹, 幹直皮赤, 葉類杉, 相傳以爲桂, 今不存焉.

萬灰菴, 在摩訶北數里. 觀音之下, 左海上龍王, 右南巡童子, 南望法起. 遠見峯上小穴, 透外見天, 是謂穴望. 僧言彌勒降生時, 有龍樹三枝生花, 徧覆世界. 時則曇無竭與三千菩薩, 設般若海會說法于此, 燒衆香, 故其前有大小香爐, 下有萬灰. 語甚荒誕.

白雲臺, 自萬灰東踰小岡, 鐵索垂焉. 自鐵索北下峭崖, 有泉, 名金剛水. 其上峯, 脊狹如堵墻, 東伸數百步, 小石卓突起, 是於金剛, 據中平直, 丕宜四眺. 東指雁門日月出, 西見香爐, 南睎穴望, 北睨衆香迦葉,

---

10 ◙ : 원문의 글자는 확인할 수 없다. 문맥에 따라 '羅'로 번역했다.

【余以危險旣不能登, 兒輩登覽後, 口詳如此, 故錄其大槪焉.】

　　衆香城, 在白雲臺東, 驟視若霜華, 滿山璘珣, 嵯峨亘峻, 谷爲一色熒晶. 細察其高下, 筆尖簪銳, 森森戢戢, 眞不可思議. 嘗聞西域巧匠, 斲寶石作假山三十三層, 尙不及天工鬼巧, 自然爲此.

　　沈啓商張公洞記曰, 乳溜萬株, 色如染艷, 皆倒懸. 弇州則云, 五色自然丹臒, 大者玉柱下垂. 又天目山絶頂, 石筍如林, 或立或臥或斜, 瞰欲飛. 又昭陵山絶壁上, 白石鱗起如珂雪, 而苔花繡之, 作層巒疊嶂. 此皆諸公所詫異者, 然擧大山全體, 寸壤不黏, 則惡得有此哉. 暮還摩訶衍, 宿焉.

自摩訶衍, 歷圓通須彌迦葉, 復還摩訶衍錄.

辛卯, 將向圓通菴, 自萬瀑洞靑鶴臺下, 由左而行. 稍上, 是靑壺淵, 次龍曲潭, 狂流噴瀉, 圓爲壺, 曲爲龍. 復有龍湫, 湫上日久留淵, 而圓通菴在焉. 東北見須彌峨眉春雪圖, 穴望望(君)[軍][11]等峯, 至于釋迦觀音, 皆從東南縹緲, 隱見微露, 頂髻半掩, 肩背曼立, 遠窺妙絕活動, 不下堂而得之, 眺望之景, 不減於白雲臺.

自圓通北行, 歷萬折潭太上洞慈雲潭赤龍潭羽化洞靑龍潭, 並靑壺淵龍曲潭, 是爲須彌八潭, 皆刻其名於石. 西有獐項三難石, 皆奇峭不可窮. 樹木翳日, 往往從樹木中得奇峯怪石, 闖見旋匿, 猶之山鬼戲人, 疑怖俱作.

從慈雲左入, 眞佛菴廢址在焉, 愈深愈奇. 自此石磴陡絕, 行數里得船菴, 丹崖翠壁, 左右環抱, 占地最高眺望. 反過圓通, 復從絕壁罅隙, 而上數百步, 踰一岡, 從樹林中行一里, 須彌菴在焉.

須彌菴, 洞天忽闢, 石勢益峭, 近案如意巖, 遠案能仁峯五須彌列立于前, 降仙臺在其西, 龜巖鳳巖龍巖, 並峙于右, 縹緲奇絕. 此山內外佛菴, 當以須彌爲第一矣. 主僧浩翁, 貌古意靜, 無一點煙火氣, 人與地可謂相得也.

須彌塔者, 自菴而東陟一岡, 石磴之險, 視船菴焉. 旣陟岡俯視累石, 層疊瑩白, 如人家堆餐餅于梡. 傍無倚附, 拔地屹立, 高可百餘丈. 稍東

---

11 (君)[軍] : 저본에는 '君'으로 되어 있으나, 이 책의 〈총론總論〉에 의거하여 '軍'으로 바로 잡았다.

須彌峯, 如玉劍挿雲, 上下各有一塔, 如其形而差小. 稍南, 天作石階, 繩直廉整, 而一隅微圮苔故宅者, 是皆須彌傍侍也.

嘗聞南雁宕, 巨石嵌空, 如圭如笏, 如芝房燕疊, 備極巧態. 又兩石千仞夾峙曰, 石華表. 不識與此, 孰爲優劣也.

遂還菴中, 小憩復尋摩訶衍路, 東出龜巖鳳巖之間, 越一岡稍下, 夾路皆怪石嘉木, 藤葛交縈, 幾不通人行. 至於狼藉谿礀, 人所踐踏者, 皆異卉奇葩也. 步步皆有奇趣, 時適山風肅然, 木葉亂下, 咏郭景純林無靜枝川無靜波語. 泓崢蕭瑟, 宛然實景, 是爲迦葉洞. 洞府清絕, 可伯仲於靈源, 而幽深過之.

然此獨寥寥無聞於世, 世間隱晦在物亦然, 其有遇不遇之不同歟. 抑亦有數於其間歟. 塵蹤俗眼, 若將浼焉, 山靈水怪, 慳秘不現歟. 雖然知不知, 於山水有何損益歟. 千載而見知於余, 顧余聲名氣勢, 靡足以取重於世, 長杠巨筆, 又不能拔揮於他日, 則掉三寸而喋喋稱頌, 竟何益哉. 然余亦不遇於世者, 將鴻擧豹隱, 考盤于玆, 巖居而川觀, 以終餘生, 則此洞之名於世, 雖未及康節之百源, 晦翁之武夷, 而捷徑之終南, 移文之北山, 可興僓於此矣. 然余老病時至, 豺虎縱橫, 有志莫就, 噫噫悲夫. 於是怊悵而別, 遂復攀木緣崖, 躐磴歷棧千巓.

到摩訶衍而信宿. 夜間魂氣淸泠, 自然無寐, 湖陰居士所謂, 蓬瑗方知四十非, 實獲我心也. 余觀前人鏤板題名, 自長安寺始而至于此, 楣欐柱梁, 蓋無片隙, 此果東人惡習也. 東人之過寺刹樓觀者, 必以煤墨禿筆, 書日月地方姓名, 爛污朱欄碧榛, 不少饒惜. 且俗士作詩揭板, 妄加貶褒, 吾恐山靈水神, 其不呵嗔否乎.

詩人到金剛者, 自開山後, 蓋亦無量數, 而罕有佳作, 何也. 狃于凡山俗石, 而猝然遇之, 喪其所有, 難以措手, 乃欲竭力副題, 然本領不富,

必不成理. 況以私欲橫肚, 務令膾炙于人, 不至絕脈於龍文者, 幾希. 於
是無全詩, 不足怪矣. 余創若是, 雖有一二吟哦, 而不敢續貂於前人鏤
板之末矣.

竊觀吳西坡兩聯,【層層浩劫長留雪, 箇箇遙空不墜蓮. 雲氣暮朝空淡抹,
月輪今古自孤懸.】或謂之上乘, 然全是景也. 惟李亶佃一聯,【五夜虛明長
欲曙, 四時搖落易爲秋.】庶幾近之. 如鄭湖陰一絕,【萬二千峯領略歸, 蕭蕭
黃葉打征衣. 正陽寒雨消香夜, 邃瑗方知四十非.】非不佳矣, 終非咏金剛
者, 或以爲壓頭, 亦何與於山哉.

歷妙吉祥, 踰雁門嶺, 到楡岾寺錄.

壬辰, 朝發摩訶衍, 將向毗盧峯, 問路於僧, 僧皆言不可往. 此距毗盧四十里, 石磴崎嶇, 且晷刻稍短, 非一宿不可往還. 不得已止焉, 佇立悵望而已. 此所謂仰之彌高卓爾不可[及]¹²者耶, 無乃歸於自畫者耶.

計入山凡五日, 而內山之役略盡, 惟毗盧望(君)[軍]¹³兩失之, 遂自恕曰, 世間法俱, 以不盡爲佳矣. 然耳厭于泉, 目飽于石, 足鍊于登頓, 舌燥乎品第, 心神不能遽定矣. 老杜詩云,

幽意忽不愜
歸期無奈何
出門流水住
回首白雲多

諸峯望望然送人怊悵. 谿不獨天台矣. 於是促裝趨外山, 過佛地菴, 【出摩訶洞口一里, 由左入又一里.】飮甘露水.

妙吉祥, 在佛地菴路傍, 鑱絕壁作佛像, 懶翁所作也. 雄特絕大跌坐, 高十餘丈, 兩膝相去五六丈. 嘗聞廬山有妙吉祥寺, 王廷珪夜禮文殊, 燈光燦發, 百千合散, 是謂聖燈也. 然則所謂妙吉祥, 疑亦文殊像

---

12 [及] : 저본에는 없으나, 《후산문집后山文集》권10 〈유풍악기遊楓嶽記〉에 의거하여 '及'을 보충하였다.

13 (君)[軍] : 저본에는 '君'으로 되어 있으나, 이 책의 〈총론總論〉에 의거하여 '軍'으로 바로 잡았다.

也. 右方大刻妙吉祥三字, 尹師國筆也.

雁門嶺, 西距摩訶衍二十里, 卽內水岾也. 自妙吉祥而上, 石路礚礑,
過斷髮嶺甚, 歷昭曠巖, 上下數里皆盤石, 臨流可沿濯焉. 又前而白華
潭亦奇勝, 水始白色. 至四仙臺, 並刻其名. 臺上雙刻先天潭後天臺. 自
內山來爲最後, 外山入爲最先, 故名以此云. 上毗盧者, 於此焉北歧矣.

毗盧峯, 卽金剛內外山第一峯, 而蓋亦我東之東山也. 如果登覽, 則
吾夫子小魯之意, 可默會焉. 余嘗以第一等自期, 而旣無所成就, 今於
是山, 仰止而已焉, 則其不能第一等者, 此生已矣, 豈非慨然者耶.

輿地勝覽云, 毗盧巖紋, 久因嵐霧斑駁, 凝如雪色, 山名皆骨者, 以
此. 按水經註, 山之險者, 太華之千尺㠉百尺峽, 天井繑, 方廣數三尺,
兩廂厓, 皆萬仞, 窺不見底, 此天下之絶地也. 天台之石梁, 拔起地上數
百尺, 穹窿懸跨, 望之如白虹下垂. 金剛元無此類, 雖毗盧望(君)[軍][14],
亦未嘗以絶地稱, 則亦何憚而不可登耶.

蓋古人記山水, 以柳州爲上乘, 蔡羽之洞庭山, 李孝光之雁宕, 論者
謂其超妙. 王勃云, 採江山之秀拔, 觀天地之奇詭, 丹壑競流, 靑巖雜
起,[15] 此數句亦可稱. 李白廬山謠夢遊天姥華岳雲臺諸作, 皆揮斥八極,
神動天行者, 若並此諸公而當之, 庶不以摹寫內山之勝也.

---

14 (君)[軍] : 저본에는 '君'으로 되어 있으나, 이 책의 〈총론總論〉에 의거하여 '軍'으
　로 바로 잡았다.

15 採江山之秀拔……靑巖雜起 : 《왕자안집王子安集》에는 '秀拔'이 '俊勢'로, '詭'가
　'作'으로 '競'이 '爭'으로 되어 있다.

嘗觀李(羽)[于]¹⁶鱗太華山記, 末云, 俯三峯, 望中原, 見黃河從西來,
下窺大壑精氣之所出入. 魏叔子登太華絶頂, 高昌黎哭處十里曰, 日月
從兩耳升降, 黃河如帶委地. 惟此兩言, 庶幾形容得毗盧之崒高矣.

　蓋觀山不可以執一隅, 邇之觀骨體, 遠之觀神韻, 窮其源委, 察其向
背, 高眼細心, 精于品題. 若遇極壯處, 勿爲其所讋. 孟子曰, 說大人藐
之, 勿視其巍巍然, 又當審其靜, 而體仁者之壽, 進吾往而戒一簣之虧,
則亦無往而非吾自得矣.

　拜岾, 表訓之案山也. 登之, 萬二千峯, 無一掩蔽, 玉削冰雕, 巧態畢
現, 雲散日映, 光彩上燭, 始驚言顚倒, 絶叫一聲曰, 天下第一名山也.
昔麗祖到此, 不覺下拜, 遂名拜岾, 世人惟知歇惺樓之最勝, 而不知拜
岾十倍於歇惺矣.

　踰雁門嶺, 嶺以東外山也. 山皆土厚, 故往往醜黑, 神彩頓改, 而雄
猛過于內山. 行十餘里, 北瞻衆石峯, 鱗起嵯峨, 南望層巒簇立, 若龜
若屏幛, 又如白雪, 皓皓暟暟, 大喜過望矣.

　曉雲洞, 在路次, 作石堆者四五, 瀑流舂之左右, 石竅上下作湫, 是謂九
龍之逆旅也. 僧云九龍本居楡岾大池, 五十三佛, 自月氏國跨鐵鍾浮海來
此, 龍與佛爭不勝, 遁去夜宿于此. 佛又逐之, 入于九淵洞云. 亦甚誕謾矣.

　楡岾寺, 在曉雲東一里許, 卽五十三佛之自占也.【法喜居士記曰(曰)¹⁷, 佛

---

16 (羽)[于] : 저본에는 '羽'로 되어 있으나 이반룡李攀龍(1514~1570)의 자가 '于鱗'
　　이므로 '于'로 바로 잡았다.

17 (曰) : 저본에는 '曰'이 중복되어 있으나, 글을 수정하면서 '曰' 1자가 더 들어갔

旣涅槃, 舍衛三億家, 哀慕不已. 文殊謂曰, 汝等悲慕旣深, 各鑄一像供養. 三億家依其敎鑄像, 又鑄一鍾. 擇像中全好者五十三, 安于鍾內, 泛于海, 祝曰, 惟我佛五十三像, 往住有緣國土. 有神龍載而行, 歷月氏諸國, 至此山東安昌縣浦口.

時則新羅南解王元年, 漢平帝元始四年甲子. 高城宰盧倧, 馳往逢迎, 其多佛自下陸, 但見所留跡印泥, 草木皆向是山, 而靡行三十里, 見鍾憩息之所. 今云憩房, 是也. 又行, 文殊指路, 今文殊村, 是也. 遇一尼, 問佛所在, 今尼遊巖, 是也. 復有白狗前導, 今狗嶺, 是也. 狗失而獐出, 今獐項, 是也. 忽聞鐘聲歡喜而進, 今歡喜嶺, 是也. 入北洞, 有大楡樹, 鍾掛于樹, 佛列坐池上. 王駕幸其地, 遂建寺.

○ 按漢平帝元始四年甲子, 佛來此立寺. 夫佛入中國, 始於明帝永平八年乙丑, 而佛入東國, 又始於梁武帝大通元年丁未. 其後於乙丑, 有四百二年之久, 苟信彼說, 是中國寥寥未知有佛六十一年以前, 東人已爲佛立寺, 最可笑. 他皆如是也.】

土山, 四圍重疊, 形勝絶好. 法堂排置古木槿, 狂斜亂蟠, 以象天竺山, 隙隙有小金佛, 是謂楡根佛. 楡根者, 造作也. 烏銅爐, 是倭物, 制甚巧妙, 松雲, 携來者也. 堂前石塔十二層, 頂置烏銅幢竿.

有鳥啄井, 造寺時, 鳥啄出泉, 今閣而覆之. 昔岱之靈巖, 創寺無泉, 見雙鶴棲山, 佛圖澄卓錫而視之, 鶴立與卓錫處咸湧泉, 曰雙鶴卓錫, 亦此類也.

又有盧侯祠,【祀盧倧.】佛祖傳統圖及五碑【春波孃彦碑, 鄭斗卿撰金佐明書朗善君篆. 楓岳普印碑, 李福源撰李元亨書篆. 虛谷懶白碑, 折不可考. 奇巖

法堅碑. 李敏求撰吳竣書金光煜篆. 松月碑, 鄭斗卿撰, 書篆同上.】二十九浮
圖大鍮甌焉. 無煙閣, 有屋無炕竈, 今不存焉. 山映樓, 寺前門樓, 樓額
尹師國筆也.

是寺在內外山, 最雄鉅, 佛殿以外, 僧寮禪室樓廊庖湢, 繚繞曲折不
可窮, 其間架居僧千指, 皆饒於貲, 顧無一人可與語者矣.

自楡岾, 歷船潭內圓, 至高城錄.

癸巳, 晚發, 自浮圖溯而上一里, 卽小船潭也. 巨石中陷, 狀類舟船, 橫可四五丈, 縱裁半之. 溪水懸注其中, 深幾丈餘, 水畢至, 石與船之四隅等, 然後乃復從石觜墜下, 爲小泓. 以上數里爲瀑爲潭者益衆, 水石甚淸壯, 與萬瀑伯仲焉.

問中內圓, 將向萬景臺, 時夜雨纔歇, 海雲又生. 僧云, 是必雨, 且內圓無僧, 寧不太窘, 幸而無雨, 不得遠眺, 徒自勞苦爾. 遂止不往.

前人記錄之如左. 內圓之紫月菴, 地勢懸絶, 下視千峯萬壑, 嶙峋高下, 若海濤起伏. 從石磴間, 蛇行數里, 稍南曰九淵菴, 稍北曰眞見性菴. 菴左小臺, 俯視巨巖, 不甚陡削, 長幾數百仞, 懸流界腹, 若曳匹練, 下屬于澗, 澗中白石離離.

歷靈隱菴, 行六里, 路益絶, 行數百步, 始窮. 萬景臺, 自西而北, 連峯障之, 不能竟目力, 而南則群山撲地, 累累如邱垤, 東則大海粘天, 極望無際, 眺望, 可埒毗盧矣. 隱仙臺, 毗盧後麓也. 層巒簇于几案. 所謂十二瀑者, 正如匹練, 懸于屛間. 腰圍不大, 閃閃相承而下, 其飛灑, 遠不可見矣.

遂促裝下山, 踰獐項, 下狗嶺, 過稅庫.【楡岾寺田, 在山外, 秋穫貯之, 謂之稅庫. 置水碓七所春之, 輪致焉.】至矢灘. 西見金剛.【觀音蓋竹諸峯.】復出於紫冥重霄之外, 宛如靑蓮亂發, 雲屛漸開, 異畫初展, 藍濃黛疊. 望之凡如秋隼, 孤峙騈若海鴻群飛, 輕雲往來點綴, 奇變無窮, 異態層露, 歇惺之所無也.

掛席幾萬里

名山都未逢
泊舟潯陽郭
始見香爐峯

不知方此孰賢. 縱步看賞, 動筆欲書, 便不似甚矣, 難乎. 蓋人品高者, 出語便自別, 形容山水, 亦超然不可及.

陶華陽尋山志曰, 高峯入雲, 清流見底. 無雕刻而煙火人死, 不能到 (郭景純)[葛洪][18]洞陰風珮之作, 又是神仙之豪爽者. 廬山諸道人石門序曰, 霄霧晨集, 則萬象隱形, 流光回照, 則衆山倒影. 范石湖曰, 桂之千峯, 無延緣, 悉自平地崛起, 玉笋瑤岑, 森列無際. 是皆與文人迥殊者. 惜乎, 造物者特置此山於裨海下邑魚蝦之陬, 不得使此輩人登玩快適, 以夸詡而張大之, 何哉.

海山亭, 在高城官舍後. 亭揭尤菴陶菴及諸賢詩. 東龜巖據郡治北, 曰拜日臺, 可以觀日出, 西爲西龜巖.

甲午, 平明登東龜巖, 觀日出. 天東赤氣微暈, 俄而色漸洞赤, 雲物受之, 皆成五采, 濃淡異態, 頃刻萬變已而. 日冉冉從海中出, 大如紫銅盤, 旋又蹙爲波濤所汩沒. 良久始乃躍而登空, 海波始赤如金, 至是汪汪若銀汞, 萬里一色.

嘗聞中國泰岱之日觀峯, 靈隱之韜光寺, 皆可以觀日出. 曷若此龜巖之距大海纔數里耶. 海上人云, 海上日出時, 常有氣掩翳, 見之甚難. 往

---

18 (郭景純)[葛洪] : 저본에는 '郭景純'으로 되어있으나, '洞陰風珮'가 갈홍葛洪의 〈세약지洗藥池〉 '洞陰泠泠 風珮淸淸'을 축약 인용한 것이므로 '葛洪'으로 바로 잡았다.

余於利原之遮湖觀之, 今又復壯觀矣.

海金剛, 在高城東十里. 篙師持官令, 艤船待之. 載酒而入七星峯, 離立波中, 鏤氷琢玉. 俯視水底, 群石奇紋蕩漾, 靑碧靈活, 萬變恍惚. 小峯矯翔竦峙, 迭揖迎拜.

旣而岸旋波喧, 亂石叢立, 舟縈回入之. 蠱列層成, 嵌空呀竇, 正如春筍競抽, 蕨拳爭句, 矮而齊頭爲羅漢, 趺而打坐爲世尊. 又如麴巖鮒巖童子巖金剛門, 皆竗絶奇偉, 不可狀已. 適遇無風得恣觀,

梢工曰, 有緣哉. 採生鰒下酒. 聞世或言, 海金剛在水中者, 非也. 然水中奇怪, 亦多於陽界, 有能如溫嶠燃犀以照之, 則又安知其必無耶. 第竢夫變爲桑田, 可耶.

三日湖, 在高城郡北十里, 周數十里, 形局端好, 映帶松林. 三十六峯環其外. 其北夢泉菴, 奇石突立. 湖心孤寄四仙亭, 亭北舞仙臺, 臺西石壁, 有丹書述郎徒南石行六字, 字畫尙不泐. 世傳永郎述郎安常南石行四仙, 遊此三日, 故湖與亭名焉.

第未知四仙者, 何許人. 果能鍊氣服丹, 白日昇天者耶. 抑亦遯世潔身, 遨遊塵外者耶. 硏丹禿筆, 惟恐後人不知姓名而乃爾, 則視人世若蜉蝣, 無一事入其心者, 果若是耶.

其視吾輩晦名鏟跡, 吟風弄月, 以自樂, 孰爲仙, 孰爲非仙耶. 況如余者, 寄世而不溺於世, 處物而不累於物, 顏面長春, 鬢髮不霜, 將探天根躡月窟, 與羲皇爲徒, 則未知永郎亦如此否乎.

亭下環島, 皆怪石, 石上古松數株, 皆厄於石, 瘦短不能作夭矯勢. 風至鏘然作聲, 神思蕭爽不欲去, 然行路倥傯, 不能成三日遊, 得無爲四仙所笑乎. 朗誦崔澱銀海詩一章,

蓬壺一入三千年

銀海茫茫水淸淺

鸞笙鶴駕倏飛去

碧桃花下人不見

窅然若自爽矣.

湖之南岸, 有埋香碑, 高麗存撫使金天浩所撰也. 蓋檀入水千年爲沈
香, 故昔人埋之湖心.【碑今在高城公廨云.】今已千餘年矣, 其不可探幽拔
潛, 播馨香於一時, 消却世間許多臭穢耶.

東望數三巨石並峙海中, 屹然白玉色, 所謂砥柱中流者耶. 特立於怒
濤駭浪之中, 不爲死生榮辱所撓屈, 其能無愧乎此石者, 在今世有幾人
耶. 於余心竊有感焉. 又湖之南皋有龜巖, 仰首低尾, 頗肖龜形矣. 暮抵
高城邑, 宿焉.

自高城, 歷神溪寺九龍淵, 到萬物肖錄.

乙未, 發行三十里, 至神溪寺.【僧云, 厥初鱧魚沿溪而上洞口, 漁子來捕. 有道僧設法, 鱧不復上來, 故云神溪.】洞口杉檜夾路, 路右有大應堂碑, 白坡申尙書獻求撰, 金九鉉書, 李承五篆. 又有三浮圖.

至寺, 棟宇宏麗, 可與長安楡岾等, 而僧徒最號饒富. 北觀音南動石, 【又名集仙臺.】東蓋竹西世尊諸峯, 環而爲洞府. 觀音蓋竹二峯, 危碧參天, 目酸不可極. 所歷山無其等夷. 時適白雲出萬壑, 合爲一道, 狀如輕綃, 往來舒卷, 倏忽不定. 諸峯皆爲其罨罿, 或露半面, 或見一髮, 姿媚橫生, 其視驟觀全體, 反過焉.

遙望動石東峯, 穴穿透背, 天光洞徹, 正如內山之穴望, 是何化翁之施巧乃至此耶. 僧云楡岾之龍, 一宿曉雲湫, 而將遁九龍淵, 此其所過處. 又何其誕也. 逡止僧寮宿焉. 盤盂飮饌, 具極精豐, 不減於內山諸刹矣.

丙申, 早發向九龍淵. 西行十數里, 歷仰止臺坐鼎巖, 稍上巨巖忽爲竇, 如魏叔子所謂遊人黙從甕中出, 是爲金剛門. 從門而出, 仰見天花臺, 千仞石壁, 上睨日月, 下瞰雲嵐, 頑靑老碧, 逞姿其勢.

臺下稍南, 洞壑絕勝, 明光奪目, 是謂玉流洞. 穹石蜿蜿橫亘曰臥龍潭, 白礫累累相承曰聯珠潭. 潭上衆峯, 秀拔奇峭, 蓋金剛淸氣, 舒其有餘不盡之力, 匯而爲潭, 落而爲瀑, 盤而爲石, 氣像萬千, 而外山率皆無名, 可憾也. 然與其佛名而汚之, 曷若無名而無汚也.

自是以往, 路險石峭, 厓脅縛棧, 僅容足趾. 又絕壁臨壑, 藤蔓垂焉, 挽之着足而上, 如猿猱之攀援, 往往皆然. 蓋其洞壑之奇勝, 巖崖之危險, 雖內山之百塔須彌, 尙不及焉.

嘗聞九華山, 諸峯丹碧, 峭拔攢蹙, 若植戟若側弁, 若芙蓉菡萏之初開, 煙雲暗雨, 晨夕萬狀. 峨眉山, 峯頂光相寺七寶巖, 其高六七十里, 無復蹊磴, 斫木作長梯, 釘巖壁, 緣之而上. 不識與此孰險孰奇.

蓋山水之勝, 不過片時悅眼, 而危一身以犯之, 此不幾於失肩背者耶. 悔而猶愛此不已. 山水亦如淫聲美色, 浸浸然入其中, 而不知返者耶. 仁智者之所樂, 亦如是否乎.

飛鳳瀑, 距玉流洞數里餘, 雲水懸壁, 飛下數千尺, 微風乍動, 玉霧散空, 品宜不居九龍下, 而其長十倍焉. 又進爲舞鳳瀑, 望之如白虹垂天, 飛雪灑缸, 可與飛鳳相伯仲矣. 石面刻九龍蟠斜雙鳳翔舞, 李義鳳所書也.

渡淵潭橋, 歷長房壺,【皆刻其名.】棧道曲折而入, 始得九龍瀑. 兩峯對峙中平作門限, 水踰限而出, 十圍玉柱, 滾滾直下, 高可六七十丈. 下作二湫, 深不可測. 湫上盤石傾仄, 雨止甚滑. 遊此者欲觀湫, 往往溜入湫不救. 盤石上, 有尤菴大字【怒瀑中射, 使人眩轉.】

朗咏左太沖振衣千仞岡, 濯足萬里流之句, 又爽然矣. 余觀天摩之朴淵, 雪岳之大乘, 皆瀑之有名我東者, 與此孰爲甲乙也. 古今咏瀑, 如靑蓮香爐之句, 爲上乘, 徐凝白練之句, 抑可爲次. 唯宋潛溪五泄山志, 怒瀑倒激崖, 㲯若運萬斛, 雪從天撒下, 白光閃閃, 奪人目睛, 至潭底輒復逆上. 有聲如輥雷, 人笑語咫尺不能辨. 王思任石梁瀑曰, 人相對, 只見口張口翕. 此皆形容妙而氣力豪, 亦能肖寫彷佛, 余何贅焉.

八潭者, 九龍瀑之源頭也. 從淵潭橋別尋路, 乃得達. 峻嶺陡絕, 俯視爲八潭, 並瀑下爲九. 憚險未果往復. 還神溪寺, 宿焉.

丁酉, 晚發西行五里, 至溫井店.【店後有溫泉, 卽世祖行宮遺址.】過六花巖, 直抵溫井嶺下.【嶺巓五里, 踰嶺左有徑, 窮之爲金溥洞, 水石大好云.】頑壁特起, 大於明鏡, 麤醜不入品. 孤店負而屋焉【店今廢而無人.】曰, 萬物肖店. 風雨之夕, 可凜然.

萬物肖者, 自孤店後, 取徑稍進, 刻峭不可躋, 力而後登. 奔峯駭嶂, 競來犯人, 矗矗挿雲, 視之皆石也. 是謂舊萬物肖. 自是路益險石益峭, 色白一, 視衆香隱仙, 詭怪奔放過之, 所謂小奇小險, 大奇大險者也.

戒心畏道, 寸寸前進, 望極樂門, 繞壁側行, 披蒙茸涉巉巖, 十數里而至門, 門卽呀然石窟也. 仰見天光微透, 窟之左右有傍竇, 僅容一身, 使兒輩尋路, 皆云黝暗不可入, 余亦凜然而止.

嘗考前人遊記, 從門左, 由竇騰身而上, 洞天始豁, 而石之奇猶外也. 踰小脊, 得壁間微路, 蹲而上, 俯瞰如甕中, 其下石勢猶上也. 脊盡有洗頭盆, 仙人棊局及白黑石子, 可異焉.

嘗聞太山之元君祠一石池, 縱廣及深, 具二尺許, 曰玉女洗頭盆. 龍虎山中二十四巖, 其一曰奕棊巖, 中設奕棊, 二人對局, 亦此類也.

其曰萬物肖者, 如老翁導行獅虎鷹犬仙人玉女鸞鶴等屬, 率多附會形似, 以夸詡之. 以余所觀, 雖未必盡然, 而亦不無一二彷彿, 蓋亦莫知其所以然也.

槪聞, 太山有魚龍洞, 洞口, 有石肖獅象鍾鼓仙人蓮花之屬. 玉陽洞, 奇石紛錯, 欹者倚者, 銳而出者, 却而後者, 顚而欲仆者, 拔而欲起者, 斷而復續者, 如笋之植, 如鳳之鶱, 如獅之騫. 廣德州東之大洞, 廣數尺深不可測, 遊人秉燭而入, 石燕群飛, 乳泉滴瀝. 有仙人佛像鍾磬之屬, 皆白石天成. 金華山石羊數千, 洞分左右, 有碧桃石筍蛇龍蟾蠆象魚仙

人道士窓欞硯滴之類. 齊雲山有石, 鍾鼓觀音羅漢. 寧國縣西山石洞,
城門軒牖, 內有床盆丹爐, 是皆萬物肖之例, 又何致詰於彼此哉.

於是焉金剛之役盡, 而甲乙亦定. 雖有他樂, 吾不欲觀. 自檜以下, 無
譏焉, 是謂新萬物肖. 新之爲言, 對舊之謂也. 蓋得此未久云.

始於神溪寺, 秋史作詩揭板, 以嘲萬物肖. 余乃次其韻而反之, 以解
嘲焉. 暮投獐項店, 宿焉.

千佛洞, 在萬物肖背後. 自通川入者由長田,【沙津南二十里.】高城入者
由六花巖. 露宿二夜方達. 楊蓬萊以後, 無復問津者, 採蔘人或至, 而壯
觀可與萬物肖相埒, 而又有仙廠云. 余過沙津, 問于居人, 皆云, 果有之,
雖或有偶至者, 而亦不能復尋.

且言葛翁事甚詳.【通川有張姓人, 生平與物無競, 常採葛以謀食, 故鄕人謂
之葛翁. 一日入山採葛, 不復還. 後其子入此洞, 偶到一處, 見石室巍然, 室中
多貯奇書異物. 彷徨之際, 忽有人呼曰, 葛郞來何晚. 其子駭然曰, 我本張姓,
子何呼之以葛郞. 其人笑曰, 君是葛翁之子, 則非葛郞而何. 又曰, 翁今至矣. 須
臾翁果冉冉而至. 與語移日, 遂復飄然而去, 不知所終云.】

余歎曰, 萬物肖後龍, 卽溫井嶺. 嶺在指點中, 則此距萬物肖不過一
舍有奇, 豈有不辨仙源之理也. 第其偶至者, 不能如劉子驥之往尋桃源,
故終亦爲劉阮郞之天台, 可勝惜哉.

嘗聞雁宕自宋祥符中, 始作玉淸昭應宮, 伐木者始得之. 謝康樂歷遍
諸勝, 蹦白石嶺幾至之而不之知. 元次山柳子厚在永州甚久, 而澹岩之
奇壯, 不之及, 山之顯晦, 亦有數耶.

自萬物肖, 觀叢石錄.

戊戌, 早發獐項店.【距萬物肖二十里.】向通川. 自此路皆沿海, 海濤所至, 崩騰戲踏, 如萬馬馳突赴敵. 其餘力, 尙能盪岸沙於數十步外. 又多陂湖, 皆海水之溢而爲瀦者也. 有鳧鷖鷗鷺之屬, 飛鳴往來, 去人丈餘, 不驚避意, 態甚安閒也. 暮抵沙津, 宿焉.

己亥, 發行三十里, 南望百鼎峯, 欲往問路, 皆云, 路險無媒, 不可往. 故但指點而過之. 土人以爲峯嶺皆盤石, 天作竅臼, 巧妙如鼎者百餘, 故名焉. 嘗聞饒州之仙巖, 巖畔有二十四穴, 仰視穴中, 有石臼織機紡車水桶之屬, 蓋亦百鼎之類也.

過甕遷.【甕遷者, 東俗謂棧爲遷.】[19] 鑿山石僅通一馬, 其長數百步, 風濤舂撞, 聲如巨雷. 路左十里許, 有瀑曰臥龍, 甚奇壯可觀云, 而初未嘗知, 故遽爾曼過, 亦可惜也.

過朝珍驛, 數里至門巖. 有二石對立, 人往來道其間若門, 色白而狀頗奇, 花草斑駁如繡. 自此數里, 奇石棊置, 白沙如雪, 長松蔭路, 蒼翠與海色相接, 徐行顧眄, 頓忘行役之僂, 而不覺西日之下山矣. 暮抵桂谷, 宿焉.【桂谷西距通川邑十里, 東距萬物肖九十里.】

庚子, 午後抵通川邑. 邑宰朴兄時秉聞余至, 忙出見之, 固要入衙休焉. 翌日辛丑, 細雨未晴, 壬寅雨止風輕, 與本倅聯鑣, 至庫底村, 距叢石數里. 午後登叢石亭, 風甚勁不可登丹, 略約覽過, 仍宿於叢石洞. 夕觀月

---

19 【甕遷者 東俗謂棧爲遷】: 저본에는 '甕遷者 東俗謂棧爲遷'이 대문大文으로 되어 있으나, 문례文例에 의거하여 자주自注로 처리하였다.

出, 天水一色, 時適旣望, 一輪皓月, 湧出於萬頃琉璃之中, 亦甚壯觀矣.

叢石亭.【距邑二十里.】長巒陡折入海, 窿然圓峙, 而亭其上. 未至, 見亂石委積海澨, 皆有稜角戢戢, 自北依岸而南, 爲臥阜數十; 頂昂尻低. 阜前一叢, 臥離十餘丈, 微舉頭欲起, 次又臥不能振, 稍稍至亭下, 挺然嶷立, 爲伯仲, 是名四仙峯也.

峯皆束數十石, 柱方直或六面或四面, 無不督繩斤削, 長短肥瘦巨細, 自相類聚整, 比如編簡縛册. 不獨四仙者然耳, 其環亭數里, 縱橫顚倒而散布者, 悉遵是例, 此鬼斲神剡而然耶, 抑風斤月斧之所成者歟.

或曰, 昔女媧氏之補天也, 發石於大荒山, 五色備擧, 祝融執斤列缺, 執鑿奔奏. 萬靈以奏厥績旣成, 餘者山積而獨黝黑者存. 東王公將搆別殿, 聞女媧之宮多石, 請之, 輪至海上, 以石不中用, 止焉. 是爲叢石.

或曰, 漢武帝遣方士入海求神仙, 久而不至. 公孫卿曰, 仙人所居, 白玉爲宮室, 美石次玉亦可用. 若臨東海爲樓觀以候之, 仙人可見也. 帝從之, 發謫戎及渤海丁壯伐藍田石, 致之海上, 操椎鑿繩, 尺者以萬數, 晝夜力作, 不得休息, 石工苦甚, 相與禱海神. 一夕大雷, 風盡擊石沒入海, 餘皆蒼黑, 是爲叢石, 故其石有折碎者, 有斲未成而止者. 是皆齊東之說也. 計其伏於土中者, 累累皆是, 有能以海濤蕩滌, 漱雪空岸土而盡出之, 不知當爲幾千叢石.

又如安邊國島之石, 類此而尤奇壯, 是亦女媧漢武之所爲耶. 錢塘之天目山, 有仙人解石板, 薄不盈寸, 長丈許, 其解紋一線, 有全解者, 有解及半者, 有倒解者, 稜角皆分明, 此皆叢石之類, 而特妙少耳. 不識造物者偏施伎倆於東海一面, 以侈其勝, 何哉.

峯之以四仙名, 亦以有永郞舊跡, 如浦之三日, 亭之四仙也.

癸卯. 早作. 復觀日出, 大海當面, 雲物光彩, 視昨觀盆奇. 遂復登船溯洄, 觀叢石. 是日天甚晴, 東望目力所極, 惟海而已, 更無一物芥滯於胸次, 令人浩然有鼓枻蓬萊之思.

會風力甚大, 雪浪騰空, 幾及柱之半. 澎湃吼怒, 勢甚危怖, 回棹入港口. 向吾見金剛, 自以爲半生所見, 皆土堆石塊, 今又覺半生所見, 皆涓流蹄涔耳.

金蘭窟, 距叢石水路數十里. 邑東蓮臺峯, 翔舞入海, 峻起石壁, 呀然開窟, 深不可測. 舟沿洄入之, 仰見苔花繡壁, 晃朗如畫. 窟巓有草夭夭, 四時長靑, 古來相傳, 以爲不老草. 諺傳舊有好奇者, 欲以長鑱仰採, 風雷遽作而止焉. 余將乘長風破萬里浪涉金蘭, 採不老草, 反爲風浪所戱, 竟未遂意得. 無爲好奇者, 所揶揄耶. 列仙傳云, 舟到三神山下, 風引之不得近, 今而後信之矣.

午還邑中, 別本倅, 遂發行. 本倅厚給贐資. 暮抵桂谷, 宿焉.

自叢石, 還安城錄.

甲辰, 早作, 踰楸池嶺, 磴道詰曲如羊腸, 而上十餘里. 嶺之西, 卽淮陽地. 自此不復下. 世言淮陽居山脊者, 信然.

抵金城邑, 舍大路, 踰椒坡嶺, 至春川之牛頭里宗人家, 宿焉. 其上, 卽世所稱淸帝遠祖之塚. 衆山周迴五六十里, 雄偉作城郭土墩, 二三十里平鋪爲明堂. 左右大江合襟成局, 而鳳儀山屹立爲前案. 俗傳, 塚傍, 人或穿鑿, 牛馬多踐踏, 幾百年而無寸壤損壞, 莎草離離. 今觀良然, 異哉.

抵楊根邑, 拜外姑, 留二日. 歷利川竹山到安城, 卽十月初八日癸亥也. 家內幸太平, 而余亦不甚憊焉. 往返適五十一日, 計程一千七百里有奇.

總論

我東之山, 皆祖不咸.【白頭山】不咸一支南走, 爲會寧迆羅漢峴, 至甲山, 東爲頭里山, 至永興, 西北爲劍山. 府之西南爲分水嶺, 西北爲鐵嶺. 至通川, 西南爲楸池嶺, 盤據長楊【淮陽府東四十里】, 東高城, 西卽金剛內外山也.【自分水嶺, 至此八百三十里.】山凡一萬二千峯, 巖嶪骨立, 東臨滄海, 杉檜參天, 望之如畵.

內外共百八寺, 長安正陽榆岾神溪, 最爲巨刹, 而表訓其絶勝也. 摩訶衍普德窟須彌菴船菴, 蓋亦菴之奇絶者也. 山名有五, 一曰金剛, 二曰皆骨, 三曰涅槃, 四曰楓岳, 五曰怾怛. 華嚴經曰, 山名有六, 曰涅槃楓岳金剛怾怛衆香蓬萊也. 全剛言其體, 怾怛言其名也.

楸池一支, 南馳爲萬物肖, 過峽爲溫井嶺, 峻起爲毗盧峯, 卽內外山之最尊者. 毗盧西北爲觀音蓋竹, 卽神溪之主山. 神溪右洞曰九龍淵八潭也. 毗盧正幹, 南馳爲日出月出, 東爲隱仙臺, 又迆爲榆岾. 月出趺斷爲雁門嶺, 嶺起爲穴望, 穴望正幹, 南馳爲彌勒, 下爲內圓萬景臺, 萬景臺之水, 流而爲外船潭, 卽榆岾右谷也.

彌勒一支, 南迆西落爲遮日馬面牛頭白馬十王使者罪人等名, 又爲上中下三觀音地藏長慶, 環以爲長安之案. 穴望西南爲童子石鷹望軍, 望軍西南爲釋迦, 盡于明鏡. 望軍又西馳爲松羅頓道, 爲表訓之案. 穴望又爲五賢, 西北爲法堂法起波輪, 是普德之主山. 穴望又北爲觀音, 是摩訶之案.

毗盧一支, 西北爲永郎岾爲迦葉. 迦葉南迆爲衆香妙吉祥, 其麓也迦葉, 又南爲觀音, 作萬灰主山. 又東南爲白雲臺佛地, 其麓也迦葉, 又西迆南落爲七星龍王獅子大小香爐, 盡于鶴巢. 七星之下, 爲七寶臺, 卽摩訶之後也. 迦葉又東迤南下爲南巡童子, 又西落爲須彌能仁, 盡于靑鶴. 須彌之水, 與摩訶八潭, 會于鶴巢臺下, 曰萬瀑洞.

須彌一支, 西迤南轉爲放光臺, 卽正陽主山. 下爲天一臺, 卽表訓主山. 放光南下爲拜岾, 卽長安主山. 須彌洞以鶴巢靑鶴作門戶, 萬瀑洞以五賢鶴巢作門戶, 靈源洞以釋迦地藏作門戶, 由靈源, 別通一洞爲百塔.

白馬一支, 拜岾一支, 合襟爲內山都水口, 雁門嶺爲內外山界分處. 蓋內山多石而少土, 外山多土而少石. 多石故白而峭, 多土故蒼而雄, 此內外山之別也. 所謂一萬二千峯, 孰得以爬記哉. 蓋因華嚴經一萬二千曇無竭常主其中之說而傳會, 立其名耳.

山形箇箇矗矗, 如初發芙蓉, 欲狀其色, 正是十月天始雪晨霽, 皓然凝素, 望之神魂飄灑. 吳西坡層層浩劫長留雪, 箇箇遙空不墮蓮之句, 彷彿其萬一, 而吳挺簡黃山記, 渣滓淘盡, 惟存勁骨, 以之品題, 可耶.

天下名山, 有前人記, 而何振卿輯之, 至四十卷, 歷歷可按而知. 或言其秀拔, 或言其奇峭, 或言其神詭, 皆足以摹寫八九, 然求其別樣色態, 神韻天成, 大而能博, 不識天壤間豈復有如此山者耶.

而況秋高氣淸, 綴以楓葉, 山之骨氣愈峭, 夕照倒射, 紫綠萬變, 又如春夏間, 遊氣罨畫, 頑碧老靑, 往往不能藏拙, 輒有花爲之藻飾, 果何如哉. 昔人云, 春遊天台, 秋遊雁宕. 彼皆各一其時, 若此山者, 可謂兼之矣.

古人稱金剛者, 必曰, 世間甚物, 惡有不名過其實, 而惟金剛, 實過於名. 或以金剛比孔子曰, 孔子之後, 人無有毁孔子者, 金剛之後, 亦無有惡金剛者. 信格論矣.

余旣自外而達內, 自下而陟高, 由淺而及深, 無幽不尋, 無遠不到, 靡不縱意而飫觀, 悠悠然與灝氣俱, 而不知其所窮, 不識古之人其有樂乎此耶. 後之人, 有能追我之踐履耶. 假使登毗盧望東海, 峙者流者, 散爲萬殊者, 皆可一以貫之, 吾夫子小天下之意, 隔千載而如晨, 惜乎, 其未也.

凡物之大而爲日月山川, 微而爲鳥獸草木, 幽而爲鬼神道釋, 顯而爲民俗風謠. 觸於目, 入於耳, 固無不有以拓胸襟洗塵土, 表裏相發, 巨細相需, 獨立乎昭曠之原, 而默契乎造化之賾, 終至出乎其類, 如泰山之於邱垤, 河海之於行潦, 則發軔於玆遊, 爲如何哉. 吁, 其晚矣.

【附】詩篇

古今文人之遊楓嶽者, 往往有奇作. 然余本領不富, 而猝當名勝, 且況
行遽思索, 雖有一二吟咏, 其不能副本題, 則已自明矣. 然亦何損於名山
哉. 若其逐題本旨, 則已詳於原錄, 故不贅焉.

過永平玉屏之拜鵑窩, 謁思庵影幀, 有感.

公昔拜鵑我拜公
公歸鵑寂萬山中
惟有窩東蒼玉壁
至今千仞仰高風

過金水亭

突兀蓬萊亭
依俙石峯筆
溪山似畫圖
水榭鮮儔匹

禾積淵

危石走波心
穹隆象禾積
如許家家廩
願言同八城域

三釜淵

巖崖通細徑
石竇注飛泉
坐久心肝冷
定知三釜淵

登斷髮嶺

斷髮嶺登全髮人
回思世劫暗傷神
雪山箇箇雲端峙
已喜金剛露半身

萬瀑洞

萬丈石峙蓬萊畫
千秋波咽梅月哭
洞壑非不天作雄
到得二翁名萬瀑

歇惺樓

奇石參天瘦
酣楓背日明
太嫌塵跡浼
過客不題名

普德窟

銅柱崔嵬鐵索連
白雲深鎖一菴懸
努力攀登山日午
搖搖身在半靑天

白雲臺

徙倚白雲臺上笻
襟懷灑落動天風
啾喧怳覺人世絕
呼吸還疑帝座通
造物夥然偏用力
文章老矣敢爭雄
清溪白石明霜葉
始信從前嶽是楓

飲金剛水

白雲臺屹入蒼旻
從古登臨有幾人
我來痛飲金剛水
滌盡胸中萬斛塵

毘盧峯, 路遠日短, 未果登.

毘盧迴出白雲間
石磴參差未可攀

恨負平生期第一
行行今日又名山

須彌塔

縹渺孤菴絕世奇
龜蹲鳳翥石參差
況有千尋須彌塔
嬋娟玉立挿雲危

登雁門嶺

累足涉危石
小心度棧橋
嶺頭山日午
回首白雲遙

過曉雲洞

山開秋日淨
洞僻曉雲深

石湫分上下
知有老龍吟

楡岾寺

楡根盤屈花龕邃
箇箇金身立立奇
鳥啄淸泉龍遁沼
許多傳說到今疑

別金剛, 將向高城.

老大乾坤一腐儒
偶然今日入蓬壺
霜後妍妍紅錦障
雲端箇箇玉浮圖
石嶂千年參造化
山行五夜宿仙區
金丹寂寞衣衫冷
滄海歸筇立暮途

過三日湖, 和夢泉菴板上韻. 二首.

來尋巖畔丹書銘
自笑吾行趁暮齡
滄茫仙跡留三日
浩蕩波心寄一亭
龜頭老石侵雲碧
鼇背遙岑倒水靑
指點箇中奇絕處
斜陽佇立歎無舲

湖名三日以仙遊
九日行人半日留
丹書巖古仙何去
只有風煙接素秋

海山亭

龜峙東西兩石巖
海山亭子此中臨
萬里風煙無限意
蓬萊歸客一高吟

登東龜巖, 觀日出.

龜巖蹲峙俯層溟
瘴靄初收鏡面平
排雲萬里開黃道
盪海三邊匝火城
倘致高岡祥鳳翽
謾令幽窟老龍驚
如今世界仍長夜
佇看中天揭大明

雙鳳瀑【無鳳瀑飛鳳瀑】

鳳翔千仞上
彷佛懸雙瀑
飛湍掛水簾
何以康王谷

九龍淵

黝黝九龍淵
八潭是發源

雨過盤石上
滑滑最難前

過百鼎峯

石竅天成箇箇圓
峯名百鼎古來傳
家家有鼎能如許
好是康衢皷腹人

萬物肖

皆骨源頭露半身
皎如石勢挿蒼旻
如何不作北辰柱
風雨空山老萬春

爲萬物肖解嘲, 次金秋史韻.【幷小序】

始於神溪寺, 秋史作詩揭板, 以嘲萬物肖, 其詩[20]曰, 金剛萬物觀, 最爲

---

20 其詩 : 김정희金正喜의《완당전집阮堂全集》9권에〈제신계사만세루題神溪寺萬歲

名過實. 其語本自誕, 面目殊全失. 又有好事者, 拈起新萬物. 其新其舊何, 彼境此境一. 試問判命去, 所得竟何別. 俄者仰觀處, 俯看還不悉. 若有(直)[眞][21]境界, 赤城而丹闕. 當勇猛精進, 亦不憚嶀屼[22]. 憐彼世間人, 未到[23]想怳惚. 法眼空見欺, 遮葉事癡絕. 我說眞實義, 靑松傍[24]參質. 知否造化初, 寧有先試筆. 願言崇明德, 截念其信勿.

昔聞萬物肖

及覩名副實

苟得道眼評

庶不眞面失

新舊迥不等

巧剗參造物

莫道此山外

千佛擅第一【千佛洞在萬物肖後, 而又有仙廠云.】

鴻濛訝許闢

雁宕定非別

鸞鶴獅象屬

形容還不悉

樓)라는 제목으로 실려 있다.

21 (直)[眞] : 저본에는 '直'으로 되어 있으나,《완당전집阮堂全集》에 의거하여 '眞'으로 바로잡았다.

22 嶀屼 :《완당전집阮堂全集》에는 '屼崒'로 되어 있다.

23 到 :《완당전집阮堂全集》에는 '覩'로 되어 있다.

24 傍 :《완당전집阮堂全集》에는 '旁'으로 되어 있다.

蓮花釋迦龕

白玉廣寒闕

洞府何磅礴

巖巒競嵂屼

逼看頗瑰奇

遠望却怳惚

灑落仙境疑

迢遞塵世絕

冷冷侵石氣

瑩瑩削玉質

化翁戲劇處

難盡龍眠筆

齷齪秋史詩

後人篤信勿

道中懷金剛, 二首.

夢與梅月哭無窮

偶伴永郎下天風

萬二千峯領略盡

白雲紅葉催歸笻【萬瀑洞石壁, 梅月堂刻哭無窮詩, 見原錄.】

絕壁侵雲棧道懸

船菴百塔九龍淵
山中危險無踰此
寄語來人愼莫前

過溫井

清溪白石踏遍頻
歸來洗髓淨無塵
却怕身邊猶有膩
更催前路覓泉溫

叢石

劈來鬼斧斲神斤
廉直縱橫亂澁邊
早晚帝京求繡礎
令渠未必老風煙

登叢石亭觀海

壓海孤亭叢石奇

倚欄東望蕩無涯

萬里平鋪函地軸

百川容受作天池

浩劫三桑終是誕

浮生一粟正堪悲

蓬萊仙子如相待

手把汀蘭有所思

【附】金剛內外山程曆

由金城入者, 踰斷髮嶺, 由淮陽入者, 踰墨喜鐵伊兩嶺, 皆可至. 長安寺觀音極樂兩菴, 其旁近也. 由菴入百川洞數里, 有石城, 卽新羅太子避地處. 自石城, 行十餘里, 曰靈源菴. 自菴別通一路, 曰百塔洞. 洞之上望(君)[軍]²⁵臺, 垂鐵索焉. 洞之下曰 水簾洞. 三曰安養兩庵, 其旁近也.

復還長安寺, 東行過鬱淵, 到白華菴, 其上曰表訓寺.【拜岾其案, 甚有眺望.】又其上曰正陽寺. 寺之前數百步曰天一臺. 表訓正陽之間, 曰開心臺妙德菴天德菴眞佛菴, 菴廢遺址而已.

自表訓出金剛門, 歷萬瀑洞, 從靑鶴臺, 下由左而上曰靑壺淵龍曲潭, 其上曰圓通菴. 自菴而北, 歷萬折潭太上洞慈雲潭赤龍潭羽化洞靑龍潭.【皆刻其名於石.】到船菴. 踰絕壁一岡, 曰須彌菴.【若憚險, 不可踰岡, 則復還圓通不迂回, 至菴.】自菴踰一岡, 曰須彌塔.【須彌後谷曰迦葉洞, 卽摩訶之來龍.】

復從所從道, 徑至萬瀑洞, 洞溯八潭而上, 普德菴. 自菴而北數里, 曰摩訶衍.【距毗盧峯三十里.】其上曰萬灰菴, 菴之上曰白雲臺, 臺垂鐵索焉.【臺之傍有金剛水雁門日月出香爐衆香, 皆其眼界也.】

自摩訶而東, 歷佛地菴【有甘露水.】自佛地菴路岐而上毗盧峯, 距摩訶衍四十里. 妙吉祥, 踰雁門嶺.【白華岩四仙臺先天潭後天臺, 皆其路傍, 而上毗盧者, 於此焉北岐.】嶺下路次, 曰曉雲洞. 洞下三四里, 卽楡岾寺.【有鳥啄水.】

---

25 (君)[軍] : 저본에는 '君'으로 되어 있으나, 이 책의 〈총론總論〉에 의거하여 '軍'으로 바로 잡았다.

寺之東數里, 曰外船潭, 又其東數十里, 曰內圓之萬景臺. 復還榆岾, 踰獐項狗嶺, 抵高城邑. 海金剛在邑東, 海山亭在邑後, 三日浦在邑西. 邑西三十里, 曰神溪寺, 神溪右洞, 曰九龍洞.【洞中有金剛門天花臺玉流洞臥龍潭聯珠潭飛鳳瀑臥龍瀑.】

復還神溪寺, 西行五里, 曰溫井店, 距萬物肖三十里.【萬物肖後谷, 曰千佛洞, 露宿二夜方達.】自萬物[肖溫]²⁶井嶺,【嶺左爲金傅洞, 水石大好.】西行數十里, 又路左三十里, 曰百鼎峯. 又西行四五十里, 抵通川邑. 邑東二十里, 曰叢石. 叢石東水路二十里, 曰金蘭窟. 邑西二十里, 曰龍雲寺. 由寺又二十里, 卽楸池嶺.

此余所徑歷者, 大概則具矣. 若復窮源搜索, 則奇勝又不止此. 余何得以窮之哉. 然後之遊此者, 按而行之, 亦可無迷津遺珠之歎矣.

---

26 [肖溫] : 저본에는 빈칸으로 되어 있으나, 문맥에 맞게 '肖溫' 2자를 보충하였다.

천하제일명산, 금강산 유람기 ― 영악록瀛嶽錄

2021년 10월 12일 초판 1쇄 발행

역주	박종훈
교정·윤문	전병수

발행인	전병수
편집·디자인	배민정
발행	도서출판 수류화개
	등록 제569-251002015000018호 (2015.3.4.)
	주소 세종시 한누리대로 312 노블비지니스타운 704호
	전화 044-905-2248
	팩스 02-6280-0258
	메일 waterflowerpress@naver.com
	홈페이지 http://blog.naver.com/waterflowerpress

ⓒ 도서출판 수류화개, 2021

값 22,000원
ISBN 979-11-971739-6-7 (93810)